全球金融危机下的
中国与东亚经济

——2009 年中韩经济合作研讨会文集

陈东琪　主编

中国计划出版社

图书在版编目（ＣＩＰ）数据

全球金融危机下的中国与东亚经济：2009年中韩经济合作研讨会文集/陈东琪主编 . —北京：中国计划出版社，2010.5

ISBN 978 – 7 – 80242 – 338 – 1

Ⅰ.①全… Ⅱ.①陈… Ⅲ.①金融危机—影响—经济发展—中国—国际学术会议—文集②金融危机—影响—经济发展—东亚—国际学术会议—文集 Ⅳ.①F12 – 53②F131 – 53

中国版本图书馆 CIP 数据核字（2010）第 063018 号

全球金融危机下的
中国与东亚经济
——2009 年中韩经济合作研讨会文集

陈东琪　主编

☆

中国计划出版社出版

（地址：北京市西城区木樨地北里甲 11 号国宏大厦 C 座 4 层）

（邮政编码：100038　电话：63906433　63906381）

新华书店北京发行所发行

世界知识印刷厂印刷

880 × 1230 毫米　1/32　7.75 印张　194 千字

2010 年 5 月第 1 版　2010 年 5 月第 1 次印刷

☆

ISBN 978 – 7 – 80242 – 338 – 1

定价：18.00 元

前　言

2000 年 10 月，时任国务院总理朱镕基访韩期间，与韩国领导人就成立《中韩经济合作研究会》达成共识。2001 年 6 月，韩国总理访华期间，中韩两国政府研究机构——原国家计委宏观经济研究院（现国家发展和改革委员会宏观经济研究院）和韩国对外经济政策研究院共同签署了《中韩经济合作研究会》备忘录，两国总理出席了签字仪式。2002 年 5 月 13 日，"中韩经济合作研究会"正式成立。按照机构设置基本对等的原则，中韩双方各自成立研究会，中方研究会设在原国家计委宏观经济研究院，韩方研究会设在韩国对外经济政策研究院。

"中韩经济合作研究会"的宗旨，是加强中韩两国经济合作的长期研究，将研究成果提交两国政府相关部门，供政府部门制定有关政策时参考，推动两国经贸合作的深入发展。

经中韩双方理事联席会议讨论，"中韩经济合作研究会"的主要工作内容有两个方面：一是根据不同时期中韩经济发展与合作的实际需要，设立研究课题，各自独立地开展研究，不定期进行阶段性成果交流；二是每年共同举办一次研讨会，就双方商议的主题进行学术交流。第一次研讨会于 2003 年 12 月在中国北京举办，自此开始，中韩经济合作研讨会每年在中韩两国轮流举行。

第七次中韩经济合作研讨会于 2009 年 7 月在中国江西省举办，会议主题为"全球金融危机及对东亚经济影响和前景展望"。韩国对外经济政策研究院金博洙副院长率专家学者一行 10 人来中国参加会议。中国国家发展和改革委员会宏观经济研究院陈东琪副院长率经济所、外经所、运输所以及国务院发展研究中心、社科院的专家学者参加了会议。会上，中韩两国专家围绕后危机时期亚洲经济走势判断、中韩经贸关系及未来展望、国际金融体系改革、金融危机对亚洲经济格局的影响及未来发展的路径选择、金融危机对中日韩贸易影响及未来展望等几个方面的专题分别作了演讲，并就会议主题展开了热烈的讨论和广泛的交流。在双方的共同努力下，会议取得了圆满成功。

为了加强与社会的交流，与社会各界友人分享中韩经济合作研讨会的成果，我们将中韩两国专家在研讨会上的演讲稿编辑出版。由于编辑和翻译水平的限制，本书的不足之处在所难免。我们期待社会各界提出批评意见，以帮助我们更好地加强中韩两国经济合作的研究，推动两国经贸合作的深入发展。

2009 年 10 月 30 日

序

当前世界金融危机是 20 世纪 30 年代以来最严重的一次世界性危机，它给予东亚经济以很大的冲击，既带来了"危"，也捎来了"机"。这是因为当今世界已非 70 多年前的世界，而当今的东亚更非当年的东亚。

20 世纪 30 年代，大危机主要表现为实体经济的生产过剩，大批粮食牛奶被倒入大海，大批企业倒闭，接踵而来的才是金融危机（银行挤兑和倒闭）。而当今在经济全球化条件下，近 30—40 年来发达国家特别是美国，金融业特别是金融衍生产品的迅猛发展，造成了虚拟经济的迅猛发展。这在 20 世纪 30 年代是难以想象的。据统计，2000 年全球虚拟经济的规模大到 160 万亿美元，而当年各国国民生产总值的总和只有 30 万亿美元，即虚拟经济的规模相当于实体经济的 5 倍。美国虚拟经济的发展，更居世界首位。据统计，2007 年美国 GDP 总量为 13.84 万亿美元，而美国股市总市值约为 17.8 万亿美元，该年美国金融机构杠杆负债率达到 GDP 的 130% 以上。这就毋怪乎这次世界危机首先爆发为金融危机，由金融危机引发实体经济的危机。而且，随着经济全球化，危机的传导机制也全球化，美国的金融体系渗透、传播、扩散到世界各地。于是，美国"次贷危机"扣动了"扳机"，便一发不可收拾，酿成世界性金融危机，进而引发世界经济危机。

与此同时，东亚更远非当年的东亚。20 世纪 30 年代，东亚除日本属工业化列强之外，其他东亚广大地区还只是世界列强的殖民地和半殖民地，不仅无经济发展可言，而且只有承受列强转嫁经济危机的份儿。第二次世界大战结束后，东亚许多殖民地获得政治独立，但经济上还在较长时期依赖过去的列强，特别是称霸世界的美国，当时流行一句话，只要美国经济得了"感冒"，亚洲就得"打喷嚏"。但自 20 世纪 70 年代以来，东亚发展中国家启动了工业化进程，推进经济独立化发展过程，不仅首先有"四小龙"经济崛起，而且有东盟推进经济区域化发展，特别是近 30 年来中国的和平崛起，大大改变了东亚经济的面貌。因而，在当今世界金融危机冲击中，东亚经济顶住了扑面而来的金融海啸。虽然在初期受到冲击，但包括中国和东盟十国在内的许多东亚国家积极采取了反危机措施，特别是扩大了基础设施的公共投资，较快地扭转了经济颓势，在 2009 年实现了 6.3% 的增长，特别是中国 2009 年经济增长超过了预期的 8% 目标。这个"亚洲速度"令世界瞩目①。因为东亚乃至整个亚洲经济在突破金融危机冲击中实现了稳定的增长，有力地支持了美欧等发达国家遏制经济颓势，早日复苏。可以说，在当今全球应对世界金融危机的斗争中，东亚经济在一定意义上起了稳定剂作用，对世界作出了贡献。东亚经济的地位与作用，跟 70 年前大危机时期甚至跟战后初期相比，可谓天壤之别。

　　为什么东亚地区能在今天呈现出令世界瞩目的面貌呢？这主要是因为东亚国家与人民在战后的几十年里，利用自己赢得的政治独立，努力自主地推进工业化以发展本国经济。在几十年间，它们充分利用了历史提供的两大机遇。

　　一是战后出现了世界范围内的经济结构调整，一些发达国家特别是美国以金融业为首的服务业和高新技术产业迅速发展起

---

① "亚洲速度，令世人瞩目"，《经济参考报》2009 年 10 月 22 日。

来，而制造业逐渐成为劣势，向次发达地区、不发达地区进行产业转移，先是从美国向战败国日本转移，接着从美日向亚洲四小龙转移，随后进一步向中国及东亚其他发展中国家和地区转移。东亚发展中国家抓住这个历史性机遇，承接了世界规模的产业转移，建设新工业经济体，促进了自身经济结构的变革。

二是适应经济全球化的要求，推进地区化（或区域化）的国际经济合作。东盟发展中国家较早就建立了经济合作机制。20世纪90年代后半期的亚洲金融危机，特别是当今世界金融危机，更加激发了东亚国家推进东亚地区经济合作的愿望和努力，中、日、韩分别与东盟十国签订了建立自由贸易区的协议，而中日韩又一道要为建立三国与东盟的贸易区（10＋3）而努力。特别值得提出的是，中国—东盟自由贸易区自2010年1月1日起正式生效启动。这个自由贸易区覆盖19亿人口，GDP总值达6万亿美元/年，贸易总额达4万亿—5万亿美元。值得提出的一点是，随着东亚地区经济合作的推进，东亚地区和亚洲地区内的相互贸易发展较快，目前亚洲区域内贸易额已占到亚洲贸易总额的55％，东亚国家对欧美市场的依赖相对减弱，这就使东亚地区国家增强了对当今世界金融风暴的抗拒能力，从而也进一步增强了东亚地区努力推进地区经济合作的信心与决心。

东亚区域合作远远超过了自由贸易区的贸易合作范围，已扩大到宏观经济政策的国际合作，特别是金融领域的货币合作。运用财政政策和货币政策为主的宏观经济调节，是以30年大危机之后凯恩斯根据罗斯福新政实践新理论为基础提出的应对措施。二战后，西方国家在凯恩斯主义影响下，借助于宏观经济财政政策和货币政策的宏观调节手段，虽未消除周期性衰退，却使西方国家在长达半个多世纪内避免了30年代大危机的再度袭击。然而，凯恩斯主义的宏观经济管理只是在一国范围内实施，在经济全球化的新形势下，各国仅致力于本国的宏观经济管理不但难以自保，更难以维持世界经济的稳定。从 20 世纪 70 年代的石油危机到 80 年代的拉美债务危机，从 90 年代亚洲金融危机到如今的美国次贷危机引发的世界金融危机，都表明一个事实：一国经济的失衡或震荡会通过传导机制的作用而传导到邻国或更远范围。这就要求有新的应对手段：区域性或全球性宏观经济政策的国际合作。发达国家自 1985 年广场协议起成立了 G7 财长与央行行长每年例会机制来协调其财政政策和货币政策，就是为了应对经济全球化条件下的经济危机或金融危机。G20 财长或央行行长会议就是美国为应对这次世界金融危机而发起的（参见拙作"经济全球化要求宏观经济政策的国际合作及世界货币体系革新"，刊《宏观经济研究》2009 年 7 月）。如果说，G7 或 G20 财长与央行行长定期会议是在经济全球化条件下应对全球范围的经济危机或金融危机而成立的国际宏观经济政策合作机制，那么，在亚洲金融危机之后成立的东盟十国或东盟与中日韩成立的财长与央行行长定期会议，即东亚国家建立的地区性宏观经济政策国际合作，就是为维护地区经济稳定而建立的新机制。

此外，东亚国家充分吸取亚洲金融危机的教训，加强金融货币合作，于 2000 年 5 月在泰国清迈召开东盟与中日韩（10＋3）的财长与央行行长会议，签订"双边互换货币协议"，以解决区域内国际收支和流动性短缺的困难。2009 年 5 月，为应对世界金融危机给本地区造成的冲击，东盟与中日韩（10＋3）进一步正式签署了总额 1200 亿美元的清迈倡仪多边化协议，各参与方在其出资份额内，用其本币与美元实施兑换，为在危机冲击下遇到国际支付困难的成员国提供资金支持。东亚地区正是在多渠道、多方面的经济合作下，才能攻克时艰，不仅顶住了经济下滑的趋势，而且赢得了令世人瞩目的 6.3% 的经济增长（亚洲速度）。

正因如此，国际社会有人大谈什么"21 世纪将是亚洲的世纪",我认为此言过于夸张。但有一点可确信无疑,东亚地区乃至亚洲国家和人民定将不断加强地区的经济、金融合作,东亚经济乃至亚洲经济一体化的趋势将日趋增强。所谓"亚洲版IMF"或"亚洲货币基金CAMF"将会出现,美籍印度学者、美国亚洲经济学会（CAAES）创始人罗杰斯大学著名经济学教授杜达（Dutta）早就鼓吹"亚元"与美元与欧元相鼎立,并于2009年出版"亚洲经济与亚元"（Asian Economy and Asian Money）。日本首相鸠山由纪夫最近也提出"东亚共同体"的设想。2009年10月25日东盟10＋6（中日韩加上印度、澳大利亚、新西兰）峰会提出"亚洲版欧盟"的构想。尽管亚洲的情况要比欧洲复杂得多,经济一体化的道路将比欧洲一体化道路更漫长、更崎岖,但东亚地区的国家与人民势将继续在发展中加强合作,在合作中谋求加速发展,不仅对世界经济的稳定与发展作出日益重要的贡献,而且会在世界新秩序的建设中拥有日益重要的话语权,发挥日益重要的作用。

　　本书是中韩两国的两个权威机构学者的研究成果,主题是世界金融危机对东亚经济的影响以及东亚各国抗击危机的主要举措及经验,内容丰富,观点深邃,读后获益匪浅。蒙邀为该书出版写几句话,我欣然命笔,奉上短文,希望不至于成为画蛇添足之举。

黄范章
2010年元旦

目 录

走向全面复苏的中国经济

陈东琪

内容提要：在实施"积极＋宽松"的宏观经济政策和一揽子刺激计划后，中国经济从 2009 年二季度开始进入快速复苏，GDP 增长恢复上行趋势。针对经济内外系统中出现的新矛盾和问题，2009 年下半年的宏观调控在加快制度创新、结构转型和防范通货膨胀的基础上，着力促使经济全面复苏，实现新一轮经济较快增长。

1. 中国经济进入全面复苏途中

1.1 先行指标持续向上

中国投资者、生产者和消费者的信心自 2009 年春节后逐渐恢复。企业家信心指数明显上升。制造业采购经理人指数（PMI）在 2008 年 11 月见底（38.8）后逐月上升，但头两个月还在 50（景气度分界线）以下，3 月上升到 50 以上后持续 4 个月保持在 53 左右。工厂订单最近几个月也从 50 以下提高到 50 以上。尽管家电等制造品需求增加使过剩产能不断得以释放，但钢铁限产和基础设施需求增加加快了去库存化进程，二季度各月企业库存数量逐月减少。库存构成中，被迫性存货减少，主动性存货增加。工业产成品占用金增速从 2008 年 11 月的 25% 以上降到目前的 10% 以下。这些先行指标持续向上，表明实体经济特别是制造业的景气度持续向好。

1.2　货币信贷高速增长

　　货币供应量方面，M2 增速在 2008 年 11 月降到本轮调整最低的 14.8% 后，连续 6 个月加速上行，2009 年 5 月达到 25.7%。M1 增速见底晚一些，但加速度更大，从 2009 年 1 月的 6.7% 加速到 5 月的 18.7%。目前两个指标的增速，均高于 1997—2007年各年的水平。信贷方面，金融机构各项贷款余额增长，从 2008 年 10 月的 14.6% 提高到 2009 年 4 月、5 月的 29.8% 和 29.7%，其绝对增速仅低于 1984—1986 年平均 31.7% 的水平，属于超常规增长。从数量看，1—6 月累计新增贷款完成 6.8 万亿元，比 2008 年全年的 4.9 万亿元高 38%，已经超过《政府工作报告》提出的全年新增贷款计划"5 万亿元以上"的规模。

1.3　国内需求不断扩大

　　2009 年以来，外需急剧收缩，中国的出口增长大幅度下降。由进口减速快于出口减速带来的顺差，1—5 月月均 170 多亿美元，比 2008 年同期月均 220 亿美元减少 23% 以上，这对 GDP 增长形成巨大的下拉力量。但是，由投资和消费构成的内需高速增长。投资方面，全社会固定资产投资头 5 个月累计增长 34.8%（考虑投资品价格下降因素，实际增长达到 40% 左右）。这个增速，比长期平均增速（1982—2008 年为 21%）要高出 66%。消费方面，社会消费品零售额增长在 4 月高位触底（14.7%）后出现加速趋势，5 月、6 月分别为 14.8% 和 15.2%（考虑 CPI 上涨 -0.9%，实际增速超过 16%），明显高于长期平均增长（1979—2008 年为 15.2%）的水平。2009 年以来消费品市场出现全面转暖，汽车、家电、装饰材料、旅游和餐饮等市场持续旺盛，城、乡两个市场都很活跃，这是多年来少有的情况。

1.4 主要市场全面活跃

一是资本市场上涨。上证指数于 2008 年 10 月下旬在 1600 多点位置触底后，已持续 8 个多月上升，2009 年 6 月底接近 3000 点，累计升幅超过 80%。有色金属、农产品等商品的期货市场也出现了连续几个月上升的势头。股市、期货市场持续活跃，表明投资者信心全面恢复，市场的悲观预期转为乐观预期。这是总体经济全面复苏的晴雨表。

二是汽车市场兴旺。这次全球危机，虽然对 2008 年下半年和 2009 年头两个月中国汽车产销有显著影响，但没有改变自加入 WTO 以来汽车进入居民家庭的总趋势。城镇居民家庭每百户拥有汽车，2001 年 0.6 辆，2005 年增加到 3.4 辆，年均增加 0.7 辆；2008 年增至 8.8 辆，年均增加 1.8 辆。2009 年以来，中国政府对汽车购置实行了减税、补贴等刺激措施，城乡居民买车的积极性明显提高，汽车市场逐渐活跃，汽车销量逐月增加，在全球汽车销量排名中连续 5 个月排名第一。1—2 月月均销售 80 多万辆，3—5 月月均销售 110 万辆以上。买车族从城市延伸到农村，城市从高收入家庭延伸到中收入家庭。新趋势显示，本轮汽车消费浪潮将强于 2002—2007 年那一次。

三是房地产市场转暖。全国 70 个大中城市平均房价的同比上涨率，从 2008 年 12 月到 2009 年 5 月连续 6 个月负增长，但 4、5 月负值变小，环比出现了连续 2 个月正值。由于房屋存货量较大，"去库存化"还需要时间，但近两个月各地住房销售量快速增加，部分城市房价的环比出现明显上升。从最新趋势看，全国房价同比负增长有可能在第三季度结束，市场总体上逐步恢复到"雷曼破产"前的常规水平。在刚性消费需求回升之后投资性需求逐渐增加，库存逐渐减少，房价止跌回升的城市数量将增加，房地产市场的结构性复苏转为全面复苏，将促使总体经济快速复苏。

四是家电、文化和旅游市场活跃。在"家电下乡"等政策刺激下，各类家电销售看好，特别是农民购买彩电、冰箱、洗衣机、电脑等耐用消费品的积极性高涨，政府实施"以旧换新"的新政策后对家电市场产生新的刺激。电信、文化、体育用品市场2009年3月以来也出现快速增长势头，电影院票房收入增长加快。虽然出境游和入境游遭受到金融危机和最近甲型H1N1流感的影响，但国内旅游市场依然比较活跃。

1.5 工业生产明显复苏

规模以上工业企业的增加值增长，2009年头两个月达到本轮调整最低的3.8%后，3、4、5月份提高到8.3%、7.3%和8.9%，估计6月再次恢复到"两位数"。这表明，工业生产已经走出低谷，进入明显复苏阶段。在政府加大基础设施投资增加原材料及工程机械工业的需求的新背景下，东南沿海地区越来越多城市扭转了工业大幅下滑的趋势，受全球危机影响最大的两个"三角"（珠三角和长三角）2009年二季度以来逐步恢复增长。1—5月，江苏和广东分别为11.7%和3.1%，比1—4月高0.4和1个百分点。浙江从4月的0.2%提高到5月的3%。工业投资1—5月的增速，江苏达到25.1%，浙江实现了5.7%，上海也实现了0.1%。6月上旬工业用电由负转正，两个"三角"6月以后的工业增长将继续加速。中西部地区工业增长2009年以来一直保持快速增长。占国民总产出43%左右的工业复苏，必然促使总体经济复苏。

1.6 总量增长触底回升

2009年一季度GDP的增速虽然只有6.1%，比2008年四季度的6.8%回落0.7个百分点，但降幅比四季度收敛1.5个百分点。作为社会生产和再生产结果性指标的财政收入，1—5 月累计增长 -6.7%，而其中的 5 月份转为增长 4.8%，这是国民经济转向全面复苏的重要标志之一。

根据总需求模型中少数变量回升到所有变量回升的趋势进行综合分析，2009 年二、三季度 GDP 的增速分别达到 7.1%、7.7%，四季度有可能接近 10%，全年可获得 8.2% 或略高的增长业绩，明显高于世界银行最近预计的 7.2%。中国经济增长从 2007 年二季度到 2009 年一季度走完了 "V" 的左边，第二季度转入 "V" 的右边。之后如何走，取决于进一步的政策措施和措施执行的情况，但趋势变化规律显示，一旦新趋势出现，这个趋势就会保持较长时间的惯性，随着新需求增加，这个上升趋势会被不断强化，进入新一轮加速上行的增长轨道。

1.7 经济结构趋向改善

本次全球危机给中国经济造成巨大负面影响的同时，也带来了难得的结构调整机遇。由于中国政府提出了 "保增长、扩内需、调结构、促转型" 的方针，在采取措施扭转经济下滑趋势、尽快恢复上行趋势的同时，出台了力度很大的调结构、促转型的政策措施，所以 2009 年以来的中国经济结构出现了新的积极变化。

一是需求结构改善。出口两位数负增长，消费和投资的名义增长分别为 15% 和 35% 左右，表明外需占总需求的比重下降，而内需占比重提高，经济增长成果中较多份额用到国民福利改善而不是单纯增加外汇储备上。在投资和消费关系中，除了城乡居民的私人消费保持快速增长外，公共消费领域和准公共消费领域的投资比重提高，公共交通、城市公用事业以及学校、医院、养老院和其他民生性公共消费品的投资和生产加快。在增加私人消费同时，增加更多的公共消费品供给，有利于全面改善投资与消费的关系。

二是产业结构改善。在社会总投资中，一般加工工业投资所占比重下降，农业、农村和公共基础设施投资所占比重提高，特别是对经济持续增长构成"短板"的铁路、城市地铁、农村公路、农田水利和环境治理等领域的投资增长速度明显加快。在产业和行业中，一般工业的增长速度降低，金融商贸、教科文卫等服务业的增长速度提高；"两高一资"行业占比下降，信息、新能源、新材料和新医药等低能耗、高技术的行业开始出现加快发展趋势。这些新的结构变化，为解释1—5月工业增长而用电下降的"背离"现象，提供了基本答案。

三是区域结构改善。本次经济快速触底回升的主要动力，是中西部地区和前期发展相对滞后的部分东部地区。2009年前4个月，珠三角、长三角的经济增长特别是工业增长还在历史低位徘徊，有的地方如东莞还没有走出负增长区间，但中西部地区投资和贸易活跃，经济增长速度加快。一季度城镇固定资产投资增长，东、中、西部地区分别为19.8%、34.3%和46.1%，中西部明显快于东部，其中有的西部省份接近60%。1—4月，中西部地区城镇固定资产投资占全国的比重为47.4%，同比加速3.2个百分点。从GDP增速看，除天津（16%）外，排在前五位的都是中西部省区，几乎全部达到两位数增长水平。从财政收入看，中西部的增速快于东部和全国平均水平，全国1—4月同比增长－8.3%（4月为－13.6%），广西北部湾地区达到12.8%。东部经济增长减速时中西部经济加速，出现区域经济"景气交叉"，可减缓总体经济下滑趋势。在东部的出口减少、产业转移加快和经济增长减速的情况下，中西部经济增长加速，既有利于缓解东、中、西部差距扩大趋势，逐步实现从"一部分地区先富起来"向区域协调发展转变，又有利于扩大内需，加快国民经济触底回升，因为中西部地区人口和劳动力多，扩大投资和消费需求的潜力大。

2. 复苏阶段中国经济面临新的矛盾和问题

2.1　外贸出口压力较大

2009 年一季度，中国的出口增长为 - 19.7%，4 月、5 月进一步降为 - 22.6% 和 - 26.4%，呈现加速下降之势。即使下半年美、欧经济触底回升将使中国出口环境恶化得到一定抑制，但要明显改观较难。其原因，一是提高出口退税率的空间缩小，该措施的边际效应呈现下降趋势；二是美、欧和其他贸易伙伴实行各种直接或间接的保护主义，如奥巴马经济刺激计划"附加条款"规定计划内所列项目必须购买本国货物和雇佣本国劳工等，限制了中国的商品和劳务输出；三是 2009 年以来美国调整过度消费模式，消费率下降，储蓄率提高，虽可在一定程度上缓解中美贸易不平衡矛盾，减少中国债权利益损失，但会使美国人购买"中国造"商品的能力下降，收缩中国的外需。

2.2　农民消费后劲不足

以补贴等方式增加居民消费，是各国反衰退的重要举措，但持续性有限。增加就业和收入，是居民消费持续增长的前提和基础。中国 2009 年一季度与 2008 年四季度相比，城、乡居民收入增长分别下降了 4.3 和 7.4 个百分点。在农民工失业后再就业增长缓慢，粮食和猪肉价格下降的背景下，农民收入增长面临挑战。而在农民占总人口比重高达 55% 左右的背景下，农民收入不能持续增长，必然影响国民总消费持续增长。这是今后一段时期宏观经济政策要着力解决的突出问题。

2.3 民间投资动力不强

2009 年以来，投资加速增长主要来源于中央和地方政府财政资金推动的公共品投资，以私人物品为对象的民间资本投资的增长依然缓慢，中小企业投资和贸易仍旧不活跃。其原因，一是私人物品市场的需求不振，存货较多，新订单增加较少，企业因担心销售困难而不敢扩大投资和生产；二是即使产品有销路也缺乏资金，虽然一季度银行信贷余额出现超常规增长，但民营中小企业获得信贷资金的份额较低，在资本市场 IPO 已停止数月，货款回收资金不足的情况下，中小企业资金不足；三是有的行业准入门槛较高，限制较多，中小企业进入困难，投资的行业机会较少；四是中小企业经营规模小，技术水平低，缺乏参与自由竞争的能力，需要更多的政策性扶持，但目前这方面的支持还不够。

2.4 物价变化转向很快

从近 30 年的经验数据看，中国 GDP 增长和 CPI 变化之间的时滞大约为 6—8 个月，如果 GDP 增长从一季度前的减速趋势转为二季度开始的加速趋势，那么可以预见 CPI 变化将在 2009 年第三季度末或第四季度初完成由负转正。如果这个预测正确，那么本轮 CPI 在负值区间停留的时间就只有三个季度左右，与 1998—2002 年 CPI 年均变化率基本上都在负值水平相比，时间大为缩短。CPI 变化快速转向，势必增加经济形势判断和政策措施选择的难度。

2009 年第四季度和 2010 年上半年，CPI 再次回归上行通道，但上行高度受到三方面的因素制约：一是国内粮食和畜牧业供给规模超常规扩大，工业生产扩张速率降低使得工业用粮和工业用畜牧产品的需求明显减少，市场上将出现短期食品供大于求情形，使占 CPI 权重较大的食品的价格趋于下降，这会对 CPI 上涨形成制约；二是耐用消费品的产能大、存货多，消费品需求增加初期，企业既可以释放存货，也可以提高生产开工率，释放已有产能，以低成本方式提供新供给，这都会抑制消费品价格上涨；三是美国等发达国家储蓄率提高、消费率下降，导致有效需求收缩，这既会使美国贸易赤字逐渐减少，缓解中美贸易不平衡趋势，也会减少国际通货膨胀向中国的输入。

从 2010 年中期开始，中国物价上行的速度将会明显加快，而且 PPI 向上攀行的速率和强度可能要大于 CPI。作出这个判断的理由，一方面在于市场的最新表现，另一方面在于政策的刺激效应。从市场看，2009 年夏季以来，国际原材料期货的价格快速上涨，铜、锌、镍和原油的期货价格上涨几乎都在很短时间内走出了一条"V"型左边的路线。从政策看，为了应对危机，各国都采取了历史上少有的财政、货币"双扩张"政策，美国、日本、英国、瑞士等国央行基准利率接近于零，货币供应量大幅度增加，给市场注入了大量新资金，一旦货币流通速度加快，货币乘数升高，将会有数量巨大的流动性首先进入大宗商品市场和不动产市场，快速推高资产价格。最受益的将会是巴西、俄罗斯、澳大利亚、中东和其他资源出口国家，而资源依赖度高的国家特别是中国将会遭受较最大的负面影响。国际原材料价格快速上涨，必然显著提高中国经济增长的成本。国际大宗商品价格上涨幅度越大，对资源的进口依赖度不断提高的中国经济来说，要支付的"涨价成本"就会越高。经济复苏如果不是靠"破坏性创新"，不是靠建立在"结构性复苏"基础上的效率改进，而是靠货币投放和投机资本共同推动的资产价格膨胀，对全球和中国来说，可能要承受比危机前还要大的泡沫化和之后更惨重的泡沫破灭风险！

3. 2009 年下半年中国宏观调控两条主线—保增长和调结构相结合

3.1 在经济实现持续回升之前， 宏观经济政策取向不变

经济触底之后，宏观调控的首要任务是促进持续回升，防止出现"二次衰退"。虽然在 M1、M2、信贷和投资高速增长时，不排除对政策措施操作着力点、策略和方式进行适当微调，逐渐减少应对救急目标的超常手段，避免埋下通货膨胀和经济过热的未来隐患，但在通货紧缩预期依然较强、经济回升基础还不牢固的目前形势下，积极财政政策和适度宽松货币政策的取向，近期还不会改变。

3.2 继续落实一揽子刺激计划， 保持公共投资快速增长

在扭转经济下滑趋势中，由政府财政支撑的公共投资做出了重要贡献，它们对经济发挥了杠杆作用，既带动了相关的项目配套，促使社会资本参与投资活动，也给原材料和工程机械等领域创造了巨大的有效需求。为了促使经济转到持续回升的轨道，中国下一步宏观调控仍将按照一揽子刺激计划的任务要求，在社会投资全面活跃之前一直保持公共投资的力度。即使在社会投资增长回到常规水平的情况下，公共投资的减少，积极财政政策的淡出，也将会是较为渐进的，就像 2004—2007 年的情形一样。

3.3 努力改善民营经济发展环境，提高民营投资的积极性

中国经济在触底后能否实现持续回升，既要看公共投资增长的持续性，又要看民营资本投资的积极性，而这又取决于对民营资本投资的政策支持力度和国内市场对民营资本开放的程度。今

后中国将努力改善民营经济的发展环境，实现公平的行业和市场准入，拓宽中小城市民营企业融资的渠道，改善税费政策环境，以改革方式全面激活民营资本投资，增加民营资本的投资机会，促使民营经济快速发展。

3.4 采取积极的消费政策，促进居民消费持续增长

出口困难增加了扩大国内居民消费需求的必要性，而人均收入水平快速提高又为扩大居民消费增加了可能性。2008 年，中国人均 GDP 超过 3000 美元，城市化率超过 45%，城乡恩格尔系数分别降到 37% 和 43% 左右，具备了"消费转折"的基本条件，居民有能力购买大宗消费品。在这种情况下，政府采取积极的消费政策，可以产生事半功倍的扩大内需效果。2008 年 10 月以来，中国政府先后采取了"家电、汽车和摩托车下乡"和"以旧换新"的城乡家电消费的刺激政策，产生了愈益明显的效果。2009 年以来，进一步加大城乡居民购买大宗消费品的信贷支持措施力度，加大公共消费设施和民生方面的财政投入力度，加快城乡一体化社会保障制度建设的步伐，这都将为居民消费特别是农民消费持续增长提供越来越好的条件。

3.5 促进重化工业升级，加快新技术产业发展

为了完成工业化任务，中国今后若干年在传统重化工业领域还有较大发展空间，不会放弃这项重要的发展任务和内容。但我们也意识到，加快发展高新技术产业，对中国经济发展既具有长远战略意义，也具有现实可行性。一方面，在人均 GDP 超过 3000 美元后，汽车和家电逐步普及到城市中低收入家庭和农村家庭，人们对新动力能源汽车和节能家电的新需求不断增加，新能源、新材料的市场需求巨大；另一方面，老龄化率从目前的 8.3% 提高到 2020 年的 15% 左右，65 岁以上的老年人口从目前

的 1.1 亿人增加到 2020 年的 2.2 亿人以上，这必然会产生巨大的新医药需求和市场。为了加快发展高新技术产业，政府加大了政策支持力度，从市场准入、财税金融、投资贸易和公共服务等方面，逐步采取了促进措施。抓准、抓好产业发展方向，既能促进经济结构调整和升级，又能拓展经济增长空间，为危机后实现新一轮经济持续增长注入新内容。

（陈东琪，中国国家发展和改革委员会宏观经济研究院副院长、研究员）

参考资料：

1. 温家宝. 政府工作报告. 《十一届全国人大二次会议，〈政府工作报告〉辅导读本》第 1—38 页. 人民出版社，2009.3.

2. 国家统计局. 中国统计摘要 2009. 第 22、53、110、165、171 页. [M]. 北京：中国统计出版社，2009.5.

3. 国家统计局发布最新月度资料，中国证券报，2009 年 1—6 月 10—15 日.

4. 陈东琪. 双稳健政策——中国避免大萧条之路 [M]. 北京：人民出版社，2005.2.

全球金融危机与韩国的实物经济

李章揆　裵升彬

内容提要：本文分析了这次全球金融危机对韩国实体经济产生的影响、其影响途径以及波及效应。近来，由于受到全球金融危机影响，世界贸易量迅速减少，给韩国实体经济带来了严重的冲击。在韩国政府进行经济刺激政策等积极的政策性介入下，韩国经济已接近最低点。从发达国家经济情况等外部条件来看，韩国在短期内很难依靠出口拉动经济增长。对此，韩国政府正积极促进刺激民间消费的相关经济政策。但是由于韩国个人家庭方面负债率较高，以及金融机构扩大信贷余力的不足等，很难期待依靠民间消费拉动韩国经济。2009 年下半年，韩国经济很难出现想象中那般强劲的复苏势头。

2007 年年初由美国"次级抵押贷款"（Subprime Mortgage）问题引发的美国金融市场的动荡因 2008 年 9 月雷曼兄弟（Lehman Brothers）的破产迅速加剧，最终引发了全球性的金融危机。美国的金融危机扩大了世界金融市场的不安定性，导致实物经济萎缩，IMF 甚至预测第二次世界大战以来首次出现的世界经济负增长将出现在 2009 年。世界经济持续走向不振。[①]

主要发达国家的金融机构在承担经营压力的同时信用供给出现萎缩，另外民间家计部门保有的资产价值萎缩，以上种种波及整体经济形势，加大了经济形势的不确定性。在经济衰退的过程中世界经济的需求急速萎缩，并出现了金融部门和企业部门相连

---

① International Monetary Fund，2009。

接伴随出现恶化的恶性循环现象。对此制定相应的对策才符合世界经济形势的实际情况。

事实上2008年第四季度世界经济的GDP（Global GDP）折合成年率下降6.25%，IMF预测2009年第一季度的世界经济规模仍然会以相同的幅度萎缩。在如此严重的全球性的经济衰退时期，对外开放度相当高的韩国经济不可避免的受到极大的冲击。韩国的金融市场自2008年9月起主要指标开始大幅恶化，实物经济仍然维持在世界经济危机开始时受到严重冲击时的状态。只是进入2009年以来倒闭企业数量及倒闭企业/新建企业比率大幅降低，由此可以判断实物经济已经摆脱了最严峻的形势。

在这样的背景之下，本研究的主要目标是考察在此次金融危机中韩国的实物经济受到了怎样的影响。通过考察影响实物经济的路径及波及效应是什么，并将最近10年间韩国经济的不振局面和此次经济衰退进行比较得到启示。① 最后本研究将分析目前经济不景气状况的性质并对最近在韩国国内颇具争议的几项政策性措施做简略介绍。

1. 经济增长率比较

如图1所示，自20世纪90年代中期开始，韩国经济的增长率大体维持在比世界平均水平略高或基本持平的状态。

在1997年下半年开始的亚洲金融危机期间，韩国曾有过经济增长率远低于世界平均水平的经历，而在此次由美国金融危机引发的全球性金融危机中韩国的经济增长率再次出现低于世界平均水平的现象。

---

① 从全球金融危机对国际经济金融部门的影响研究范围中脱离。

　　通过与世界主要国家2008年第四季度增长率进行比较，大体可以得知韩国经济在此次金融危机中的衰退速度较其他国家更迅速。

图1　韩国经济增长率 与世界平均水平的比较

资料：Global Insight 全年同期对比。

　　如图2所示，对比各主要国家2008年第四季度增长率时可以发现，韩国的经济增长率降幅不仅大于美国、日本、欧元区等国家，在亚洲地区也和泰国，中国台湾地区相同，属于受此次金融危机冲击较大的国家。因此可以得知，2008年金融危机自美国开始向全球蔓延，在此过程中韩国与世界其他主要国家相比较的话，经济增长率处于较低水平。

　　2008年第四季度韩国经济增长率为 -5.1%，如按年率进行换算则接近 -18.9%（SAAR），由此可以看出本次全球金融危机对韩国进行造成了极其严重的影响。

　　在本次全球金融危机中，韩国经济相对萎缩较大的主要原因是韩国的对外依存度较高。2008 年韩国的出口/GDP 比率为63.5%（物量标准），约为世界平均标准33.5%的两倍。[1]

---

　　① LG 经济研究院，2009. 3. 11. p. 40。

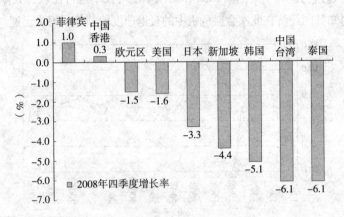

图 2　世界主要国家（地区）经济增长率

资料：IMF（2009）。

2. 与本次金融危机前经济循环的比较

盘点最近 15 年间韩国经济的经济循环中由外在因素诱发产生的经济衰退期（参考图 3），有 1997 年后半年的亚洲金融危机引发的外汇危机、2001 年 "9·11" 事件和 IT 泡沫破灭而引起的经济衰退。[①] 表 1 对这些经济衰退期和本次全球金融危机引发的经济衰退进行了比较。

1997 年末的外汇危机爆发时，虽然出口业绩相对较好，但产业生产、设备投资和民间消费出现急剧下降。另外受企业倒闭增加和结构调整的影响，就业情况也急剧恶化。2001 年 IT 泡沫破灭时，相对出现了部分影响。实体经济中设备投资受的影响较大，而出口则呈现出较快恢复趋势。

———————————

① KIET. 2009. pp. 6－7。

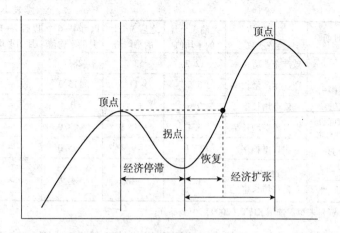

图3 经济循环图示

表1 最近韩国的经济循环对实体经济的影响

（与上年同期相比） 单位:%

时期	主要实体 经济变数	之前3个月 的平均值	之后3个月 的平均值	以后4—6个 月的平均值	以后7—12个 月的平均值
外汇危机 （1997年 12月— 1998年 6月）	破产企业增长率	43.4	191.6	89.4	2.0
	产业生产增长率	6.0	−2.0	−9.6	−7.9
	就业增长率	1.1	−1.3	−5.0	−6.6
	设备投资增长率	−12.6	−29.3	−42.5	−39.7
	出口增长率	7.5	7.1	2.7	−9.3
	消费资料 销售增长率	3.8	−7.8	−11.4	−12.5
IT泡沫 破灭 （2001年 9月）	破产企业增长率	−25.9	−30.2	−35.0	−21.0
	产业生产增长率	−2.2	1.3	4.8	7.9
	就业增长率	2.1	1.9	3.1	3.2
	设备投资增长率	−15.3	−7.0	2.5	8.9
	出口增长率	−18.9	−18.7	−16.0	7.5
	消费资料 销售增长率	3.3	5.3	6.8	6.6

时期	主要实体经济变量	之前3个月的平均值	之后3个月的平均值	以后4—6个月的平均值	以后7—12个月的平均值
美国引发的金融危机（2008年10月—12月）	破产企业增长率	12.2	53.2	28.7	-
	产业生产增长率	5.6	-11.5	-15.3	-
	就业增长率	0.6	0.4	-0.4	-
	设备投资增长率	5.4	-15.9	-23.0	-
	出口增长率	27.1	-9.9	-25.0	-
	消费资料销售增长率	1.5	-4.2	-4.9	-

资料来源：选用KIET（2009）中一部分。

而本次源自美国的全球金融危机与外汇危机时相比，产业生产出现更为急速地减少，出口方面所遭受到的打击与其他时候相比也较为严重。另外就业水平、民间消费和设备投资的减少与外汇危机时相比影响并不大。

3. 韩国的进出口（各出口国的结构）

受世界经济停滞的影响，韩国出口自2008年11月以来与2007年同月对比持续呈减少趋势。

特别是受发达国家经济停滞和原材料价格下降的影响，中国等发展中国家的经济也同步下滑，这是韩国出口锐减的主要原因。在发达国家经济开始明显不振的2008年上半年，原材料价格的上升使得ASEAN、中东和中南美等原材料生产国的进口需求扩大，韩国出口一直保持着坚挺的良好势头。

但是，在2008年第四季度原材料价格转为下降趋势之后，韩国对发展中国家的出口也开始迅速钝化。2008年11月以后，对发展中国家的出口与上年同期相比，减少了－19.7％，对OECD国家的出口减少了－26.8％。对发展中国家出口的减少主要是由于对中国及 ASEAN 出口的急减（参考图 4）这是因为，发达国家的景气不佳不仅钝化了中国及 ASEAN 的成品出口，而且再次减少了韩国企业对这些地区的半导体、石油化学、石油制品等半成品的出口。①

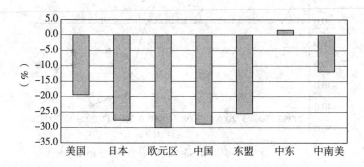

图 4　韩国对各主要地区的出口增长率（与上年同期对比，%）

注：变化率以 2008 年 11 月到 2009 年 3 月为计算对象。

资料来源：韩国贸易协会。

另外，从最近韩国对中国出口和总出口（中国除外）的比较可以了解到：从 2008 年下半年开始，景气下降逐渐正式化，对中国出口也比总出口（中国除外）下降更快（参考图 5）。

事实上，在本次全球经济危机中，世界范围内的内需也在随之下降。不仅是韩国，台湾、香港等地区对中国出口也正出现崩溃现象，随之增长率也在急速下降。这可以理解为全球供给链相互紧密连接的结果。

而且，在过去的十多年时间里，在东亚地区形成了以中国为中心的国际分业构造，不仅东亚区域内贸易量增加了，而且区域内经济合并也取得了一定进展。但是，这种东亚区域内合并的深化实际上意味着东亚地区与世界经济合并的深化。换句话说，就

----

① KDI. 2009. 5. p. 152。

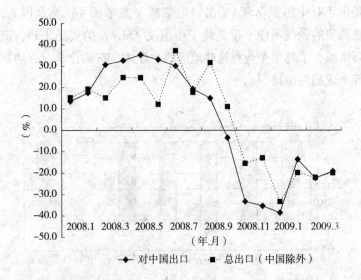

图5 韩国对中国出口及总出口（中国除外）（与上年同期相比，%）
资料来源：韩国贸易协会。

是中国作为跨国公司地区内供给链的核心，为域内贸易、域外贸易的增加做出了重要贡献。但是，随之也导致了中国与东亚区域内国家、中国与主要发达国家市场的相互依存性的进一步深化。认为东亚地区在本次全球经济后退的危机下不安全，亚洲地区与美国及欧洲地区成为非同助化关系的主张最终被证实为有失妥当。[①]

4. 民间消费的同助化

随着意味国际间贸易及资本移动的全球化的进行，有关各国间的经济循环是否会同助化的研究也在大量进行。但是，迄今为

---

① Brooks and Hua. 2008. p. 33。

止还未出现有关这一问题的实证且明确性的结果。[①]

有研究结果表明：在全球化过程中，虽然金融部门的合并正在进行，但是各国间民间消费的同助化还未出现。

但是，有主张说：最近韩国与主要发达国家民间消费的同助化正在稳固进行。即，2007 年初期出现了次贷不实问题，且国际油价急增，从而不仅通货膨胀的忧虑和世界金融市场的不实性被扩散，而且还出现了世界经济的内需景气随之急降的现象，韩国经济也正出现着这一现象。如同表 2 所示，2007 年以后，韩国的民间消费与世界主要国家的同助化现象正在正式出现。

表 2　韩国、美国、欧盟国家零售的相关关系

国家	2000—2006 年	2007—2008 年
韩国 – 美国	0.035	0.858
韩国 – 欧盟国家	0.447	0.613

资料：LG 每周焦点，2009 年 3 月 11 日，p. 44。

从海外因素来看，韩国经济状况的循环过程大致体现为出口锐减在先，投资、消费萎靡紧随其后的一般性模式。但是此次美国金融危机所导致的经济衰退却不再是由海外因素所诱发，反而是国内需求比出口的反应更为敏感。2008 年 9 月雷曼兄弟公司破产时，从当月起消费产品的销售等消费指标就出现了明显减缓的趋势，随后从 10 月份起设备投资指标开始出现负增长（与2007 年同期相比）。与此相反，出口是从 11 月之后才开始负增长，呈现出普遍下降态势。[②]

①　Kose, M. ; et. al. 2003. p. 9。
②　LG 经济研究院，2009. 3. 11. p. 44。

美国次贷危机对于韩国国内民间消费产生影响的波及过程主要经历了以下几个步骤。第一，随着金融不安的传播，韩国国内民间消费出现信用危机；第二，股市、房地产等领域资产的价格下降引发负财富效应（reverse wealth effect）；第三，随着不确定性的深化，消费心理开始萎缩。

2008年，随着发达国家的金融机构不实现象的出现，在韩国普遍出现了美元流出的现象。金融市场开始经历巨大的不安。随之而来的是汇率急剧上升，股价下跌等变得更为严重，消费心理受到重创。本次经济停滞中，与其他国家消费支出的降幅相比，韩国的消费萎缩显得更为严重。如图6所示，在本次金融危机中，欧洲地区或是亚洲其他国家的民间消费降幅都只是小幅下降，而韩国的情况则大为不同。[①]

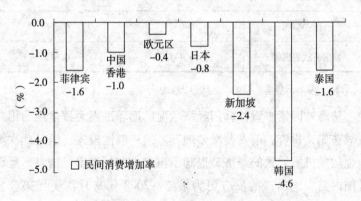

图6　主要国家的民间消费趋势（2008年第四季度）
（季节调整值，前期对比增加率，%）

资料来源：CEIC。

---

① International Monetary Fund. 2009. p. 11。

5. 投资支出

比起亚洲金融危机,此次经济停滞中投资支出减少的幅度并不算大。但是比起 IT 业泡沫时期，投资的降幅却比较大。关于这一点，我们可以认为这是由于跟亚洲金融危机时期相比，进入 2000 年之后韩国企业的投资行为变得更为慎重，因此投资降幅较小。

此外，我们可以说，与 IT 业泡沫时期相比，民间消费及海外需求（出口）锐减，因此导致制造业部门中出现了生产设备过剩，企业的收益性恶化，进而导致设备的投资出现大幅降低的现象。

另一方面，从1997 年亚洲金融危机与 2001 年 IT 业泡沫的情况来看，实体经济的萎缩都有持续一年的倾向。实体经济中的生产、就业、投资部门受到冲击后，经历一段时间之后出现缓慢恢复的趋势，因此应考虑到金融市场潜在的不稳定因素及海外出口市场疲软等其他因素，本次实体经济的萎缩可能会持续一段时间。[1]

6. 内需主导型经济增长

所谓内需主导型经济增长，在经济学领域很难找到明确的定义。我们可以将其理解为主要依靠消费和投资等内需部门实现经济增长。此外，扩大信用卡使用、提高个人所得税的缴纳基准线、发放各种补助金以及商品代金券等降低储蓄率、扩大消费的措施，以及大力发展民族产业及服务业，扩大收入的政策，都可以视为拉动内需的主要政策。

为了更明确理解内需主导型成长方式，还使用计算内需和出口对经济成长贡献度的办法。要注意的是构成 GDP 的支出部门

---

① KIET. 2009. pp. 6 – 7。

中投资与进口有必要进行分解。因为投资和进口有为内需的部分，亦有为出口的部分，但是 GDP 项目中没有对投资和进口进行这样的分解发表。所以在便利上可以使用在其余支出项目中可以看作内需部门的消费和政府支出之和与出口的比率作为分解投资和进口方法。整理成公式就是：内需 = 消费 + 政府支出 + 为内需的投资 − 为内需的进口。出口 = 出口 + 为出口的投资 − 为出口的进口。

图 7 就是以这种方式计算韩国内需和出口的成长贡献度。韩国一直促进着出口指向型工业化。但是可以看到，在 20 世纪 80 年代前，内需的成长贡献率更大。但是 90 年代后，结构发生变化。与内需相比，出口的成长贡献率更大。特别是 2000 年以来，经历着内需不足和出口景气的两极化。随着全球金融危机到来出现"应该提高内需部门对经济成长的贡献度"的呼声也可以从以上脉络中去理解。

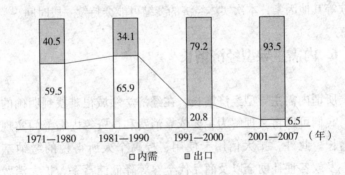

图 7　韩国内需和出口的成长贡献度（%）

资料来源：LG Weekly 焦点 . 2009. 5. 13. p. 38。

此外正如国际货币基金组织指出的，主要发达国家消费行为可能会发生变化。因为在发达国家中不能像从前那样轻易通过消费者信用购买汽车或者家电，韩国等亚洲国家出口为主的成长方式作为未来成长方式也有可能不会像从前一样有效。所以世界货币基金组织提倡将成长贡献度从出口为主转向内需以寻求平衡的政策。比如说，如果扩充社会福利体系，就没有必要过度准备健康、教育、退休等预备性储蓄，而是可以增加民间消费，长期来看还可以提高汇率，因此可以考虑将资源从出口转向内需的政策。

而有人指出，即使要追求内需为主的成长方式，与短期刺激内需相比，长期增加内需部门供给能力的方向更好。因为对内需主导性成长界限的充分分析积累起来，短期内扩充内需市场生产基础并不容易。所以不要将内需和出口作为两个相冲突的概念来掌握，而是作为两个成长轴，通过培养人力、解除管制等以服务等非贸易产品的国内生产扩大探索共同的发展。

7. 不景气型经常性项目收支顺差

全球金融危机，尽管世界经济不景气，韩国目前的商品收支与经常项收支顺差都得到了大幅度增长（图8）。

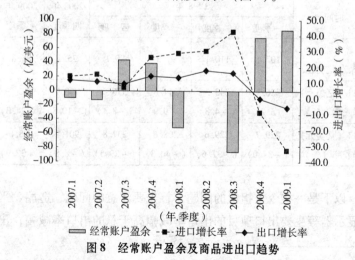

图8　经常账户盈余及商品进出口趋势

资料来源：韩国银行。

由于国际油价和韩元/美元汇率下降，韩国的经常项收支自2008年1月以来赤字一直存在。从全球金融危机全面爆发以来，韩国经济在10月份以后才有所逆转。到2008年第三个季度，连续四个季度的经济赤字，于2008年第四季度转为盈余75.2亿美元，直至2009年第一季度，贸易顺差额达到了85.8亿美元。这是商品收支从2008年第一季度的12.2亿美元上升至2009年第一季度83.5亿美元的最主要原因。

然而，最近韩元/美元汇率上涨，韩国出口率的降低幅度比进口率幅度更低，形成了一种"不景气"经常账户盈余的状态。①如表3所示，外汇危机以后不久，1998年出口降幅不超过10％，但同年第三季度的进口降幅达到了40.3％，比进口降幅要低。相比之下，如今的经常账户盈余与11年前相似，但进口和出口的萎缩度都很大是个很大的问题。2008年第四季度出口额减少了10.8％，2009年第一季度降幅增至24％。

表3　外汇危机和全球金融危机影响下经常项收支的特征

时间	1998年				2008年四季度	2009年一季度
	一季度	二季度	三季度	四季度		
经常账户盈余（亿美元）	107.1	110.1	97.3	89.1	75.2	85.8
出口（亿美元）增长率（％）	326.9 (5.2)	343.3 (－4.3)	314.6 (－9.9)	336.6 (－8.4)	950.9 (－10.8)	782.1 (－24.0)
进口（亿美元）增长率（％）	229.7 (－37.0)	229.6 (－37.6)	208.6 (－40.3)	237.8 (－29.5)	901.2 (－8.8)	698.6 (－32.9)

以下是一些令人担忧的问题。首先要注意的问题，造船、平板显示器等主要出口项目的出口率减幅高于总的出口率减幅，出

① 现代经济研究院，2009.5.29. p1－p2。

口回暖可能会有所延迟。主要出口对象国的进口增长率降幅超过了30％，货币基金组织预计2009年世界交易量将降低11％，值得担心的是，今后进口率疲弱可能更加严重。由于资本商品进口减少造成的投资萎缩，加上内需的严重萧条，可能造成国内增长潜力的下滑。资本商品进口增长率从2008年11月后转向萎缩，2009年3月降幅达到了30.3％。自外汇危机以来，经常项收支呈现大幅顺差，汇率在1998年一季度降幅达14.4％。2009年情况也不尽相同，3月2日汇率急升至1570韩元，5月28日猛降了20％达到1256韩元，今后可能产生韩元货币值上升过快的问题。

"不景气"经常收支盈余的产生能帮助稳定外汇市场，但它无法创造新的就业机会，同时也存在潜在的通货膨胀压力，可能消损未来的增长潜力。

8. 关于经济低谷的争论

2008年第四季度的经济增长率（季节调整，前期对比）为 -5.1％，2009年第一季度的经济增长率是0.1％，并且随着韩国经济中一部分正面经济指标出现，使得我们对经济复苏充满了希望。随着金融指标的改善、库存调整的加快等，认为第一季度的低谷时期已经通过，经济恢复景气的希望不断增大。

可以说有三大主要原因，第一，由于韩币贬值，与其他相竞争的国家相比，可以提高世界市场的占有率．第二，由于油价下跌等贸易条件的极大改善，致使原油进口国的实际收入提高。据分析，消费萎缩现象得以缓和是经济指标得以改善的主要原因。第三，2009年初，通过追加经济预算，提出了大约相当于GDP的4.3％的经济刺激政策，即使和世界主要国家相比，大规模的经济刺激政策的实行为解决危机做出了巨大的贡献①。

因此，在一部分指标里面，看一下作为代表性指标的库存指标，就可以知道摆脱经济低谷的信号正在出现。库存周期作为经济周期类型之一，具有在最短期限内进行的特征。贸易库存周期指数的定义是发货增加率和库存增加率的对比，也是测定企业现有库存变动周期的变化指标，②并且通过回顾库存和发货周期，就可以把握经济好转的变动情况。如图 9 所示。

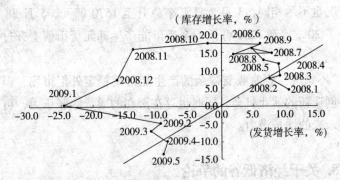

图 9 库存及发货周期（2008 年 1 月—2009 年 5 月）

资料来源：韩国银行。

2008 年 11 月开始库存指数就在减少，2009 年 2 月开始出现了制造业的发货指数没有太大变动的库存减少局面，即随着经济进入恢复期，库存增加率与发货增加率相比更低，这被认为是经济复苏阶段出现的特征（参考图 10 及注释）。

因此，以现在的角度来看韩国经济，库存调整在一定程度上可以看作已经完成，这也是经济复苏的一个肯定方面。从截止到 4 月份的指数来看，电脑和影像机器等耐用品、半导体等电子零件以及化学领域中的库存调整正在快速进行。因此，如果需求持

①　LG 经济研究院，2009.6.17. p.8。
②　三星经济研究所，2009.4.15，. pp.1－2。

续实现扩大，可以看成是企业具备了重新开始生产的基础。但是
因为消费品销售疲软、雇佣状况恶化等一部分实体指标仍然处于
疲软状态，以现在的观点来看，很难被定为经济低谷。①

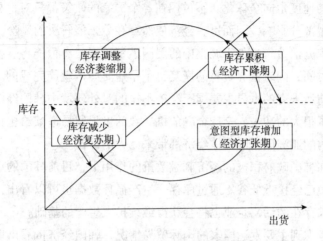

图 10 不同经济情况下的库存指标

　　注：预料之外的大规模需求停滞导致过度的库存累积，在库存累计调整至正常
水平之前就会发生经济停滞。因此分析库存变动的原因和方式也成为判断经济状况
的一个指标。库存指标根据经济情况可以分为四种。在经济复苏期（库存减少）
生产活动增加，库存指标下降，生产将会钝化或者出现增加。经济扩张期（意图
库存增加）为应对需求增加，生产和库存都呈现增加态势。经济下降期（库存累
积）需求减少，企业不能及时判断和应对经济下降，因而非意图的库存增加。在
经济萎缩期（库存调整）企业将进行生产调整，减少库存，此时生产和库存都相
应减少。

总　　结

　　目前世界经济多少已经显示出趋于稳定的迹象，不过判断何

---

①　LG 经济研究院，2009. 6. 17，P. 11。

时实现全面的复苏仍然存在困难，即刻断定经济将会复苏也是很困难的。原因就在于世界主要国家金融机构仍然处在较为脆弱的状态，世界主要国家的需求依然疲软。尽管过去世界经济以前所未有的速度走向全球化，不过现在各个国家的政策都只对世界经济产生部分影响，因而世界经济依然存在着未能解决的风险。

家庭消费贷款处于调整中的美国消费不振很有可能将会持续几年时间，同时世界贸易的恢复也不是短时间内就能完成的。在这种前所未有的世界主要国家经济不振的对外环境中韩国经济也受到了很大的冲击。全球金融危机导致的世界贸易递减给包括韩国在内的亚洲国家的实体经济都带来巨大的冲击。

在韩国政府积极的经济刺激政策的作用下，目前韩国的经济可以说已经接近低谷。通过库存—生产循环数据也可以看出，只要需求存在的话，企业也将会获得继续扩大生产的基础。

考虑到主要发达国家的国际贸易情况，韩国经济依靠出口能够取得发展存在着很大的难度。尽管中国经济发展一直有着较高的增长率，不过韩国对中国的出口能否迅速恢复，或者中国经济增长给韩国带来的积极的影响可能是有限的。[①] 同时政府部门虽然全力通过经济刺激方案来刺激内需，不过短时间内并不能成为拉动经济增长的火车头。从 2009 年下半年开始韩国的经济恢复可能不如想象的那般有效果。

（李章揆，韩国对外经济政策研究院前任研究委员；裵升彬，韩国对外经济政策研究院研究委员）

---

① 事实上，根据模型的推算，中国的内需部门对韩国对中国的出口基本不会产生影响，估计中国政府的内需支持政策对韩国的出口不会造成大的影响。（KDI. 2009. 5. p. 157）。

参考资料：

1. 三星经济研究所. seri 经济论坛. 2004，第 14 号.

2. 三星经济研究所. 韩国经济早期复苏评判，CEO information 第 700 号，2009. 4. 15.

3. 现代经济研究院. 经济低迷期经常性收支顺差的问题与弊端. 经济周评第 351 号，2009. 5. 29.

4. KDI. 最近韩国出口骤减的特征和原因分析. 2009. 5.

5. KIET. 金融动荡与实体经济的关系分析与问题. E – KIET 产业经济情报第 436 号，2009.

6. LG 经济研究院. 影响韩国经济世界经济影响扩大的原因. LG weekly 焦点，2009. 3. 11.

7. LG 经济研究院. 内需主导型经济体发展的意义及弊端. LG weekly 焦点，2009. 5. 13.

8. LG 经济研究院. 经济拐点将会是何时. LGRI 论文，2009. 6. 17.

9. Brooks，D. H.，and Changchun Hua. 2008. *Asian Trade and Global Linkages*，ADBi WP No. 122.

10. International Monetary Fund. 2009. *Global Crisis：The Asian Context*. Regional Economic Outlook：Asia and Pacific.

11. Kose，M. Ayhan，E. S. Prasad，and M. E. Terrones. 2003. *How Does Globalization Affect the Synchronization of Business Cycle*? IZA DP No. 712，Institute for the Study of Labor.

国际金融危机影响下企业优化发展之路

——中国企业对外直接投资的现状与建议

臧跃茹

内容提要：中国已经成为发展中国家对外投资大国，新建和并购两种投资方式都很活跃，这是中国经济发展现阶段的必然要求和必经过程。韩国在出口导向政策下，随着国际收支出现顺差，政府也采取了促进对外投资的政策，极大地促进了韩国对外投资的增长以及跨国公司的形成，其经验值得借鉴。中国对外直接投资虽然增长很快，但与经济总量、外汇储备和贸易规模相比，还处于初级阶段，即学习阶段。国际金融危机背景下对外直接投资存在一些机遇，但面临更大的挑战，包括投资并购陷阱，并购后的整合，以及更大的来自发达国家的非经济因素或政治限制。因此，中国企业对外投资要与发展战略相统一，有选择、有步骤地推进，同时要与国有企业改革、结构升级以及软实力提升相结合。

引　言

企业优化发展之路有多种方式，如做大规模、做强实力、创造更多的利润、占领技术领先地位、挖掘品牌价值，还有高效的服务、柔性管理、企业文化等软实力方面，本文研究的是其中的一个重要内容，即企业的跨国投资，包括新建和并购两种方式对外直接投资，在全球范围内获得发展空间和一定的影响力。目前中国已跃居为发展中国家对外投资的大国，从2008年以来中国各类企业对外直接投资都有强烈的"冲动"，特别是2009年中铝入股力拓集团、民企欲收购通用悍马等几桩并购案，吸引着全世界的眼球。

中国经济实力日益强大，经济总量已居全球第三位，国家外汇储备位于全球第一位，步入中等收入国家。根据邓宁的投资发展周期理论，当人均GDP达到2000—4750美元，一国经济开始由资本输入向资本输出转变。我国由于发展不均衡，有些发达地区已经达到资本输出的阶段。而实践中，据2007年国际有关统计数据，中国对外直接投资占全世界对外直接投资总量的1.2%（联合国贸发会议的《世界投资报告》），中国输出的商品价值占世界的8.7%（世界贸易组织），而中国的国内生产总值占世界的5.5%，可见中国的对外直接投资方面差距甚远。因此，我们在发挥比较优势，稳定商品输出和劳务出口的同时，要逐步发展到境外资本与技术输出并重，使中国企业成为跨国经营的有国际竞争力的世界知名企业。

历史上，一个国家崛起成为世界经济强国的时候，伴随着国力成长，在产业组织结构上都有一个提高集中度并进一步走向跨国经营的过程。这些跨国公司反过来又进一步促进了本国经济实力的提升。发达国家、新兴国家无一不是如此。韩国在经济崛起时，也出现了三星、LG等世界级大集团。因此，推动中国企业"走出去"海外投资、并购重组，这是中国经济发展新阶段对外开放的重要战略抉择，不仅是企业的优化发展、竞争力提高的重要标志，同样也是中国市场经济走向成熟的表现。

目前中国对外直接投资的主体仍是以国有中央企业为主导，要充分认识国企对外投资存在相当的风险性。除了一般的诸如盲目投资、与主导产业关联性差、文化融合性障碍、财务陷阱等风险外,"走出去"的国有企业还有其特殊陷阱,即来自发达国家非经济因素方面的限制。另外从国企自身看,我国大型国企两个方面的转型依然没有完成:一是增长方式转型,从主要靠自主投资建设的外延型增长,向加大并购力度、做强现有主业的内涵型增长转变;二是体制转型,从带有行政色彩的传统国有企业,向符合市场经济要求的现代经营型公司体制转变。这些因素叠加就更增大了中国企业对外直接投资的挑战性。新阶段下强调中国企业走出去、提高跨国经营的能力,必须同时推进国企现代公司制改革,才能肩负起国民经济发展的内在要求,真正成为国民经济的"航空母舰"。

1. 国际金融危机下企业对外投资的机遇和挑战

1.1 机遇

危机为中国更高层次上参与全球资源配置,顺应全球经济发展的趋势,提高企业竞争力,打破发达国家跨国公司的垄断,提供了机遇。具体看:

1.1.1 中国经济实力增强为对外直接投资提供了基础。由于中国经济的高增长和经济实力,一些受危机影响的国家纷纷吸引中国的潜在投资者,包括直接对外投资和间接投资,我国企业发展的空间增大。近年来,我国建筑、通信、电力、交通设备制造等行业通过承包、援外项目,极大地提升了国际竞争力。我国纺织、轻工、家电等传统优势行业,则通过境外加工贸易、经贸合作区等方式"走出去",有效促进了产业结构调整。

1.1.2 强大的外汇储备以及人民币升值为对外直接投资提供了条件。巨额的外汇储备,给国内宏观政策带来压力,只有适当扩大对外投资,利用国内外两个市场两种资源,才可以缓解国际收支平衡，赢得更大发展空间。

人民币升值增强了中国企业在国际市场上的购买力，发达国家和资源性产出国的商品和资产价格不再是高不可攀。渣打银行预计，强势人民币政策以及境外企业去杠杆压力等因素推动，2009 年中国资源类对外直接投资将达 1500 亿至 1800 亿美元（可能高估）。从人民币未来走势看，尽管中国出口大幅下滑，预计近期人民币将保持相对稳定，不会采取贬值的政策，长期看随着中国经济实力的提高还有升值的空间。因此，这对企业从商品输出转向资本输出提供了有利条件。历史上德国、日本企业都利用本币升值、国外资产相对廉价的时机获得了"走出去"发展的空间。

1.1.3 外部市场不景气给中国企业对外直接投资提供了可能。 所谓兼并或收购是经济危机时的"救命丸"，危机使以金融为目的的投资（机）性并购相对减少，以占领目标市场、行业重新洗牌为目的的战略性并购机会相对增多。危机导致国际市场需求不足和流动性紧张，一些国际知名企业和机构陷入困境，这为中国企业并购海外优质企业和资产提供了机会。如果我国企业能够成功地并购或参股到这些企业，利用其优质资源，学习其规则和经验，将会极大提升我国企业的跨国经营能力。

另外，危机下国际资本市场和大宗商品市场不景气，市场进入壁垒降低，使原来相对固化的市场结构开始松动。如澳大利亚等国的矿山公司市值持续下降，同时由于矿产品价格不断下跌、资本市场也关闭了融资大门，多种因素促使这些境外矿业企业对其他外来资本由原来的对抗转为合作。这也给中国企业提供了机会。

1.1.4 中国部分企业初步具备对外直接投资的实力。 改革开放 30 年来中国利用外资政策，使企业积累了国际合作与交流的经验，国际化人才队伍初步培养，国际化管理能力有所提升，中国企业对外直接投资的"软实力"初步具备基础。

1.2 挑战

当然，同危机并存的还有挑战，与强大的国家经济实力比较而言，中国企业实力相对较弱，跨国经营起步晚，还处于学习阶段。由于国际金融危机给世界经济带来诸多不确定因素，更加大了中国企业对外直接投资的市场风险。

1.2.1 以国有企业为主体的对外直接投资加大了结果的不确定性。中国现阶段有能力走出去的实力强大的企业多是国企，其政府背景成为西方市场经济国家封锁的对象，以国家安全为名进行各种阻挠。近年来随着中国企业海外投资增长加快，中国经济威胁、资源掠夺等国际舆论的非经济因素和政治压力正影响着中国企业对外直接投资的成败。2009 年最大的海外并购案——中铝并购力拓集团以失败告终，国家利益或政治压力即是其中的制约因素之一。经验表明，即使并购行为完成，由于国企谈判能力不强，让步过多，导致后续经营出现很多问题。

另外国企自身的体制、管理弊端让人们对其进行海外投资这一市场化程度很高的行为表示担忧，也给监管也带来难题。国企混合所有制改革进展不快，在振兴经济的背景下，存在"国进民退"的倾向，即对民营企业存在挤出和压制的情况。若以国企为主体开展大规模海外投资活动，一方面可能西方国家无形的管制门槛不会放松，另一方面国企巨大的财务风险最终还要由国家"埋单"。

1.2.2 财务风险仍是对外直接投资最主要的风险。中国企业对成熟市场国家各种繁杂的金融工具运用能力还很有限。尤其是跨国并购时，主要是合资注入业务资产或以现金支付，资金来源多为自有资金及银行贷款。支付手段和融资手段单一，而国外并购的主要方式——定向发股、换股合并、股票支付等——国内企业都无法运用。并购完成后企业将面临比较大的资金压力，亏损出现，负担沉重。国内企业 TCL 对法国阿尔卡特手机业务以及法国汤姆逊彩电业务两个并购案，已有这方面的教训。

1.2.3 海外并购投资后文化融合仍是最大的障碍。发展中国家并购不成功许多是由于文化融合难，投资方对东道国的法律、制度理解力存在偏差，当地民众尤其是企业雇员对外来投资者抵触很大，摩擦时间较为持久。日本、韩国企业成功收购欧美企业的案例也很少。中国台湾明基公司对西门子移动电话业务的收购，仅在收购后一年就以失败告终，其中重要的原因是文化、人员难以融合。

1.2.4 中国企业对外直接投资存在很大的盲目性。对企业自身能力和外部环境还缺乏清醒的认识。以民营企业四川腾中重工购买美国通用汽车的悍马品牌为例，对外直接投资的动机是什么？目前可能"不差线"，海外投资不仅是为了品牌、口碑或是炒作，还要有长期打算，必须是与企业发展战略和产业关联相一致的海外投资行为，否则追求短期利益难以成功。当然，发展中国家对外直接投资的动机与传统理论有所不同，传统理论以欧美企业的经验为基础，例如垄断优势理论、产品生命周期理论或者国际寡占理论等。日韩企业在投资海外时仍拥有"细分"市场的优势，小规模技术论和技术本地化理论仍起作用。但对中国而言，更多是迫于竞争压力而进入国际市场的，产品输出受阻转而通过资本输出寻找竞争优势和市场份额，向成熟的市场走出去时学习的成分很多①，这更增加了对外直接投资的挑战性。

综上所述，危机之时对外直接投资似乎机会很多，但长期看将要面对强大竞争对手的技术、产品、资本等多层面的挤压，还

---

① 康荣平，"中国企业海外投资：全球竞争和其他因素掀新浪潮"，沃顿知识在线，2009 年 6 月 3 日。

可能受到一些发达国家非经济因素或政治因素限制，中国企业要获得长远发展的空间，将面临极大挑战。因此，中国企业境外投资要防止陷入投资并购的陷阱。受危机影响，全球对外投资特别是并购市场相对冷清，联合国贸发会议公布的《世界投资报告》预计 2009 年全球外国直接投资流量将下降 10%，全球并购活动规模减少了近 1/3，结束了 5 年的涨势。究其原因，一是全球流动性不足，二是经济回缓不明朗，企业对资产价格和市场发展趋势判断不乐观，三是信贷市场不畅，银行自顾不暇，金融杠杆难以发挥作用。在这种背景下盲目的海外投资有可能把企业带入泥潭。

正如有关政府主管部门所言：① "我国的钢铁、制造业还是比较分散，集约化程度不高，综合实力不强，这类企业应该先搞好国内并购，国内并购没有开展好的话，就想搞国外并购是不可行的。"

2. 中国企业对外直接投资现状

2.1 基本走势

截止到 2007 年底，中国近 7000 家境内投资主体设立对外直接投资企业超过 1 万家，分布在 173 个国家（地区）。中国对外直接投资存量超过 1179.1 亿美元，其中非金融类对外直接投资存量为 937.4 亿美元。而 20 世纪 90 年代到 2001 年除个别年份外，中国对外直接投资均在 20 亿美元左右徘徊，且没有中国权威机构的统计。2002 年以后中国商务部等部门才开始正式发布

---

① 发改委利用外资和境外投资司司长孔令龙在 "海外并购研讨会" 上的发言，《21 世纪经济报道》，2009 年 6 月 3 日。

《中国对外直接投资统计公报》，中国对外投资进入增长期（参见图1）。根据商务部最新数据，2008年，我国对外投资达到521.5亿美元，其中非金融类直接投资406.5亿美元，占78%；金融类115亿美元，占22%。从2002—2008年，中国对外直接投资流量平均年增长速度70%以上。且单个项目的投资额日益增大，从过去的几十亿美元发展到如今的上百亿美元投资。

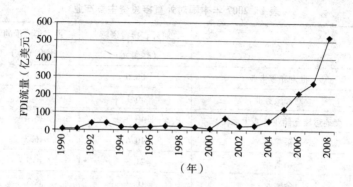

图1　1990—2008年中国对外直接投资流量情况①

2.2　对外直接投资的方向

亚洲、拉丁美洲仍是中国对外直接投资存量最集中的地区。亚洲投资存量792.2亿美元，占67.2%，其中韩国12.1亿美元。拉丁美洲存量247亿美元，占20.9%。近年来，欧洲（3.8%）、北美洲（2.7%）、大洋洲（1.6%）三大市场成为重要的关注点。一个特有的现象是中国香港、开曼群岛、英属维尔京群岛位列中国对外直接投资存量前三位，占存量规模的78.2%。这些地区是避税的天堂，不排除有非正常的中国民营企业外资化的问

① 1990—2001年数据摘自联合国贸发会议世界投资报告，2002—2008年数据来源于中国商务部统计数据。

题，与开拓市场关系不紧密。

从对外投资的主要产业看（2007 年对外直接投资流量参见表1），从 2002—2007 年中国对外直接投资存量分析，商务服务业（25.9%）、批发零售业（17.2）、金融业（14.2%）和采矿业（12.7%）、交通运输/仓储和邮政业（10.2%），合计占存量的八成左右。

表1　2007 年中国对外直接投资主要产业

行业	对外直接投资额 （亿美元）	占当年流量的 比重（%）
批发和零售业	66.0	24.9
商务服务业	56.1	21.2
交通运输仓储业（水上运输）	40.7	15.4
采矿业	40.6	15.3
制造业	21.3	8.0
金融业	16.7	6.3
房地产业	9.1	3.4
信息传输、计算机服务和软件业	3.0	1.1
科学研究、技术服务和地质勘查业	3.0	1.1
农业、电力等以及其他行业	5.3	2.1

资料来源：《2007 年中国对外直接投资统计公报》。

2.3　对外直接投资的主体

从 2007 年流量看①，对外投资主体呈多元化格局，国企占投资主体的比重占 19.7%，较上年下降 6%，有限责任公司所占比重较上年上升了 10%，达到 43.3%，位于投资主体的首位，私营企业对外投资的主体数量占 11%，居第三位（见图 2）。但从

————————
① 资料来源于《2007 年度中国对外直接投资统计公报》。

存量看，截至 2007 年末，有限责任公司占 20.3%，股份有限公司占 5.1%，私营企业和股份合作企业各占 1.2%，国有企业仍占 71% 的绝对比重，虽然较上年的 82% 已经下降了 10%。这些国企又以中央国有企业为主，中国国有龙头企业频频投资海外，它们的投资往往金额巨大，且大部分都通过跨国并购的方式实现（参见表 2）。

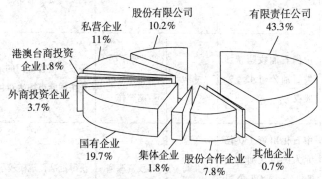

图2 2007 年末境内投资主体按登记注册类型分布情况

资料来源：《2007 年中国对外直接投资统计公报》。

表2 近年来中国海外直接投资大事件

年份	案例	方式	动机	效果评价
2009	建行伦敦子行成立	绿地投资	拓宽市场，学习	关键看国际竞争力，即对国际市场提供的服务
2009	腾中重工购买通用悍马	并购	获取品牌和知名度	待批，面对的是财务风险和文化冲突（美国强大的汽车工会）
2009	中铝购买力拓的英国上市公司 12% 的股份并将申请增至 19.9% 的股权	并购（百亿美元级别）	铁矿石，寻找资源型	失败，力拓董事会否决，商业行为上升为政治压力等非经济因素，当然市场回缓矿产品价格和企业股价上升也是原因

续表 2

年份	案例	方式	动机	效果评价
2009	五矿以 13.86 亿美元收购澳大利亚 OZ 公司部分资产	并购	有色矿产，寻找资源型	规模小，及时在 12.1 亿美元的基础上提高了 17%收购价格，增加我国锌、铜、铅等有色金属矿产资源的储备
2009	中国石油收购新加坡石油公司 45.5%股权	并购	产业链下游，寻求国际战略合作	等双方监管部门的通过，开拓国际市场达到共赢
2008	中石化出资 130 亿元人民币获加拿大 Tanganyika Oil 公司 100%股权	并购	寻找资源型	获得批准，规模较小
2007	一汽在俄罗斯阿穆尔汽车厂投资	直接投资	拓宽市场，在当地生产"解放"商用车	布局为生产基地，但外部环境不稳定
2004	上汽约 5 亿美元收购韩国双龙 48.9%股权	并购	产业关联，开拓国际市场	2009 年双龙因债务问题申请破产，投资失败，工会力量摩擦大
2004	联想集团收购 IBM 的 PC 机	并购	国际开拓、产业关联	成功，磨合降低了效率，市场份额下降，亏损超出了预先估计

3. 中国对外直接投资的政策导向

改革开放以来，中国以鼓励商品和劳务输出换取外汇为主要目标，对企业对外直接投资是有条件的支持政策。1991 年国家计委向国务院递交了《关于加强海外投资项目管理意见》，指出"中国尚不具备大规模到海外投资的条件"，企业的海外投资应该"侧重于利用国外的技术、资源和市场以补充国内不足"。因此 20 世纪 90 年代中国对外直接投资的规模和数量不高。直到 1998 年政府才提出实施"走出去"战略，这是中国对外开放的重大举措。"十五"时期开始，政府逐渐放松对企业境外投资的管制，从限制企业境外投资转为鼓励企业境外投资，相关政策法规发生了一系列变化。2004 年先后颁布了《对外投资国别产业导向目录》、《2003 年度中国对外直接投资统计公报》和《国别投资经营障碍报告制度》，为企业境外投资提供方向性指导。2009 年商务部出台《境外投资管理办法》，鼓励企业跨境投资或并购。目前正在拟定中的"海外投资及援建项目的环保指南"，以规范"走出去"企业的行为，规避环境及社会风险。政府将研究出台一系列法律法规和规范性文件，努力为企业提供多方面的公共服务。

根据最新的政策导向，政府关注五大重点领域，支持中国企业"走出去"：第一，开展对外资源合作。进一步加大境外石油、天然气和重要矿产资源等领域的合作开发力度，实施长期贸易策略，拓宽境外资源合作的渠道和领域。第二，开展海外科技智力合作。国家支持有实力的企业在欧美等境外科技资源较发达的国家和地区设立研发中心，通过开展科技和智力合作，提高中国企业和当地企业的创新能力和技术水平。第三，开展先进制造业领域对外投资。中国企业可与有关国家和地区的企业一起共同建立生产基地和营销网络，打造国际品牌、促进产业结构的调整与升级。第四，支持对外基础设施投资合作。中国工程建筑企业可在控制风险的基础上，参与有关国家和地区的水利、交通、能源、通信等领域基础设施建设。第五，积极推动服务业走出去。中国的金融、电信、交通、运输等服务业有实力的企业相对比较集中，有条件的企业可以从事分销、银行、基金管理、航运等服务。

完善政策方面，今后帮助企业拓展融资渠道和外汇支持将是重要的内容。海外直接投资一般金额巨大，靠企业自有资金是不现实的，靠国内银行支持也是其中的一个手段，目前仅靠国家开发银行和进出口银行两家政策性银行提供贷款支持，面对上百亿海外投资的大项目，进出口银行注册资本金是 50 亿元人民币，实在难以支撑。因此完善金融支持体系以及建立海外投资的担保体系是未来政策中要考虑的。另外还要创新融资方式多渠道解决资金问题。根据巨额外汇储备的现实，在保证充分的流动性与安全性前提下，采取更灵活的外汇使用规则，满足企业对外投资的需要。

4. 韩国支持企业海外扩张的经验

韩国对外投资很大程度也来自于政府的促进政策。20 世纪 80 年代中后期，随着韩国国际收支出现顺差，政府从过去的资本控制转为逐渐放松管制，包括放松外汇管制和对外投资管理控制，简化审批程序等，90 年代韩国实行了"限制目录单"制度，除了政府规定的业务范围外，放开了对外直接投资的行业控制。韩国还建立了海外投资损失准备金制度，企业跨国经营时可将海外投资金额的 15% 积存起来以防止海外投资风险，这笔款项是免税的。韩国对海外资源开发项目免征所有税。在金融支持方面，由进出口银行解决对外投资的融资问题，设立了对外经济合作基金资助企业从事资源开发或股权投资。韩国也是建立海外投资保险制度的少数发展中国家之一。① 通过上述政策，使韩国对外投资从缓慢增长转入高速增长，同时极大地促进了韩国跨国公司的形成。

韩国对外投资经历了以下阶段，20 世纪 70 年代出口导向型海外投资阶段，80 年代追求市场份额型的海外投资阶段，90 年代为提高国际竞争力而进行的海外投资阶段，21 世纪以来为增强全球竞争力而进行海外投资阶段。这个过程中一直伴有寻求资源型的对外投资。

当然由于政府政策存在盲目放松管制问题，对企业的过度扶持，导致韩国大企业扩张过度、负债过重，这也是引发 1997 年金融危机的重要原因之一。

5. 对中国企业的若干建议

改革开放的现阶段，推动企业"走出去"对外直接投资是中国经济发展的内在要求，也是全球化趋势下的必需选择。虽然具有重要战略意义，但也要讲究战略战术，有目的、有步骤、有计划地走出去，吸收其他发展中国家对外投资的经验教训，避免海外投资陷阱，以积极的态度去应对海外市场的洗礼。

5.1 对外直接投资行为是与企业发展战略相一致的慎重选择，而非盲目扩张，这对国有企业尤为重要

虽说危机降低了企业的并购成本，对优势的企业尤其是国有企业而言要谨慎决策，不能头脑发热。中国企业对外直接投资一定要制定国际化经营战略，同时选择恰当的国际化经营路径及实施步骤。要注意对外投资行为的目的和企业发展战略的关系，明

① 谈萧："韩国海外投资法制评析及启示"，《国际贸易问题》2006 年第 9 期。

确是为了扩大企业原有产业（品）的市场占有率，还是为了弥补生产中的薄弱环节，或是增强营销、开发功能。并购可以带来收益，也要付出成本，如管理幅度增加问题，人员问题、债务问题，这就需要有明确的战略导向，管理方式也要相应调整，否则单纯的规模扩大或无关联投资并购，难以提升企业的价值。由于中央国企几件海外投资巨亏案例，国资委已经预警，要求央企在海外投资并购、高风险投资、主业经营之外的发展战略投资项目等方面克制投资冲动。谨防国有企业缺乏约束机制的条件下因为盲目扩张而陷入债务陷阱或财务危机，或因监管不力而带来各种国家利益的流失。

西方企业扩张，是以几十年以至上百年市场竞争中形成的产业优势、技术优势和管理优势为基础的，不是一朝一夕形成的。即使在市场经济国家里，企业扩张的结果也不容乐观。据研究，从全球范围看，接近 60% 甚至更高比例的重组是失败的，无法实现当初的承诺和实现购并企业的价值。判断成功与否的标准，一是企业效率有了共同的提高，$1+1>2$ 的效应；二是企业共同文化的认同，否则旷日持久的摩擦使企业难以真正的融合；三是并购方能为被购方的利益相关者，诸如股东、员工、债权人和客户带来更好的利益或提供更好的服务。否则，达不到上述要求，无论是政府还是企业，谨慎启动并购扩张战略。

5.2 坚持竞争性国企的混合所有制改革，完善治理结构，提升企业的整体价值，这是"走出去"的关键因素

回顾过去国企进行的海外并购，面临很大的政治压力，结局很不理想。因此要继续推动竞争性国企向股权多元化的混合所有制改革，完善公司治理。同时放松审批，让机制较为灵活的民企参与海外投资并购，这是绕开政治风险的一种选择。

发达国家企业的治理结构大多数已经比较规范和成熟，在股

权结构、公司治理、组织结构、运行机制以及信息透明度等方面比较先进合理。对中国企业而言，有效的公司治理结构是对外投资与合作成功的关键因素。因此，完成国有企业经营方式及体制改革两方面的转型具有紧迫性，才能实现转型与对外直接投资相互促进作用。过去国企在国内市场兼并重组，一般仅在体制内部国有企业之间进行，一家国企收购另一家国企，资本的属性没有变化，简单的叠加，重组后达不到效率提高、竞争力增强的目标。

5.3 对外直接投资要与完善产业链条、合理构筑企业规模相结合，中国企业尤其要强调集约化经营

世界一流企业在发展过程中往往采取纵向一体化、横向合并或是无关联兼并多种方式，通过并购、重组等资本运作进行"强弱联合"、"强强联合"扩张，使企业规模迅速扩大，增加市场份额和发挥竞争优势，达到超常规发展的目的。

除了追求企业规模外，完善产业链条，关注产业链条中的关键环节也是中国企业发展中应注意的问题。跨国公司注重产业的全球化、系统化、战略化布局，尤其是在研发、服务、关键零部件供应等关键环节、高附加值领域进行整体资源配置，达到全产业链控制目标。

危机时，"多元化经营，不把风险放在一个篮子里"似乎成为主流，但实际多元化是一把"双刃剑"，多元化经营的成败要看经营业务是否相关联，包括与企业素质相关、与核心能力相关、与原材料相关、与技术设备相关、与市场营销相关等，能否发挥企业优势。从世界一流企业多元化经营成功的经验看，一是始终坚持以一业为主，他业为辅；二是多行业之间具有相当的关联性，并非互不相干；三是跨行业多元化经营完全以市场发展战略需要和企业管理能力为前提。

危机以后，国外大企业进一步审视其战略和经营范围，大多实施"归核战略"。就是集中资源，培育核心能力，大力发展核心主业，把主业做大、做强、做精，走集约化道路。这是中国企业尤其要借鉴的。

5.4 企业对外直接投资文化因素必须重视

文化因素包括制度性因素和非制度性因素。制度性因素如各种成文的法律、法规、政策、规章、契约等，旨在营造自由、公平、公正的竞争环境。非制度性因素是企业长期形成的习惯习俗、文化传统、价值观念等，对人们行为产生非正式约束的规则。西方企业文化往往历史久远，独树一帜，都能契合本企业的具体情况，发挥凝聚所有员工的作用，且一般底蕴很深。相比之下，中国企业文化建设还刚刚起步，对此的理解并不深，通过企业文化发挥整合能力、渗透能力还比较弱，中西方文化隔阂可能长期存在。如果没有强大的企业文化和价值观作后盾，那么就很难整合整个企业员工的思想和行动，特别是规模庞大、管理链条很长的大公司，更需要文化融合奠定合作的基础。

5.5 对国外外来投资的管理制度和审查规则，中国企业要有充分的理解力

国外对外资有一套完备的法律体系，以反垄断为最高准则，并且大多数国家对外资和内资企业实行的是同一法律体系。具体在制定有关跨国并购审查法律方面（参见表3）有两种不同的做法，美国、英国、德国和法国，无论是国内交易还是跨国交易，都由该国的反垄断管理当局或授权某一个政府部门履行反垄断管理职责进行审核，从属于反垄断法；而在澳大利亚和加拿大，则对国内并购和跨国并购分别制定了两套不同的法律和不同的审查部门。有关国内的并购审查由国内的反垄断管理当局负责，主要

适用国内的竞争法律，而对跨国并购的审查则由外资管理部门负责，主要适用外资管理的法律。

现阶段在贸易保护主义抬头的情况下，企业将跨国投资并购作为进军其他国家市场的有效手段，容易对东道国的产业造成冲击。因此各国对准许外资进入的产业领域均进行了一定的限制。即使奉行开放政策的美国，也禁止外国直接投资于沿海和国内航空、原子能等领域，在通讯、航空等部门进行限制。美国有关法律赋予总统权力，如果外资并购国家重要企业认为影响到国家安全，则总统有权否决这种并购。发展中国家对外资进入产业方面的限制更严，限制或禁止外资投资领域通常是一些战略性或敏感性的国防安全部门，支配国家经济命脉的重要工业部门以及需要重点保护的民族工业。

表3　各国对于外资并购的监管

国别	法规体系	监管机构	特殊保护领域
美国	联邦反托拉斯法 政府颁布的并购准则 联邦证券法 州一级的并购法律等	外国投资委员会（CFIUS）	国家安全、国防工业、航空、海运、通讯、金融、原子能
日本	外资法 外汇及外贸管理法等	财务省 总务省等	空运、海运、广播电视、核能、军工、麻醉药品、电讯等
法国	第66—1008号法 第96—117号政令 第2000—1223号法等	法国国际投资署（AFII）	生物科技、制药、国防、博彩业、安全、通讯接收设备、电脑安全系统、军民两用技术、密码设备及敏感军事情报有关的企业，近期对钢铁、能源
德国	卡特尔法 对外经济法 有价证券收购法	联邦卡特尔局	航运、广播电视、核能、军工、电讯等
中国	指导外商投资方向暂行规定 外商投资产业指导目录（制定中） 反垄断法 外国投资者对上市公司战略投资管理办法	商务部、国资委、发改委、证监会、外管局等	国家安全、国防工业、航空、通讯、原子能等

资料来源：根据有关资料整理。

（臧跃茹，中国国家发展和改革委员会宏观经济研究院经济研究所副所长，研究员）

参考资料：

1. 陈小洪．漫长的修炼：并购时代中国企业需要市场化选择［N］．21世纪经济报道，2009.6.15.

2. 王志乐．走向世界的中国跨国公司［M］．北京：中国商业出版社，2004.

3. 康荣平．中国企业海外投资：全球竞争和其他因素掀新浪潮．沃顿知识在线，2009.6.3.

4. 李桂芳．中国企业对外直接投资分析报告［M］．北京：中国经济出版社，2007.6.

5. 商务部，统计局，外管局．2007年中国对外直接投资统计公报．商务部网站．

6. 谈萧．韩国海外投资法制评析及启示［J］．国际贸易问题，2006.9.

7. 魏杰、成思危等在海外并购战略研讨会的发言，中国企业海外并购存四大瓶颈［N］．北京商报，2009.6.3.

8. 程惠芳．中国民营企业对外直接投资发展战略［M］．北京：中国社会科学出版社，2004.

9. 邓洪波．中国企业"走出去"战略分析［M］．北京：人民出版社，2004.

10. 丹尼斯·凯利等．兼并与收购．施嘉岳译．［M］．北京：中国人民大学出版社，2004.

11. 查尔斯·盖斯特．百年并购［M］．北京：人民邮电出版社，2006.

12. 帕特里克A. 高根·黄义等译．兼并、收购与公司重组．朱宝宪等译［M］．北京：机械工业出版社，2005.

全球性经济危机对韩国金融市场
造成的影响及启示

李麟求

内容提要： 全球性经济危机之后，韩国金融市场呈现较大的不确定性，具体表现在韩元汇率和股价急剧下降且变动性较大等方面。金融市场的不确定性扩大，导致金融圈的海外贷款条件恶化，甚至也成为经济全盘流动性不畅的主要因素。但是由于政府当局实施的积极安定政策，以及全球性政策互助，全球性金融动荡局面得以安定下来，并且韩国的外汇市场和债券市场也呈现出超出预期的安定状态。但是，随着金融动荡给实物经济造成的不良影响逐一显现，政府应当把经济政策的重点放在减小经济停滞幅度上。

1. 序论

由美国金融危机而触发的全球性金融危机深化以后，韩国经济的不确定性逐渐增加。特别是外汇和韩元流动性受阻现象严重，韩币价值和股价急剧下降等问题加大了金融市场的变动性。同时，全球性经济危机也开始对实物经济产生影响，各种内需景气指标呈明显下降趋势，出口也呈现锐减现象。

韩国的现状是海外贷款条件的恶化引起了金融机关的流动性受阻，随着对这种现象的担心意见被提出，对于纸币的短期对外债务规模和对股票市场资金撤出等表示担心的意见也不间断地被提出来，但是流动性受阻这一现象，在政府当局的流动性支援政策和对银行的对外贷款保证等措施中得到缓解，局势逐渐缓和下来。而且，考虑到现在的外汇保有量水平，可以判断出短期的外汇流动性不存在问题。

全球性金融危机以后，韩币价值猛跌并且变动性增大的主要原因是外国投资资金的抽离、以美元为主的外汇市场的结构变化和国际收支经常项目赤字等。但是据估计，随着各国国际金融措施逐渐产生效果，韩元对美元汇率维持稳中有降，并且随着海外美元流动性供给的增加，韩元价值猛跌的可能性会很小。

另一方面，世界性金融危机之后，为确保现金流动性，出现了外国人净卖和经济停滞的现象，出于对这种现象的担心，曾引发了国内股价的暴跌，增大了金融市场变动性。特别是外企对冲基金作为主轴的卖空加重了证券市场的不安。

全球性金融危机通过汇率、股价等对韩国的消费、投资、雇用等实物经济产生影响的同时，由于引发了世界经济的停滞，因此，成为韩国出口锐减的主要原因。但是韩国经济由于家庭贷款拖欠率较低，各种制约制度较为健全，以及房地产 PF 贷款的资产抵押比率较低，因此几乎没有可能会发生像美国那样严重的金融危机。另外，随着国际油价和汇率继续维持稳中有降，全球性金融动荡趋于缓和，韩国在改善国内企业赢利性的同时，也期待着逆资产效果和融资困难现象能得以缓和。

由于政府当局实施强有力的安定政策，以及全球性政策互助，金融动荡局面得以安定下来，并且韩国金融市场也呈现出超出预期的安定状态。但是，随着金融动荡给实物经济造成的不良影响逐一显现时，政府应当把经济政策的重点放在减小经济停滞幅度上。

2. 全球性经济危机的影响

全球性金融危机之后，国内金融市场呈现出不安定局面，包括汇率和股价在内的全部金融变量的变动幅度达到了史上最高值。2008 年 1—7 月韩元对美元的汇率不超过 8%，货币贬值比率 8 月份为 7.3%，9 月份为 8.2%，10 月份为 8.8%，11 月份为 16.4%，变动性呈现急剧扩大状态。特别是 10 月 16 日时，美元对韩元的汇率与前一日相比暴涨了 133.5 韩元，整日处于上升趋势，达到了史上最高值（见图 1）。另外，由于外国资本收回的可能性，以及偿还外债负担，东欧国家的拒付可能性等，对于新兴国家的危险性增加，2009 年 3 月韩元对美元的汇率甚至上升到了 1570 韩元。

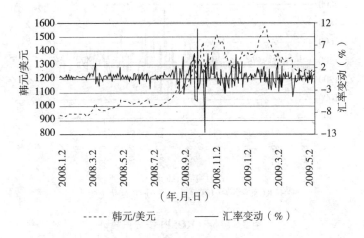

图 1　韩元对美元的汇率趋势

但是 FRB 的买入国债声明、美国政府的不实资产处理计划、G20 的实物及金融市场协助强化等对外因素和国际收支经常项目盈余反转、外国人股票净销，政府和民间的外汇资金筹措等对内因素的作用下，3 月以来国内外汇市场呈现安定趋势。但是与主要发达国家和东亚国家相比，韩国的外汇市场仍处于不安定状态。实际上，2008 年 1 月以来，除了日本和中国之外的大部分竞争国家的货币对美元的比率为 10% 以下，出现货币贬值现象，但是韩元却贬值为 30% 以上，对韩元的相对较低评价的忧虑一直在持续。

全球性金融危机以后，随着世界性信用受阻，在相对来说流动性较丰富的韩国股票市场中，随着外国投资的抽离，股票市场也呈现大幅度不安定状态。2008 年 6 月达到 1800 点的韩国 KOS-PI 指数在后来一直呈急剧下降趋势，10 月份下降到 900 点，特别是 10 月 16 日与前一日相比，急剧下降了 126.5p，成为历史上下降幅度最大的一次（见图 2）。

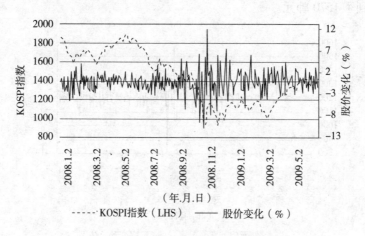

图 2　股价（KOSPI 指数）趋势

如图 3 所示，股价和韩元对美元汇率之间的关系在 2008 年第四季度和 2009 年第一季度中表现得最为明显。一般来说，在金融危机的情况下，全球性信用受阻会非常严重，在发生外国资本大量抽离的过程中，随着本国货币价值的急剧下降，担心汇兑损失的外国资本会接连追加抽离出去。股价和汇率间的相互关系在 2008 年年末和 2009 年年初表现的最为强烈是因为这一时期雷曼兄弟的破产以及东欧（银行业）面临倒闭的可能性等，引发了国际金融市场的信用受阻现象严重，反映了韩国金融市场的不确定最为增大这一事实。

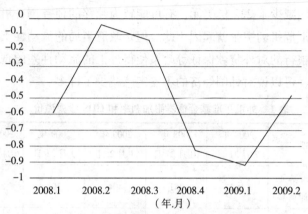

图 3　股价和汇率间的相互关系趋势

2008 年 9 月以来，随着原有的信用危机转移为信赖危机，附加利息也上升为史上最高值，在国际金融市场中，韩国的信用危险度呈较高趋势，结果是外汇平准基金债券附加利率和 CDS 股票溢价分别从 2008 年 7 月末的 162bp[①] 和 86bp 达到了史上最高的 751bp 和 699bp。后来，随着全球信用受阻现象的缓和，附加利息减少，外汇融资费用呈下降趋势，但和金融危机以前相比，仍维持在较高水平（见表 1）。

另一方面，全球经济危机之后，对于国内金融市场的不安全感逐渐增大，经常出现韩国经济危机一说。2008 年 9 月提出了债券市场危机一说，进入 10 月份以来，外汇危机说也兴起。9

---

① bp（Basic Point），基点，债券和票据利率改变量的度量单位，100bp = 1%。

月份的危机一说是指处于危机局面的 51 兆 5000 亿韩元的保留债券中，有 8 兆 6000 亿的到期时间都集中在 9 月份，到期偿还的外商债券投资资金不再进行再投资，而是一同抽离到海外的话，也会引起国内金融市场及外汇市场的不安定。10 月份的危机说是指在预测的国际收支经常项目赤字中，外汇保有量比 2008 年年初同期减少了 222 亿美元，有可能转为纯粹的债务国，可能会发生外汇危机的主张就起因于此。但是政府当局的流动性支援政策和对银行的对外贷款保证等政策使得外汇的流动性差的现象得以缓解，可以说对韩国经济的不安定感减少了许多。

表 1　外汇平准基金债券附加利率和 CDS 股票溢价

日期	2008 年 7 月 31 日	2008 年 10 月 27 日	2009 年 1 月 2 日	2009 年 3 月 31 日	2009 年 6 月 12 日
外汇平准基金债券附加利率	162	751	404	363	223
CDS 股票溢价	86	699	313	333	161

3. 金融市场不安定的传播途径及评价

3.1　资金市场 ——利息上升

资金市场不畅引发利息上升，加速了家庭贷款、不动产 PF 和中小企业贷款等脆弱部门的亏损，2009 年 3 月末，在家庭贷款负债余额达到了 683 兆 7000 亿韩元的情况下，贷款利息的持续上升是作用于家庭贷款金融不实化和消费萎缩的主要原因。在韩国，如果贷款利息上升 1% 个百分点的话，会带来如下结果，家庭贷款的实质利息负担会增加 6 兆韩元左右，实质民间消费会减少 1.2%。再加上储蓄银行的不动产 PF 贷款的滞纳率由 2007

年年末的 13.7% 增加到 2008 年的 15.6%，储蓄银行的中小企业贷款从 2008 年上半期的平均 6 兆韩元下降到 2009 年上半期的 3 兆韩元，贷款依存度高的中小企业的资金困难情况就更严重。

但是据评估，家庭贷款部门和不动产金融的不实化扩大成为韩国总体的金融不实的可能性很低。2009 年 4 月末，纸币的家计贷款延滞率是 0.75%，住宅担保的延滞率是 0.54%，比美国和英国的水平都低，以 DTI（Debt to Income）限制引入，家计的健全度相对都较高。

并且不动产 PF 贷款的不实化是限定在一部分中小型储蓄银行的问题，贷款规模小，流动化比率低，波及效果很受限制。实际上，金融圈的 PF 贷款规模只不过是总贷款规模的 5% 左右，流动化比率也只不过是 15% 左右，和美国不同，韩国仅止于单纯的一次流动性。

3.2 外汇市场——汇率上升

汇率上升虽然对于提高进口企业的价格竞争力有效果，但是恶化了内需企业的盈利性，并且也是增加外债本息偿还负担的主要因素。全球化金融危机以后，内需企业由于汇率和原材料的上升，并没有增加生产费用，但由于内需萎靡不振，很难提高价格。实际上非制造业部门的利率由 2008 年第一季度的 6.6%，恶化为 2009 年第一季度的 4.2%，特别是收入依存度较高的石油和航空业等盈利性行业大幅度恶化。再加上利息低的时候，作为营业资金，引入了日元贷款等许多外债的企业的本息负担也增大了。

汇率上升引发物价上升，这也是导致购买力下降和消费萎缩的主要原因。2008 年以韩元为标准的收入物价上升率使以美元为标准的收入物价上升率大幅度回升，主导了物价上升率，伴随着物价上升，生活消费的实质所得的增加趋势钝化，生活消费支出增加率也下降了 2%。

但是 2009 年第一季度以后，随着汇率下降趋势趋于稳定，据评估，物价不稳定等内需部门的制约因素处于相当钝化的状态，外债本息偿还负担也得到改善。

3.3 股市——股价下跌

股价下跌而导致的资产缩水和资金流动性匮乏等问题成为了引起消费心理和企业投资心理萎缩的一个重要原因。据调查，韩国个人实际金融资产缩水 1% 的话，实际民间投资将会减少约 0.23%。尤其是 2006 年以来，投资股市人数增加，股市和债券在个人金融资产中所占的比重也大幅上升，因而由股价下跌引起的对实体经济的冲击将明显大于以往。在影响企业景气指数的因素（股价，销售额，人力成本）中股价被认为具有最大的影响力。不过随着国际金融危机的缓和，2009 年第二季度韩国国内股市逐步转暖，由股市动荡引发的实体经济大幅萎缩现象应该不会发生。

4. 未来展望

4.1 外汇市场

根据韩国对外经济政策研究院的研究，如果考虑那些经济原教旨主义所主张的实质有效汇率、外汇供求、进出口、物价等因素的话，韩元对美元的汇率应该在 1200 以下。这种主张就意味着即使在国际金融危机不确定性的大背景下，韩元对美元的汇率还存在着贬值压力。不过考虑到国际金融危机以来，心理、投机性的因素比起经济原教旨主义所主张的那些因素更能够影响汇率的变动，在国际金融市场的不确定性消除之前，市场汇率和实际汇率之间的背离现象在短期内应该难以消除。因此在国际金融市场不确定性因素的作用下，韩元对美元的汇率将会高于实际汇率并且很有可能出现背离更加严重的现象。

不过自从 2009 年 3 月以来韩元被低估的问题逐渐解决，因而韩元继续被严重低估的可能性不会太高。首先影响外汇供求的两大因素石油进口额和造船业出口由美元需求过多逐步趋于平衡。同时考虑到全世界信用紧缩背景下的韩元大趋势，韩元对美元的汇率出现大幅度波动的可能性不大。

尽管外汇供求逐步趋于平衡，但随着外债偿还能力、经常收支顺差能否持续等负面因素影响的扩大，韩元对美元的汇率被低估的情况在第三季度之后将会有所缓解。也就是说韩元对美元的汇率得益于经常收支和资本收支的改善将会呈现一个下行的趋势，不过由于受到国际金融动荡和实体经济停滞的影响，这种下行的趋势将会是非常有限的。

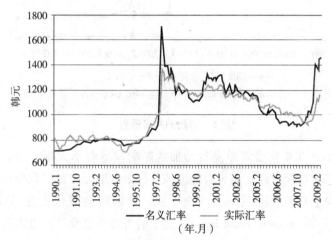

图 4 名义汇率和实际汇率预测（韩元对美元）

4.2 利率

2009 年上半年世界主要国家央行均大幅下调利率至历史最

低水平。美国联邦储备委员会 2007 年次贷危机以后，韩国、日本、欧元区国家央行 2008 年下半年以来都纷纷大幅下调基准利率。

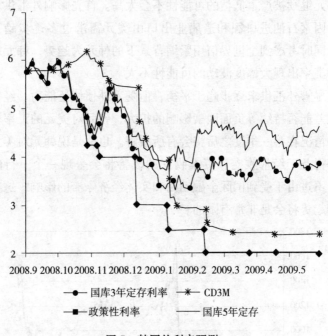

图内图例：
——●—— 国库3年定存利率　——＊—— CD3M
——■—— 政策性利率　　　　—— 国库5年定存

图 5　韩国的利率预测

2009 年年初受货币发行增加的影响银行利率大幅下降，不过由于大规模财政支出导致的国债发行量的增加，银行利率正逐渐走向上升。基准利率将不会下跌，韩国将会被包含在 WGBI（World Government Bond Index）之中的可能性以及外汇供需缓和导致需求的扩大，预计将不会出现太大的上升幅度。对于流动性扩大带来的负面影响成为了话题，随着房地产、股市等资产价格转为上升的趋势，继续扩大货币发行量将会变得困难。不过因为经济恢复效果甚微以及物价上涨率将会出现基数效应等一系列走低的情况，因此在短时期内货币发行政策应该不会重新回归紧缩。同时下列因素也将成为制约利率上升的可能性因素：保障金中债券比率的增加；韩国加入 WGBI 的可能性；外汇市场的逐步趋于稳定；全球信用紧缩的缓和而引起的外国人购买债券需求的增加等。

相反金融危机以后将会进行结构调整的公司债券在短时间内需求很难快速恢复到原来状态。金融危机爆发以后公司债券信贷息差（国库 3 年定存利率－公司债券 3 年定存利率上升 4.56% 点）。不过随着金融机构流动性缓和对于金融公司债券的需求也有所恢复，公司债券信贷息差在 5 月 27 日又重新下降了 1.15% 点。这个数值尽管超过 2006—2008 年 8 月份平均信贷利差（0.57% 点），却低于 2008 年 8 月底的 1.57% 点的水平。不过通用破产，出于对海运、造船业等结构调整而导致的倒闭的忧虑，以后对于公司债券的需求很难出现大幅增加的情况。

4.3 股市

对于美国经济指标比较敏感的投资者来说，经济恢复可能性的增加使得 3 月份以后全球股市出现共同上升情况。由于在第一季度韩国国内企业对于改善业绩的期待以及充足的流动性，同时受益于货币贬值等因素的影响韩国股市出现了较强反弹。不过最近出现的对于股价过度上升，以及对于流动性过剩的忧虑等问题，有意见分析认为股市近期将会进行调整。就是说对于并没有伴随着企业实际效益的经济恢复的过度乐观，最近大幅反弹的股市必然要进行调整。不过正如股市已经表现出来的一样，大部分意见认为这种调整的幅度不会太大。

最近韩元对美元汇率保持在 1250 元左右的水平，继续贬值的可能性也不是太大，因而通过外汇差收益将不会成为吸引外资投资的因素。不过在下半年随着韩元对美元汇率变动性的扩大，股价和汇率很有可能相互变动关系会得到加强。

　　最近国际油价大幅上升。截至 2009 年 5 月末，WTI 油价为每桶 66.31 美元，迪拜原油价格为 63.86 美元，分别比年初上涨了 48.9% 和 43.1%（见图 6、图 7）。油价上升的原因就在于对于经济恢复的期待以及下半年经济将会实现复苏的预期的效用。

图 6　国际油价（2007 年 1 月—2009 年 5 月）

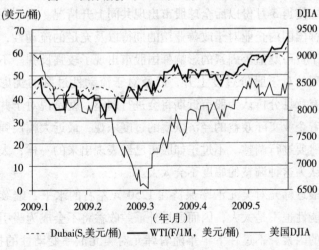

图 7　国际油价（2009 年）

从供给情况来看，由于世界经济停滞石油需求下降的趋势短时间内应该不会改变。不过随着油价下降，从 2009 年年初开始美国和中国都重新开始增加石油战略储备（SPR），在某种程度上可以阻挡油价的下降趋势。与此同时，欧佩克（OPEC）发表报告认为当前石油市场同时存在强势和弱势因素，决定仍维持目前的石油产量（2485 万桶/天），这种不减产的措施在一定程度上减轻了油价下降的压力。同时用作标记油价的美元价值一月内就下跌7%，也成为油价上升的原因之一。因此以后随着美元继续贬值将会直接给油价带来影响。

不过比起下降压力，国际油价的上升压力现在更为突出。考虑到影响国际油价的各种因素，预计 2009 年下半年迪拜油价将达到平均 70 美元/桶，年底将会达到 80 美元/桶（见表2）。

表2 海外主要机构油价预测 单位：美元/桶

机构	类别	2009 年		2010 年				备注
		三季度	四季度	一季度	三季度	三季度	四季度	
CERA	迪拜原油	52.50	53.50	52.80	53.80	51.80	56.80	基准油价
	西得克萨斯轻油	55.00	56.00	56.00	57.00	55.00	60.00	
EIA	西得克萨斯轻油	55.00	55.67	56.00	57.00	58.33	59.67	
PIRA	西得克萨斯轻油	64.35	68.35	—	—	—	—	

CERA：Cambridge Energy Research Associate.

EIA：Energy Information Administration.

PIRA：Petroleum Industry Research Associate.

5. 政策方向

为应对金融危机韩国应该集中采取控制汇率变动幅度，促进经济活性化，同时确保经济增长动力等措施。

对于调整银行利率，应该考虑经济状况、世界各国的利率政策，以及以后国家油价上升的趋势和物价上升的压力等因素。汇率政策应把控制汇率变动幅度作为重点，加强可能给外汇市场带来混乱的对冲基金的监管。为减少有关外债的不确定性，应该将短期外债按实际的偿还负担为标准进行分类和公开。

财政政策要采取多种政策组合来促进经济的活性化。通过财政支出刺激短期经济同时在大规模产业进行集中性投资来扩大就业。同时还要继续推进减免税收的各项政策。

同时以后经济政策方向要由短期扩大内需的政策转向以提高供给能力和需求基础为重点。应该提高生产力，促进技术创新，挖掘新的经济增长动力等，通过提高供给能力不仅克服金融危机，同时也为扩大中长期性发展的潜力作出贡献。

最后，即使是在金融危机的大背景下，韩国也应该全力推进通过开放和金融改革而实现经济增长的战略。韩国金融系统的问题不是像美国一样缺少监管，而是监管过度，所以应该继续采取放松监管的改革措施。

（李麟求，韩国对外经济政策研究院国际金融组副研究员）

参考资料：

1. 姜忠万（音）. 全球金融危机中实体经济和金融业的结构调整. 韩国金融研究院，2008.11.

2. 韩国对外经济政策研究院. 2009年下半年对外经济展望. 2009.6.

3. 三星经济研究所. 全球金融危机与韩国经济. 2008.10.

4. 申长涉（音）. 全球金融危机的蔓延和韩国的应对方案. 2009.4.

5. 李仁九（音），许仁（音），吴承焕（音）. 韩元对美元的实际标准及预测．韩国对外经济政策研究院，2009.6.

6. 许仁（音），金研实（音）．最近油价上涨的原因及对宏观经济造成的影响．韩国对外经济政策研究院，2008.11.

中韩经贸关系及展望

宋　泓

内容提要： 经过十多年的发展，中韩经济已经实现了比较深入的融合。在韩国投资，以及香港、台湾、新加坡和日本投资的推动下，中国已经成为亚洲乃至世界最重要的制造和加工基地，并成为韩国，尤其是东亚四小龙、日本与世界经济交往的中介。随着经济条件的变化，中韩需要一种新的更加平衡的、双向的合作思路和框架。其中，建立中韩自贸区是一种可以认真考虑的选择。

1. 中韩贸易的发展和经济融合

自 1992 年建交以来，中韩两国的贸易飞速发展。贸易规模从 1993 年的 82.2 亿美元，增加到 2008 年的 1840.8 亿美元的水平。短短的 16 年间，增长了 22.4 倍。

从韩国的角度来看，从 2003 年开始，中国开始成为韩国最大的出口国；对中国出口占了韩国整个出口的 23% 左右。从 2006 年开始，中国也成为韩国最大的进口来源国；从中国的进口占了韩国进口的 17% 左右。

从单个经济体的角度来看，1996 年我国从韩国的进口超过了总进口的 10%，并基本维持在这个水平上。2002 年韩国超过了美国，成为我国的第三大进口来源地，仅次于日本和台湾。2008 年韩国超过台湾成为我国进口的第二大来源地，仅次于日本。从出口的角度来看，韩国在中国出口中的地位则要弱得多，只相当于德国的位置，远远低于香港、美国和日本的位置。对韩国的出口只占中国总出口的5%左右。

单纯从这些数字可以看出，韩国对于中国的贸易依赖程度要大于中国对于韩国的依赖程度。两国在经济贸易关系上处于一种不对等的状态。

进一步，我们用双边贸易的结合度指标来衡量中韩之间的贸易依赖程度。根据 Brown（1949）以及 Kojima（1964）等人的研究：

$$XII_{ij} = \frac{x_{ij}/x_{iW}}{M_{jw}/(M_W - M_{iw})} \tag{1}$$

式中，XII_{ij} 表示 i 国对 j 国出口的结合程度，X_{ij}/X_{iW} 表示 i 国对 j 国的出口在 i 国总出口中的比例，$M_{jw}/(M_w - M_{iw})$ 表示 j 国的进口在世界进口减去 i 国的进口中所占有的比例。该指标大于 1 表示，i 国对于 j 国的出口比例大于 j 国从（剔除了 i 国进口后的）世界中的进口比例。这意味着 i 国对于 j 国的出口依赖程度比较高。反之，则相反。

$$MII_{ij} = \frac{Mx_{ij}/M_{iW}}{X_{jw}/(X_w - X_{iw})} \tag{2}$$

式中，MII_{ij} 表示 i 国从 j 国进口的结合程度，M_{ij}/M_{iW} 表示 i 国从 j 国的进口在 i 国总进口中的比例，$X_{jw}/(X_w - X_{iw})$ 表示 j 国的出口在剔除 i 国出口的世界出口中所占有的比例。该指标大于 1 表示，i 国从 j 国的进口比例大于 j 国从（剔除了 i 国出口后的）世界中的出口比例。这意味着 i 国对于 j 国的进口依赖程度比较高。反之，则相反。

用表示双边贸易融合程度的贸易结合度指标来衡量，中韩两国相互之间的贸易倾向都很高，超过了平均水平。其中，韩国对中国出口的依赖程度要大于中国对于韩国的出口依赖程度；而韩国对中国的进口依赖程度要低于中国对韩国的进口依赖程度（见

表1）。这是一种不对等的贸易结合。

表1 中韩贸易的结合度（1993—2008年）

年份	出口结合度（%）		进口结合度（%）	
	中国对韩国出口	韩国对中国出口	中国从韩国进口	韩国从中国进口
1993	1.40	2.28	2.31	1.89
1994	1.52	2.42	2.77	1.87
1995	1.71	2.85	3.12	1.86
1996	1.79	3.41	3.64	1.98
1997	1.93	3.92	4.15	2.09
1998	2.03	3.60	4.30	2.03
1999	1.93	3.33	3.99	2.12
2000	1.83	3.13	3.72	2.01
2001	2.08	3.15	3.78	2.14
2002	2.02	3.26	3.67	2.22
2003	1.91	3.37	3.85	2.07
2004	1.88	3.27	3.77	1.99
2005	1.80	3.49	3.98	1.98
2006	1.73	3.27	3.89	1.91
2007	1.72	3.21	3.74	1.98
2008	1.82	3.06	3.45	1.94

资料来源：CEIC数据库；WTO databank。

这种不对等的贸易结合意味着中韩两国之间的贸易存在着巨大的不平衡。这种不平衡，实际上，是产业转移以及双边之间的产业合作的结果。1993年到2009年4月，中国对韩国一直保持贸易逆差，累计达到3162亿美元（见图1）。而同期，除了1993年之外，中国对世界则保持了连年的贸易顺差，并累计达到了11856亿美元的水平。中国在保持巨额贸易顺差的同时，对韩国却处于连续大规模贸易逆差地位，是因为中国从韩国进口了大量中间品和零部件，经过加工、组装和简单的制造以后，又出口到了第三国，尤其是欧洲、美国等发达国家市场。经过多年的发展，中国实际上已经成为亚洲乃至世界最重要的制造和加工基地，从而成为韩国，尤其是东亚四小龙、日本与世界经济交往的中介。

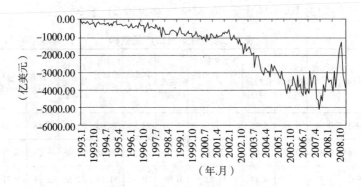

图1　中国对韩国贸易逆差

资料来源：CEIC 数据库。

2. 中韩两国贸易的构成①

中韩贸易，按照 SITC 的分类来看，主要集中在 3 类矿物燃料、润滑油以及相关原料、5 类化学成品及相关产品、6 类按原料分类的制成品、7 类机械及运输设备和 8 类杂项制品等五大类产品上。这五大类产品占了韩国对华出口的 90%、从华进口的 80% 以上。

经过多年的发展，贸易的结构也在发生改变。1995 年到

①　由于资料所限，本文下文有关中韩贸易关系的分析都以韩国的数据为准。中韩进出口贸易的几乎 100% 都集中在《国际贸易标准分类》（Standard International Trade Classificition，SITC）两位码中。韩国的数据提供了详细资料。

2009 年，韩国对华出口中，6 类按原料划分的制成品的比例由
35.95% 下降到 12.42%，而 7 类机械及运输设备的比例则由
22.58% 上升 42.27%，8 类杂项制品的比例也由 5.44% 上升到
16.99%。类似的变化也在进口中发生。比如，同期，6 类产品
的进口比率由 43.44% 下降到 23.75%，而 7 类机械及运输设备
的比例则由 10.57% 上升 46.33%（参见表 2、表 3）。

表 2　韩国对华出口产品结构　　　　单位:%

年份	0 类食品及活动物	1 类饮料及烟类	2 类非食用原料	3 类矿物燃料、润滑油以及相关原料	4 类动植物油脂和蜡	5 类化学成品及相关产品	6 类按原料分类的制成品	7 类机械及运输设备	8 类杂项制品	9 类其他商品
1995	0.99	0.18	5.75	5.25	0.00	23.86	35.95	22.58	5.44	0.00
1996	0.80	0.03	4.68	7.23	0.01	19.51	36.56	25.08	6.03	0.07
1997	1.11	0.03	4.47	11.53	0.01	20.09	34.38	22.28	5.89	0.21
1998	0.98	0.05	3.51	9.63	0.04	22.87	36.06	21.54	5.27	0.07
1999	0.62	0.03	3.06	9.58	0.02	21.94	33.17	25.71	5.83	0.05
2000	0.67	0.03	2.90	10.05	0.02	22.31	28.58	30.49	4.89	0.07
2001	0.57	0.04	2.29	9.37	0.02	22.57	28.12	31.75	5.18	0.09
2002	0.51	0.05	1.92	0.93	0.02	20.45	22.99	43.78	4.88	4.48
2003	0.49	0.04	1.62	0.92	0.02	17.71	20.58	48.77	5.30	4.55
2004	0.51	0.04	1.46	5.62	0.01	18.44	17.33	48.69	7.75	0.14
2005	0.43	0.03	1.41	5.43	0.01	18.31	15.17	48.19	10.91	0.10
2006	0.32	0.03	1.43	5.27	0.01	18.57	13.52	48.90	11.84	0.11
2007	0.44	0.04	1.53	6.70	0.01	19.53	11.76	46.08	13.80	0.11
2008	0.45	0.04	1.53	9.72		19.01	11.29	42.58	15.29	0.08
2009	0.48	0.07	1.55	5.87	0.00	20.21	12.42	42.27	16.99	0.13

表3 韩国从华进口产品结构 单位:%

年份	0类食品及活动物	1类饮料及烟类	2类非食用原料	3类矿物燃料、润滑油以及相关原料	4类动植物油、脂和蜡	5类化学成品及相关产品	6类按原料分类的制成品	7类机械及运输设备	8类杂项制品	9类其他商品
1995	5.73	0.04	7.43	11.62	0.11	8.33	43.44	10.57	12.71	0.03
1996	7.31	0.04	7.00	13.74	0.07	7.15	34.47	15.41	14.73	0.08
1997	11.15	0.02	5.70	12.25	0.12	6.38	33.62	17.00	13.71	0.05
1998	11.62	0.02	5.71	11.22	0.05	7.86	26.69	25.94	10.86	0.00
1999	9.85	0.02	6.51	8.12	0.05	7.41	24.78	29.52	13.73	0.01
2000	11.97	0.04	4.88	9.05	0.04	6.49	22.57	30.02	14.95	0.01
2001	10.43	0.06	3.65	9.73	0.03	7.03	19.88	32.33	16.86	0.01
2002	10.85	0.16	3.03	7.54	0.04	6.19	20.33	32.51	18.43	1.01
2003	10.48	0.09	2.62	6.62	0.05	6.04	19.76	35.36	18.10	0.88
2004	6.47	0.07	2.30	7.11	0.04	6.02	24.79	37.25	15.76	0.18
2005	6.63	0.06	2.64	6.09	0.06	6.17	25.61	38.51	14.19	0.03
2006	6.35	0.07	2.39	6.74	0.06	6.48	21.86	41.67	14.39	0.00
2007	5.11	0.04	2.16	4.17	0.06	6.62	28.42	39.23	14.21	0.02
2008	3.32	0.03	2.02	5.38	0.04	6.75	32.58	37.80	12.09	0.02
2009	4.44	0.05	2.09	3.16	0.03	6.86	23.75	46.33	13.29	0.01

资料来源:CEIC 数据库。

但是,和韩国整体的进出口结构相比较,对中国的贸易中表现出一些特征。比如,韩国对中国的出口,在某些产品上可能会更加集中,而在另外一些产品上则可能比较分散。从中国的进口中,类似的情况也存在。为了更具体地衡量这种倾向,我们使用双边贸易的倾向度指标来表示。

$$XI_{ijc} = \frac{X_{ijc}/X_{ij}}{X_{iwc}/X_{iw}} \qquad (3)$$

式中,XI_{ijc} 表示在产品 c 上 i 国对 j 国的出口倾向;X_{ijc}/X_{ij} 表示在 c 产品上 i 国对于 j 国的出口在 i 国对 j 国总出口中所占的比例；X_{iwc}/X_{iw} 表示在产品 c 上 i 国对于世界的出口在其总出口中所占的比例。该指标在 0 和 ∞ 之间，但是，1 是个分界线：大于 1 表示 i 国对 j 国的出口比例要大于 i 国对世界的出口比例。这意味着，在这种产品上，i 国对于 j 国的出口倾向较高。反之，小于 1，则说明 i 国对 j 国的出口倾向较小。出口倾向较高，表示 j 国的出口市场对于 i 国而言，是重要的；反之则相反。

$$MI_{ijc} = \frac{M_{ijc}/M_{ij}}{M_{iwc}/M_{iw}} \qquad (4)$$

式中，MI_{ijc} 表示在产品 c 上 i 国从 j 国的进口倾向；M_{iwc}/M_{iw} 表示在 c 产品上 i 国从 j 国的进口在 i 国从 j 国总进口中所占的比例；M_{iwc}/M_{iw} 表示在产品 c 上 i 国从世界的进口在其总进口中所占的比例。同样的，该指标在 0 和 ∞ 之间，1 是个分界线：大于 1 表示 i 国从 j 国的进口比例要大于 i 国从世界的进口比例。这意味着，在这种产品上，i 国从 j 国的进口倾向较高。反之，小于 1，则说明 i 国从 j 国的进口倾向较小。进口倾向较高，表示 j 国的进口对于 i 国而言，是愈来愈重要的；反之则相反。

韩国对中国出口中，出口倾向度较高的产品主要包括：5 类化学成品及相关产品、2 类非食用原料、3 类矿物燃料、润滑油等。另外，在 6 类按原料分类的制成品、8 类杂项制品等上，也有类似倾向。在这些产品上，中国是韩国的重要出口市场。

韩国从中国进口中，进口倾向度较高的产品主要包括：6 类按原料划分的制成品、8 类杂项制品、0 类食品及活动物以及 7 类机械及运输设备上。在这些产品上，中国是韩国重要的进口来源地。

在出口市场结构上，在产品 2 类、3 类、4 类和 6 类产品上，中国作为韩国出口市场的重要性在降低，而在 7 类和 8 类产品上，中国市场的地位在上升。在进口供应方面，在 7 类和 8 类产品上，中国的地位也在上升。

从这种变化可以看出，在7类和8类产品上，中韩两国的产业融合在深化。

3. 双边贸易优劣势以及相互分工

国际贸易中，一个国家在任何一种产品上的贸易都可以分为两个部分，即：一部分是产业内贸易，另一部分是产业间贸易。基于此，我们可以用产业内和产业间贸易指数作为分析框架来分析两个国家之间的双边贸易分工以及优劣势。

根据 Grubel and Lloyd（1975）的计算，产业内贸易指数是：

$$\text{IIT}_{ic} = 1 - \frac{|X_{ic} - M_{ic}|}{X_{ic+} M_{ic}} \tag{5}$$

式中，IIT_{ic} 是 i 国在产品 c 上的产业内贸易指标，X_{ic} 表示 i 国在产品 c 上的出口，M_{ic} 表示进口。

公式（1）中，右边的后一部分实际上表示了产业间贸易的比例。因此，我们有：

$$\text{IT}_{ic} = \frac{X_{ic} - M_{ic}}{X_{ic} + M_{ic}} \tag{6}$$

这里，IT_{ic} 表示 i 国在产品 c 上的产业间贸易指标。显然，这两个指数的和是1。

产业内贸易的指数在0和1之间。在该指数为0时，表示在该产品的贸易上进口或者出口为零，因此，整个贸易表现为纯进口，或者纯出口，也就是100%的产业间贸易；反之，如果该指数为1时，表示在该产品的贸易上进口和出口数量正好相等，整个贸易都是产业内贸易。那么，在0和1之间时，如何确定 i 国在产品 c 上的贸易到底是产业内贸易，还是产业间贸易呢？这里实际上没有一个固定或者统一的标准，只是个程度问题。本文中我们划分的界限是：如果 i 国在产品 c 上的出口大于进口的两倍，或者进口大于出口的两倍时，我们就说在该产品上，该国的贸易主要是产业间贸易。这时，产业间贸易指标就大于 1/3，或者小于 -1/3。当出口小于进口的两倍，或者进口小于出口的两倍时，我们就说在该产品上，该国的贸易主要是产业内贸易。这时，i 国在产品 c 上的产业内贸易指数就大于 2/3。

产业间的贸易指数在 -1 和 1 之间。如果是负值，出口小于进口，表示在该产品上，该国是净进口者。这时，我们就说，在该产品的双边贸易上，该国处于比较劣势。反之，如果是正值，则表明该国处于比较优势地位。

3.1 双边贸易中的比较优势和劣势

从产业间贸易指标小于 -1/3[①] 的情况看，韩国对中国贸易的比较劣势产业主要是 SITC 两位码中的 27 个产业（见表 4）。这些产业的特点是以资源型或者劳动密集型产业为主。这 27 个产业占韩国对华出口的不足 5%（1995 年到 2008 年 14 年平均为 3.99%，下同），但却集中了韩国从华进口的 20%—40%（平均 31.15%）。

韩国的双边贸易比较优势产业主要分布在以下的 16 个产业之中（见表 4）。这些产业以资本密集型和技术密集型产业，如石化、机械和电器、电子产业为主。这 16 个双边贸易优势产业集中了韩国对华出口的 43%—60%（平均为 48.25%），进口的 14%—20%（16.03%）。

3.2 双边的产业内贸易

总体上，中韩两国之间的产业内贸易的比例并不高。从 SITC 两位码来看，整个进出口贸易的 40% 左右为产业内贸易。

---

① 为了消除年度变化的影响，本文以 2005 年以来的最近 5 年的平均值为准，下同。

中韩的产业内贸易比例较高的产业有 19 个①。它们集中了韩国对华出口的 47.03%，从华进口的 52.66% 以上。这些产业主要是电子、电器、石化以及机械和纺织等资本、技术密集型产业（见表4）。

表4　中韩贸易中的优劣势产业和分工

序号	韩国对华贸易劣势产业	序号	韩国对华贸易劣势产业	序号	韩国对华贸易劣势产业
1	32 章煤、焦炭及煤砖	10	01 章肉及肉制品	19	54 章医药品
2	22 章油籽及含油果实	11	00 章活动物	20	82 章家具及部件，褥垫及类似填充制品
3	56 章制成化肥	12	04 章谷物及其制品	21	79 章其他运输设备
4	08 章饲料	13	42 章植物油、脂	22	29 章其他动植物原料
5	63 章软木及木制品	14	84 章服装及衣着附件	23	52 章无机化学
6	83 章旅行用品、手提包及类似品	15	03 章鱼、甲及软体动物及制品	24	12 章烟草及制品
7	24 章软木及木材	16	27 章天然化肥及矿物	25	85 章鞋靴
8	41 章动物油、脂	17	66 章非金属矿物制品	26	07 章咖啡、茶、可可、调料及制品
9	05 章蔬菜及水果	18	81 章活动房屋；卫生水道供热及照明设备	27	09 章杂项

---

①　即产业内贸易指标大于2/3 的产业。产业内贸易指标大于2/3 意味着该产品上，韩国对中国的出口不超过其从华进口的 2 倍，或者从中国的进口不超过其对华出口的 2 倍。

序号	韩国对华贸易优势产业	序号	韩国对华贸易优势产业	序号	韩国对华贸易优势产业
1	76 章电信及声音的录制及重放设备	7	58 章非初级形状塑料	13	87 章专业、科学及控制用仪器和装置
2	34 章天然气及人造气	8	33 章石油、石油产品及有关原料	14	21 章生皮及生皮毛
3	88 章摄影器材、光学物品及钟表	9	73 章金工机械	15	57 章初级形状塑料
4	61 章皮革、皮革制品及已鞣皮毛	10	78 章陆路车辆	16	23 章生橡胶
5	55 章精油、香料及洗涤制品	11	51 章有机化学		
6	11 章饮料	12	72 章专用机械－农用机械		
序号	产业内比例较高的产业	序号	产业内比例较高的产业	序号	产业内比例较高的产业
1	69 章金属制品	8	68 章有色金属	15	53 章燃料、鞣料及着色料
2	89 章杂项制品	9	77 章电力机械、器具及零部件	16	71 章动力机械及设备
3	62 章橡胶制品	10	25 章纸浆及废纸	17	64 章纸、纸板以及纸浆、纸板制品
4	67 章钢铁	11	28 章金属矿砂及金属废料	18	59 章其他化学原料及产品
5	43 章已加工的动植物油、脂和腊	12	65 章纺纱、织物、制成品及有关产品	19	02 章乳品及蛋品
6	75 章办公机械及自动数据处理设备	13	06 章糖及其制品和蜂蜜		
7	74 章通用机械及部件	14	26 章纺织纤维及废料		

资料来源：CEIC 数据库。

3.3 双边贸易优劣势与中国在韩国贸易中的相对地位

这部分，我们利用公式（3）和公式（4）的双边贸易倾向度指标，来进一步具体分析中韩两国贸易中的优势产业、劣势产业和产业内贸易产业的贸易倾向。

显然，一般而言，在韩国对华贸易的优势产业中，中国市场对于韩国出口会非常重要。因此，这些产业中的贸易倾向也会比较高。实际的情况正是如此。在16个双边贸易优势产业中的13个产业中，韩国对于中国的出口倾向都超过了1。

在这13个产业中，尤其值得注意是石化产业群。它包括了23章生橡胶，33章石油、石油产品及有关原料，34章天然气及人造气，51章有机化学，55章精油、香料及洗涤制品，57章初级形状塑料，58章非初级形状塑料等7个产业。实际上，在这个产业群中，由于韩国的石油几乎全部依赖进口，因此，该产业的竞争力并不是很强。但是，在双边贸易中，韩国的该产业似乎是专门面向中国市场的。其中，在23章和57章上，韩国的产业间贸易指数最高，达到了0.89以上。

另外一个值得关注的产业是精密仪器等产品，它包括87章专业、科学及控制用仪器和装置，88章摄影器材、光学物品及钟表等。最近几年，在这些产业中，韩国对华出口增长迅速。

同时，在机械产业中，如72章的专用机械－农用机械，73章金工机械等上，韩国在中国的销售倾向都很高。在11章饮料产业中，韩国对中国市场的出口倾向最强。这些产品上，韩国出口主要满足中国市场的需求，而不是加工后再出口。

在SITC的76章电信及声音的录制及重放设备、78章陆路车辆以及21章生皮及生皮毛等产业中，出现了例外的情况，即：中国市场的地位很弱。显然，在这些产业中，韩国的竞争优势很强，不仅在双边贸易中有优势，而且在多边贸易中具有优势。中国之外的其他国家是韩国更重要的出口市场。这种情况表明，韩国在这些产业中还保存有相当的生产能力和竞争能力。从产业转移的角度看，韩国向中国转移了低端的生产阶段；从产品销售的角度来看，向中国的销售只是集中或者吸纳了韩国很少的出口份额。另外一种可能的情况是，在这些产业中，韩国只是向中国出口零部件或者中间品，不直接出口产品，中国是个加工基地，或者韩国企业在中国进行面向当地市场的生产。实际的情况处在这两种情形之间。因为，在汽车、尤其是轿车生产上，韩国企业是主要面向中国本土市场的，而在韩国的生产则直接向海外出口成品。另外，在电子以及皮革生产（除了21章外，还包括61章皮革、皮革制品及已鞣皮毛）上，中国都是韩国重要的加工制造基地，但一些重要生产阶段或者产品仍然在韩国进行。

相反，在韩国对华贸易的优势产业上，韩国从中国的进口倾向，一般而言则比较小。实际的情况也确实如此。在这16个双边贸易优势产业中的14个产业中，韩国从中国的进口倾向都比较低。它们可以划分为三类：①面向中国市场销售的产品。比如前文介绍过的11章饮料，72章专用机械 – 农用机械，73章金工机械，78章陆路车辆等。②专门用于加工下游产品的零部件、中间品等。比如，21章生皮及生皮毛，88章摄影器材、光学物品及钟表，33章石油、石油产品及有关原料等。③进口倾向小于1，但是大于前两类产品的产品。这主要是②类产业的下游产业。比如34章天然气及人造气，51章有机化学，57章初级形状塑料，58章非初级形状塑料，61章皮革、皮革制品及已鞣皮毛，87章专业、科学及控制用仪器和装置。这些产品主要以石化、精密仪器和皮革产品为主。

但是，在55章精油、香料及洗涤制品以及76章电信及声音的录制及重放设备上，韩国从中国的进口倾向则比较高。

既是韩国出口中国的双边比较优势产业，又是韩国进口的重要来源，这类产业最有可能是：韩国转移到中国进行生产的产品，并将部分或者全部产品返销韩国。结合中国市场在韩国出口中的位置，可以断定：①在76章中，中韩两国的产业融合比较深入：中国既是韩国重要的出口对象（韩国的双边比较优势产业），又是韩国重要的进口来源。②该产业是韩国最重要的具有全球竞争优势的产业之一。③而中韩两国之间紧密贸易，至少表明中国也已经达到了比世界水平要更好的程度；或者，中国是韩国在该产业中的重要的加工制造环节之一。比如，生产某些种类的产品、或者某种程度的产品。而55章最有可能是韩国转移到中国，并将产品返销韩国的产业。

因此，可以看出，韩国对于中国保持优势的产业主要分布在76章的产品上，即电信以及音像类产品上。另外，在87章、88章等精密仪器上，最近几年，中韩之间的产业融合也比较深入。

而在韩国对华贸易的劣势产业中，中国市场一般不应该是韩国出口的重要市场，但是，从中国的进口却是韩国的重要进口来源。在27个劣势产业中的11个都属于这一类型，即：从中国的进口倾向很高，但对中国的出口倾向很低。它们是：03章鱼、甲壳及软体动物及制品，04章谷物及其制品，07章咖啡、茶、可可、调料及制品，29章其他动植物原料，32章煤、焦炭及煤砖，56章制成化肥，63章软木及木制品，66章非金属矿物制品，81章活动房屋；卫生水道供热及照明设备，83章旅行用品、手提包及类似品，84章服装及依着附件。这些是最基本的双边贸易劣势产业，主要以农产品、矿物产品以及劳动密集型产品为主。

从中国的进口倾向，以及出口中国的倾向都比较高的产业是22章油籽及含油果实，27章天然化肥及矿物，52章无机化学，82章家具及部件，褥垫及类似填充制品，85章鞋靴。这些产业很有可能都转移到了中国，韩国只是保留一些产品或者部件自己进行生产。因此，对出口的倾向要高一些，从中国的进口倾向也比较高。

出口倾向和进口倾向都比较低的产业：00 章活动物，01 章肉及肉制品，05 章蔬菜及水果，09 章杂项，12 章烟草及制品，41 章动物油、脂，42 章植物油、脂，54 章医药品，79 章其他运输设备。在这些产业中，中国只是韩国的一个次要进口来源，它还有其他的重要进口来源。同时，这些产业只是韩国双边贸易劣势产业，但有可能不是多边贸易的劣势产业。对于其他国家的出口比例要高于对于中国的出口。这些产品主要以加工后的食品等为主。

出口倾向高，而进口倾向低的产业：08 章饲料，24 章软木及木材。这两个产业的产业间贸易指数都很高，达到 – 0.93 以上。显然，它们是双边贸易，也是多边贸易的劣势产业。

简言之，韩国对华贸易的比较劣势主要集中在农产品、矿产品以及劳动密集型产品上。

产业内贸易比例较高的产业，也可以根据出口和进口贸易倾向来划分为四大类：①韩国对华出口倾向和从华进口倾向都比较高的产业。这些产业有：02 章乳品及蛋品，68 章有色金属，75 章办公机械及自动数据处理设备和 77 章电力机械、器具及零部件。显然，这些产业是韩国对华转移的产业，其产品加工后返销韩国。②韩国对华出口倾向和从华进口倾向都比较低的产业。这些产业包括：06 章糖及制品和蜂蜜，43 章已加工的动植物油、脂和蜡，74 章通用机械及部件。③韩国对华出口倾向高，但进口倾向低的产业。这些产业包括：25 章纸浆及废纸，28 章金属矿砂及金属废料，53 章染料、鞣料及着色料，59 章其他化学原料及产品，71 章动力机械及设备。这些产业要么是面向中国的出口产业，要么是中间品，或者原材料产业。但是，这几个产业都属于第二类。④韩国对华出口倾向低，但进口倾向高的产业。这些产业包括：26 章纺织纤维及废料，62 章橡胶制品，64 章纸、纸板以及纸浆、纸板制品，65 章纺纱、织物、制成品及有关产品，67 章钢铁，69 章金属制品，89 章杂项制品。这些产品主要属于劳动密集型的产品。

因此，从产业内贸易的情况来看，韩国与中国在电子、电器以及有色金属等产品上融合密切，进出口倾向都很高；另外，在一些劳动密集型产业上，上下游的分工关系也很明显，即：韩国更多地提供零部件和中间品，并进口最终产品。

总体上讲，韩国在 76 章上对华仍然保持有比较大优势，对华转移的只是一些低端的生产阶段；最近几年，在精密仪器（87、88 章）以及电子、电器（75、77 章）方面的产业融合也很密切。在石化产业群上，韩国对华依赖程度很高。韩国对华在中间产品和零部件上保持有比较大优势，而在下游的劳动密集型的制成品以及农矿产品上则处于明显的劣势。这样一种贸易分工格局，显然，和韩国对华投资密切相关。

4. 韩国对华投资与中韩贸易

韩国对华投资经历了三个发展阶段（见图 2、图 3）：

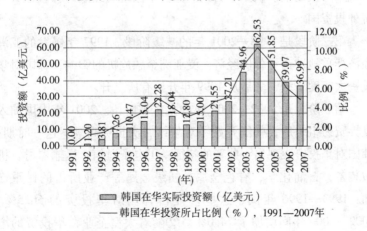

图 2　韩国在华投资

资料来源：中国商务部。

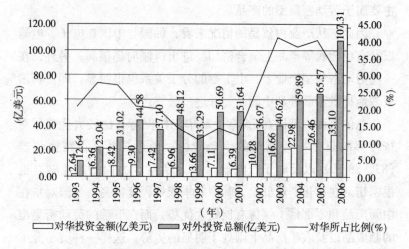

图 3　对华投资在韩国对外投资中的地位

资料来源：池晚洙（2007）。

　　第一阶段是 1992—1997 年的起始阶段。中韩建交以后，正好赶上了邓小平南巡讲话的影响，韩国对华投资大幅度增加，并形成第一次高潮。从这个时期开始，中国就已经成为韩国最大的海外投资国。

　　第二阶段是 1998—2001 年的减缓阶段。1997 年爆发的亚洲经济严重地冲击了韩国经济。受亚洲金融危机的影响，韩国对华投资大幅度减缓，随后从 1999 年开始有所上升。

　　第三阶段是 2002—2008 年的大扩展阶段。2001 年中国加入世界贸易组织后，韩国开始了对华第二次投资高潮。这一时期，韩国对华投资表现出一些新的特征：①电子通信，运输器材，机械装备，石油化学，有色金属，初级金属等产业所占的比重增加：1993—1996 年间，这些产业占韩国对华投资的 50.5%，2002—2006 年间增加了 74.0%。②随着大型企业在华投资的增加，为这些企业进行配套的韩国中小企业也开始跟随其大主顾进入中国。根据 2004 年对 298 家公司的调查，有 25.3% 的中小企业是这样进入中国的。

根据韩国学者池晚洙（2007）的研究，到 2007 年 3 月底，韩国对华投资的特点可以归结为三点：①集中在制造业领域。韩国对华投资中，制造业比重高达 83.9%。②中小企业的比重大，投资规模小（规模）。韩国对华投资中，中小企业的比重为 43.7%，平均每个项目的投资规模为 140 万美元（2006 年）。③集中在与韩国距离较近的长江流域，山东以及京津唐地区。这些地区集中韩国对华投资的 80.4%。

在制造业中，韩国的投资主要集中于哪些产业呢？由于数据获得上的困难，我们只能以 2004 年 12 月末的情况为例来说明。这时，韩国的对华实际总投资的 85.8% 集中在制造业。具体产业分布如下：电子及通讯设备（25.1%）、纺织服装（12.4%）、石油化学（10.8%）、汽车制造（10.5%）、机器设备（8.7%）、非金属矿物（6.8%）、食品饮料（5.6%）、皮革制鞋（4.4%）、金属制品（3.3%）、造纸印刷（1.4%）、木材家具（1.0%）等。这些产业，正好是韩国对华贸易最集中、贸易不平衡幅度最大的产业。

中韩贸易与韩资企业的关系密切。通常情况下，中韩之间的贸易，主要是由中韩企业推动的。由于资料欠缺，我们只能使用 2003 年的中国详细贸易数据。对中国最主要的八个贸易伙伴的贸易分析显示（表 5 只报告了其中的三个）：①中国从韩国的加工贸易进口比例较高，在八个贸易伙伴中，只仅次于台湾的 65.89%，达到 48.08%。但是，加工贸易后，从中国返销韩国的加工贸易出口则在八个贸易伙伴中最低仅为 46.01%。显然，在加工贸易中，中国对韩国的贸易逆差是比较大的。②在中韩的加工贸易进出口中，外资企业（当然，主要是韩国企业）的比例是比较高，达到 80% 以上。在八个贸易伙伴中，韩国排名第二，仅次于台湾省。这种分工关系清楚地表明，中国是韩国企业加工、组装和制造的基地：大量的零部件和原材料，以及机器设备等都从韩国进口，生产出来的产品不到一半返销韩国，其余则从中国出口第三国市场。

表5 三资企业与对华贸易：2003年

中国贸易结构分析　　　　单位:%

出口	日本		韩国		台湾	
	一般贸易	加工贸易	一般贸易	加工贸易	一般贸易	加工贸易
比例（%）	39.74	59.11	51.69	46.01	39.33	58.62
国企	47.49	12.75	55.92	14.53	48.44	14.44
外企	36.13	82.79	25.44	80.32	34.13	82.65
集体企业	7.1	2.94	7.59	3.06	7.12	0.92
私企	9.28	1.51	11.03	2.08	10.31	1.99
金额（亿美元）	236.15	351.25	103.88	92.46	35.42	52.79
进口	日本		韩国		台湾	
	一般贸易	加工贸易	一般贸易	加工贸易	一般贸易	加工贸易
比例（%）	37.54	44.18	38.77	48.08	21.98	65.89
国企	43.20	11.32	43.56	11.67	43.04	15.07
外企	31.97	78.24	38.36	81.77	38.36	81.77
集体企业	3.96	2.20	4.63	1.98	5.31	1.15
私企	9.90	1.62	7.89	2.37	13.28	2.01
金额（亿美元）	278.33	327.63	167.23	207.38	108.51	325.25

注：加工贸易是指来料加工贸易和进料加工贸易之和。

资料来源：作者根据中国海关总署提供的数据汇总。

在中韩贸易的主要不平衡产品上，我们可以进一步看到这种分工的影响。比如，在2005年到2009年4月的5年中，韩国对华贸易中创造贸易盈余最多的十大类产品中，八大类产品上韩国企业加工、组装活动都非常活跃。类似的，在韩国对华贸易逆差最大的十类产品中，至少有六类产品属于加工组装活动活跃的产品（见表6）。

表6 韩国对华贸易平衡（顺差），主要不平衡（逆差）产品（2005—2009年4月平均）

单位：百万美元

贸易顺差产品	金额	市场	贸易逆差产品	金额	市场
65章 纺纱，织物，制成品及有关产品	457.3	投入材料	67章 钢铁	-3359.4	韩国市场
75章 办公机械及自动数据处理设备	922.8	加工组装	84章 服装及衣着附件	-1983.0	加工后进口
77章 电力机械、器具和部件	1673.8	加工组装	32章 煤，焦炭及煤块	-1551.1	韩国市场
72章 农用机械	1849.8	中国市场	66章 非金属矿物制品	-880.6	韩国市场
78章 陆路车辆	1902	中国市场	03章 鱼，甲和软体动物及制品	-695.1	韩国市场
57章 初级形状塑料	3327.3	投入材料	69章 金属制品	-598.8	加工后进口
33章 石油和石油产品及原料	3421.8	投入材料	04章 谷物及其制品	-538.8	韩国市场
76章 电信及声音的录制及重放设备	3563.3	加工组装	52章 无机化学	-478.6	加工后进口
87章 专用、科学及控制用仪器和装置	4675.2	加工组装	89章 杂项制品	-476.1	加工后进口
51章 有机化学	5028.4	投入材料	82章 家具及部件，褥垫及类似填充制品	-472.6	加工后进口
合　计	26821.6	合　计	-11034.0		

资料来源：CEIC数据库，作者汇总。

　　正是由于这种贸易分工格局的存在，韩国对日本和美国的传统出口开始转移到中国进行。在亚洲金融危机之前，韩国对中国的贸易，可能主要是将原来出口日本的生产能力转移到中国进行，并出口日本。因此，这一时期，韩国对中国和日本两国出口比例的总和稳定在 20% 水平上。同期，韩国对中国的出口还不能替代对美国的出口，也就是说，韩国对美的出口生产能力还没有完全转移到中国。但是，2001 年之后，这种布局逐步实现，因此，对中国的出口替代了对美国的出口。韩国对中美两国出口的比例总和保持在 35% 的水平。同时，中国在韩国贸易中的地位也在上升，已经突破了单纯作为对日本出口生产基地的定位，而更成为对美出口生产基地（见图 4）。

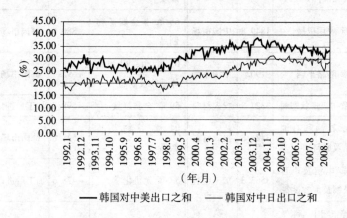

图 4　韩国对华、对美和对日出口比例

资料来源：CEIC 数据库。

　　从 2001 年开始，另一个重要变化也开始出现，即中国从中国的进口，或称"国货复进口"开始出现。虽然，这种现象和中国海关的某些管理政策和制度不无关系，但是，从另一个角度来看，它也是中国经济内部发展的一个新阶段，即：经过 20 多年的发展，尤其是加入世贸组织后外资的大规模介入，我国内部经济、尤其是加工能力的发展已经到了一个新的阶段——很多零部件和中间品可以通过自身内部的供给来满足。这是一种新形式的"进口替代"，即在中国的外商投资企业以及国内企业的产品开始替代来自国外的进口产品。这种替代主要发生对日本、韩国和台湾作为加工、组装零部件使用的进口的替代（见图5）。

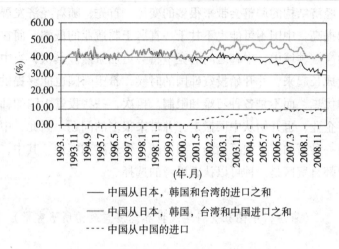

图5　中国从主要贸易伙伴的进口及其关系

资料来源：CEIC 数据库。

5. 中国的结构调整与中韩经贸关系合作

经过十多年的发展，韩国与中国经济的融合程度，仅次于大陆与香港以及台湾的融合水平。但是，这种融合更多的是一种单向的、中国对韩国开放式的融合，其根基在于中国的改革开放政策、尤其是对于韩国投资的引进政策。

经济的发展已经改变了中国传统的一些经济条件。比如，2005 年以来，人民币汇率已经对美元升值了 18% 以上，同时，新劳动法的实施也使得中国的劳工成本提高了 40%—50% 左右。

中国传统的廉价劳动力优势正在逐渐丧失。另外，随着国内环境约束的增强以及资源枯竭的威胁，传统的高投入、高消耗的生产方式也需要调整。目前正在经历的全球金融危机也迫使中国更快更早地进行这种调整。在这种背景下，中国经济开始走上新的升级换代之路。

经济结构的调整会带来很多的变化。首先，随着经济发展水平的提高，中国不可能也不甘于一直居于制造业的低端。而在产业的高端领域中，中韩之间的竞争将会更加激烈。其次，当中国企业成长起来，并开始投资韩国的时候，希望韩国也能够提供类似的优惠，而不是各种刁难和限制。再次，一些投资中国的韩国中小企业，也开始从中国撤走，并带来很多的问题。因此，中韩需要一种新的、更加平衡的、双向的合作思路和框架。其中，建立中韩自贸区是一种可以认真思考的选择。

（宋泓，中国社会科学院世界经济与政治所研究员）

参考资料：

1. Brown，A. J.（1949）. *Applied economics：Aspects of world economy in war and peace.* London：George Allen and Unwin.

2. Grubel，H.，& Lloyd，P. J.（1975）. *Intra - industry trade.* London：Macmillan.

3. Kojima，K.（1964）. The pattern of international trade among advanced countries. *Hitotsubashi Journal of Economics*，5（1），16 - 36.

4. 池晚洙. 东北亚区域经济中的新国际分工：以韩国企业对华投资为例，ppt 文稿，2007，www. cciip. org/zhuanti - dsj/dsjwj/c5 - cwz. ppt，2009 年 6 月 20 日获得.

韩中经济交流的发展现状
及未来展望

李承信

内容提要：本文分析了中韩之间的贸易以及投资交流，提出了对今后两国经济交流发展的展望。从 1992 年到 2008 年期间，中韩两国的贸易额呈现出了年均 22.7% 的高速增长。韩国对中国的投资也从制造业为中心转化为对服务业部门扩大投资的方向。究其根本原因是中韩两国贸易以及产业分工结构紧密相连。通过本文进行分析得出，从中长期观点来看，韩国对中国的贸易将会呈现出从中国进口的增长率超过对中国出口增长率的结构。尤其韩国对世界的出口越多，从中国进口的原部件以及资本货物就会越多。这样一来，若韩国克服全球经济停滞状态的影响，对外贸易环境得到改善，从中国的进口将会加速增长。另外，随着中国经济的持续增长、市场规模的扩大，在华韩国企业的内需导向型投资也将扩大。

1. 韩中贸易现状及特点

1.1 韩国对中国的贸易现状

自 1992 年韩中建交以来，两国间的贸易呈现出飞速增长的趋势，并结成了重要的伙伴关系。韩中贸易额从 1992 年的 64 亿美元上升到 2008 年的 1683 亿美元，规模扩大了约 26 倍。根据韩国统计标准，中国是韩国第一大出口对象国和进口对象国。从中国的统计标准来看，韩国是中国的第四大出口对象国及第二大进口对象国。从 1992 年到 2008 年期间，两国的贸易额年平均增长 22.7%，同期两国对外贸易的平均增加值有大幅上升。韩中两国间的贸易在各自对外贸易中所占比重持续上升。

特别是在韩国对外出口中，对中国出口所占比重已从 1992 年的 3.5% 上升到 2008 年的 21.7%。中国在 2003 年超过美国成为韩国最大出口对象国，并从 2005 年以来，一直维持着 20% 以上的高出口占有率。

持续增加的韩国对中国贸易呈现出新的变化。在 2005 年达到顶峰的韩国对中国贸易收支顺差目前正在减少。2008 年，韩国对中国出口金额为 914 亿美元，与上年相比增加了 11.5%；进口则为 796 亿美元，增加了 22.1%。韩国对中国的贸易总收支为 145 亿美元，与上年同期相比减少了 45 亿美元（增加率为 -23.7%），与 2005 年的顶峰时期相比，已连续 3 年呈现出减少的趋势（见表1）。

表 1　韩中贸易趋势

指标		1992 年	2000 年	2004 年	2005 年	2006 年	2007 年	2008 年	2009 年 1—5 月
总出口	金额（亿美元）	766.3	1722.7	2538.5	2844.2	3254.7	3714.9	4220.1	1331.0
	增长率（%）	6.6	19.9	31.0	12.0	14.4	14.1	13.6	-24.7
对中出口	金额（亿美元）	26.5	184.6	497.6	619.2	694.6	819.9	913.9	301.4
	增长率（%）	164.7	34.9	41.7	24.4	12.2	18.0	11.5	-23.9
总进口	金额（亿美元）	817.8	1604.8	2244.6	2612.4	3093.8	3568.5	4352.8	1189.0
	增长率（%）	0.3	34.0	25.5	16.4	18.4	15.3	22.0	-35.0

续表1

指标		1992 年	2000 年	2004 年	2005 年	2006 年	2007 年	2008 年	2009 年 1—5 月
对中进口	金额（亿美元）	37.3	128.0	295.9	386.5	485.6	630.3	769.3	206.0
	增长率（%）	8.3	44.3	35.0	30.6	25.6	29.8	22.1	-35.8
总收支	金额（亿美元）	-51.4	117.9	293.8	231.8	160.8	146.4	-132.7	142.0
对中收支	金额（%）	-10.7	56.6	201.8	232.7	209.0	189.6	144.6	95.4

资料来源：kita. net 韩国贸易统计。

特别是 2008 年第四季度的韩国对中贸易出口及进口分别是 -23.9% 和 -9.3% 的负增长率。贸易顺差与上年同期对比减少了 38.6 亿美元（增长率为 -72.8%）。

从 2008 年 10 月起，韩国对中国的出口就开始减少（-3.5%），11 月、12 月份分别以 -33.3% 和 -35.4% 的负增长率呈现持续减少的趋势。进入 2009 年，截止到 5 月份一直持续着负增长趋势。中国对韩国进口增加率也从 10 月份起开始减缓，从 11 月开始转变为减少的趋势，到 2009 年 5 月创下了增长率为 -42.1% 的纪录。

但是，从 2004 年 8 月以来，进口增加率超过出口增加率的构造被打破，从 2009 年 2 月起，形成了进口减少率大于出口减少率的新局面，贸易指数与上年同期相比，维持在较高的水平上（见图 1）。

1.2 韩中两国间主要贸易品种的变化

韩中两国建交以来，两国间的主要贸易产品结构发生了变化。1992 年中韩建交时主要输出的产品有不锈钢板、合成塑料、

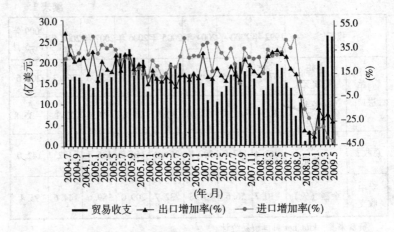

图1 韩国对中国月交易趋势

资料来源：kita. net 韩国贸易统计。

造船钢铁制品、皮革制品等；而到了 2008 年，则变为半导体、石油产品、平面触摸屏显示器、传感器、无线通讯设备等产品。韩国对中国的进口也从 1992 年的纤维产品、原油、人造短纤维织物等品种为主转向 2008 年以不锈钢板、半导体、电脑、平面触摸屏显示器及传感器等为主。两国间交易产品的品种经历了相似的变化发展过程（参照表 2、表 3）

表2 1992 年韩国对中国主要出口产品

位次	对中出口	金额 （百万美元）	比重 （%）	对中进口	金额 （百万美元）	比重 （%）
1	不锈钢板	420 （382.8）	15.8	纤维产品	657 （29.8）	17.6
2	合成塑料	299 （273.8）	11.3	原油	223 （91.8）	6.0
3	造船钢铁、钢筋	235 （6684.1）	8.9	人造短纤维制品	222 （1.2）	6.0

续表 2

位次	对中出口	金额 （百万美元）	比重 （%）	对中进口	金额 （百万美元）	比重 （%）
4	皮革	141 (105.8)	5.3	水泥	214 (-46.7)	5.7
5	人造纤维	130 (24.1)	4.9	煤炭	210 (7.1)	5.6
6	人造长纤维制品	98 (84.3)	3.7	丝织品	178 (9.6)	4.8
7	纸制品	90 (205.7)	3.4	粮食	142 (29.0)	3.8
8	纤维、化学机械	76 (163.4)	2.9	精密化学原料	107 (12.2)	2.9
9	石油制品	74 (412.1)	2.8	棉织品	103 (86.9)	2.8
10	其他石油化学产品	69 (118.4)	2.6	其他农产品	103 (-42.5)	2.8

注：品种分类以 MTI3 单位为标准，（ ）内为与上年同期相比的增加率。

资料来源：kita.net 韩国贸易统计。

表 3 2008 年韩国对华贸易主要产品

位次	对华出口	金额 （百万美元）	比例 （%）	对华进口	金额 （百万美元）	比例 （%）
1	半导体	8729 (-5.7)	9.6	钢板	9622 (116.9)	12.5
2	石油产品	8517 (63.5)	9.3	半导体	5864 (39.3)	7.6
3	液晶设备	7058 (20.3)	7.7	电脑	4858 (0.2)	6.3

位次	对华出口	金额 （百万美元）	比例 （%）	对华进口	金额 （百万美元）	比例 （%）
4	无线通讯设备	6484 (14.1)	7.1	液晶设备	3391 (32.7)	4.4
5	合成树脂	5333 (16.9)	5.8	衣服	3078 (−6.3)	4.0
6	光学仪器	5172 (42.6)	5.7	煤炭	2815 (74.3)	3.7
7	电脑	4148 (−30.0)	4.5	钢筋、管材	2396 (46.9)	3.1
8	石油化学合成原料	3381 (14.3)	3.7	无线通讯设备	2185 (20.3)	2.8
9	钢板	2996 (23.0)	3.3	精密化学原料	2057 (37.2)	2.7
10	石油化学半成品	2838 (0.4)	3.1	铝	1662 (−0.4)	2.2

注：商品分类分局 MTI3 单位标准，（ ）里是与上年同期相比的增加率。

资料来源：韩国贸易统计 kita. net。

以 MTI3 为标准来看，两国间的贸易产品中，只有 1992 年的人造长纤维织物一项产品发生了重复。2008 年的半导体、平面触摸屏显示器及传感器、无线通讯设备、电脑、不锈钢板等五项产品在出口的同时也进口。这主要是由于韩中两国间的电子及钢铁产业之间已经形成了密切的行业内的贸易构造。此外据笔者推测，中国国内的韩国企业生产的产品向韩国逆出口的部分可能也占据了相当大的比重。

1.3 中韩贸易结构的特征

1.3.1 以生产资料为中心的贸易结构。韩国对华的进口和出口中半成品都占有非常大的比重。以机械类为代表的生产资料

的出口一直维持增加趋势，2008年占到了韩国对华出口的
18.5%。相反，最终消费品的比重在2008年只有2.9%，并且一
直呈下降趋势（见表4）。

表4　加工程序标准下的韩国对华出口状况　单位:%

年份		2000	2003	2004	2005	2006	2007	2008
初级产品		0.4	0.5	0.6	0.6	0.7	0.8	0.9
半成品		84.9	76.5	79.7	82.0	79.3	76.8	77.8
最终产品	生产资料	9.9	18.6	16.2	14.0	16.7	19.4	18.5
	消费品	4.8	4.4	3.5	3.3	3.3	2.9	2.9

资料来源：利用韩国贸易统计资料整理 kita. net。

韩国从中国的进口商品中半成品的比重也持续上升，2008
年达到了63.6%。初级商品的进口比重从2000年的16.1%下降
到2008年的6.0%。消费品的进口也在减少。相反从中国进口生
产资料的比重从2004年以来一直保持在18%左右（见表5）。

表5　加工程序标准下的韩国从中国进口状况　单位:%

年份		2000	2003	2004	2005	2006	2007	2008
初级商品		16.1	12.5	9.1	9.4	6.3	6.3	6.0
半成品		50.3	48.0	52.8	54.7	57.4	59.8	63.6
最终产品	生产资料	13.7	16.9	18.4	18.5	18.7	18.7	18.3
	消费品	19.8	22.5	19.8	17.3	17.5	15.2	12.1

资料来源：根据韩国贸易统计整理 kita. net。

根据加工程序进行区分的话，2008年韩国对华出口商品中的
77.8%是零部件、工业用原料、燃料以及润滑油等半成品，最终产
品只占到21.4%。在21.4%的最终产品中，生产资料占到了
18.5%，耐久和非耐久消费品占2.4%，食品和饮料占到0.5%。

2008 年韩国对华的出口中，零部件（与 2007 年同期对比增加 7.8%）、工业用原料（与 2007 年同期对比增加 9.7%）、生产资料（与 2007 年同期对比增加 6.0%）等出口疲软，不过工业用燃料和润滑油因为油价上升而达到了 64% 的出口增加率，拉动了对华出口的增加。

2008 年，韩国从中国进口的商品中，半成品所占的比重达到 63.6%。从中国进口的最终产品的比重为 30.4%，其中生产资料比重为 18.3%，耐久和非耐久消费品的比重为 9.6%，饮料和食品的比重为 2.5%。从中国进口的半成品中工业用原材料（与 2007 年同期相比增加了 34.1%）、燃料和润滑油（与 2007 年同期相比增加了 44.1%）主导了进口增加率，最终产品中生产资料与 2007 年同期相比增加了 20.4%（见表 6）。

表 6　加工程序标准下的韩国对华进出口状况

加工程序		对华出口 （亿美元）			对华进口 （亿美元）			构成 （2008 年,%）	
		2007 年	2008 年	增加率 （%）	2007 年	2008 年	增加率 （%）	出口	进口
全部		819.9	913.9	11.5	630.3	769.3	22.1	100	100
初级产品		6.8	8	18.5	39	45.9	17.8	0.9	6.0
半成品	小计	629.8	710.9	12.9	379.5	489.4	29	77.8	63.6
	零部件	291.5	314.3	7.8	134	159.4	19	34.4	20.7
	工业用原材料	291	319.2	9.7	237.5	318.4	34.1	34.9	41.4
	燃料和润滑油	47.2	77.5	64.0	8.1	11.6	44.1	8.5	1.5
最终产品	小计	183.2	194.9	6.4	211.6	233.7	10.5	21.3	30.4
	耐久消费品	16.4	17.4	6.4	64.1	62.4	-2.7	1.9	8.1
	非耐久消费品	3.9	4.4	13.6	10.7	11.4	7.5	0.5	1.5
	食品饮料	3.8	4.3	13	20.1	19.3	-4	0.5	2.5
	生产资料	159.2	168.8	6	116.8	140.6	20.4	18.5	18.3

资料来源：利用韩国贸易协会资料整理。

1.3.2 对中国国内韩资企业的出口比重较大。2007 年根据
对外经济政策研究院的调查，韩国对华出口商品大约 1/2
(48.9%)①都是由中国国内的韩资企业进口的。根据分析因为
中国国内的韩资企业需要进口零部件和材料等，即中国本地的韩
资企业与韩国的对华出口有着密切的联系。

据杨平燮等人 2007 年的调查分析，中国当地的韩资企业在
韩国对华出口比重为 48.9%，这个数字比韩国贸易协会 2003 年
和韩国进出口银行 2006 年所做的调查的数字比重都要低（见图
2）。原因就在于在华的韩资企业加强了从中国内地进行半成品调
节的力度，减少了从韩国的进口。②

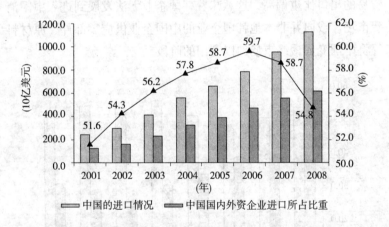

图 2 中国的进口和中国内部外资企业进口状况（单位：10 亿美元）
资料来源：利用 CEIC 资料整理。

另外据中国海关统计，在中国整体进口规模中，中国内陆的

① 根据杨平燮等人 2007 年的调查，韩国中国投资对进口的促进效果为每单位
0.97，也就是投资中国的韩国企业促进了韩国对中国的出口。

② 根据韩国贸易协会所做的调查，韩国企业中国投资对出口的促进效果为每单
位 1.19，2005 年进出口银行调查的结果为每单位 2.084。

外资企业的进口比重达到了 54.8%，因此我们可以得知，不仅是韩国企业，中国国内其他外国企业对外进口的比重也是相当高的。

1.3.3　依靠加工贸易出口比重较高的结构。在韩中两国间的贸易关系之中，韩国对中国出口现在已经形成了本地韩国企业将在韩国置办的零部件、原材料利用中国的廉价劳动力进行加工后再次出口海外的形态。

2008 年韩国对中国出口中的 54.3% 是由依赖中国加工贸易的出口组成的，但这个比重在韩美、韩日出口贸易中分别只占 26.7% 和 44.2%（见图 3）。即比起其他国家，韩国对中国加工贸易的出口比重偏高，这意味着韩国企业无法发展到进入中国消费市场，或向并非本地韩国企业的中国企业供应零部件、原材料等将中国变成最终市场加以利用的阶段。

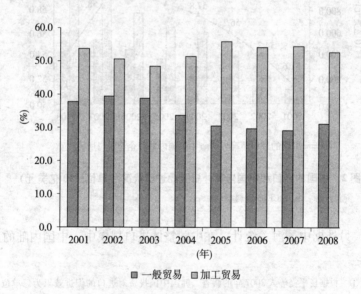

图 3　依赖加工贸易的韩国对中国出口比重趋势

资料来源：中国海关统计。

2. 韩中贸易的变化趋势及其原因

从 2004 年第四季度开始速度放缓的韩国对中国出口增长率在全球金融危机发生以后更是出现了负增长的记录。韩国对中国出口放缓的局面是由于中国政府的贸易限制政策（加工贸易限制，出口限制政策）、人民币升值、发达国家经济萎缩、中国内陆鼓励进口代替等多种原因综合造成的。

中国政府自 2006 年下半年以来开始推行贸易限制政策（加工贸易限制，出口限制政策），出口规模开始减小，接着出口用中间材料的进口也开始出现萎缩，这一点马上影响到了韩国对中国的出口。而自 2008 年第四季度以来，国际金融危机使中国的出口规模开始萎缩，中国国内的消费心理也因此出现变化，国内消费以及产业生产增长放缓，中国的消费资料和中间材料的进口也持续出现增长放缓趋势。

2.1 对中国出口增长放缓

2.1.1 中国贸易政策的变化和韩国对中国出口。2006 年上半年以来中国开始采取限制出口措施，中国的出口增长率与以前相比降低了 10 个百分点左右。到 2008 年第三季度，受中国政府的限制贸易措施（加工贸易限制，下调出口增值税退税率等）和人民币升值的影响，以加工贸易出口为中心的出口增长率持续出现下跌趋势。

从 2006 年下半年开始到 2008 年上半年期间，中国加强了对加工贸易的限制，人民币对美元的汇率自 2005 年 7 月引入"货币篮子"制度后到现在为止上升了 20%（见图 4、图 5）。

第四季度以后，随着世界金融危机导致的世界市场需求量的萎缩，不仅是加工贸易，中国的一般贸易出口增长率也急速下

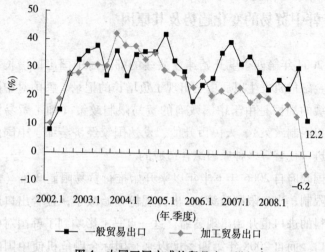

图 4　中国不同方式的贸易出口增长率

资料来源：CEIC，中国海关统计

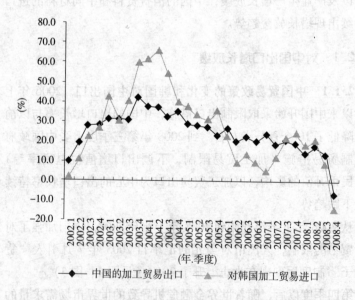

图 5　中国的加工贸易出口和韩国对中国加工贸易出口趋势

降。另外，由于中国实行了出口及加工贸易限制措施，韩国、台湾等仍在中国大陆维持着加工贸易商务格局的国家和地区对中国的出口受到了极大的影响。下调了对中国加工贸易及出口增值税退税率的韩国对中国原材料的出口也出现了增长放缓的现象（见表7）。

表7 中国对主要贸易对象国（地区）的

进口增长率 单位：%

国家（地区）		中国进口	美国	日本	韩国	台湾
加工贸易比重（%）		38.6	24.2	40.7	52.7	66.2
中国进口增长率（%）	2004	36	31.9	27.2	44.3	31.2
	2005	17.6	8.9	6.4	23.4	15.3
	2006	19.9	21.8	15.2	16.8	16.6
	2007	20.8	17.2	15.8	15.6	16.0
	2008	18.5	8.3	3.2	5.3	−1.0
变化率（2007—2008年,%）		−2.3	−8.9	−12.6	−10.3	−17.0

注：与中国有关的数据是根据2008年1月—11月的统计，美、日、韩、台的统计数据时间为2008年全年度。

资料来源：中国海关统计。

2.1.2 中国产业的高级化及进口替代。如果根据加工级别的不同分别观察中国的进口状况的话，中间材料占全部进口额度的77.9%，消费资料和生产资料各占3.1%和17.0%。但是随着中国产业高级化趋势的出现，中间材料领域的进口替代速度也在加快（见图6）。

而消费资料方面虽然已经进入成熟期的产业阶段，而且中间材料进口替代速度也在加快，但仍然处于出口替代阶段，生产资料自2005年以后就从进口比重较大的产业转换成为了出口比重较大产业（见图7）。

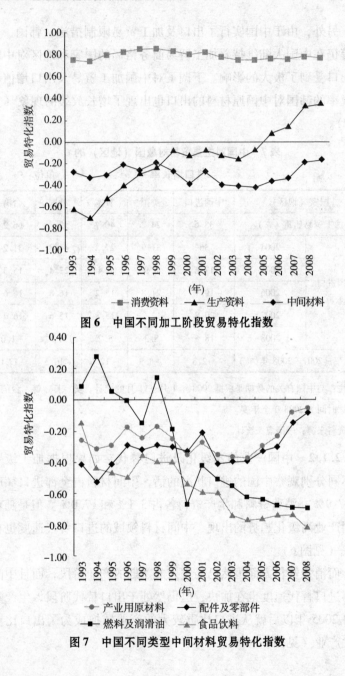

图 6　中国不同加工阶段贸易特化指数

图 7　中国不同类型中间材料贸易特化指数

在韩国对中国主要出口产品，例如家电机器零部件、电脑零部件、通信器械零部件、汽车零部件等产业领域，中国的出口反而大于进口，开始进入了出口产业化阶段（见图8）；相反，机械零部件、半导体等领域仍然处于进口比重较大阶段。产业用原材料中的钢铁和纤维制品虽然以较快的速度向出口比重较大产业发展，但除此之外的大部分产业用原材料仍然处于进口比重较大的阶段（见图9）。可以看出，随着中国产业的发展中国对进口的需求逐渐减少，韩国对中国的出口也在逐步减少。

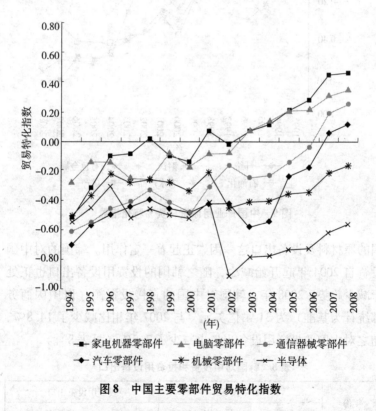

图 8　中国主要零部件贸易特化指数

2.1.3　中国当地韩国企业的生产萎缩和贸易萎缩。随着韩国对中国投资的减少，中国当地韩国企业生产的萎缩，减少对中

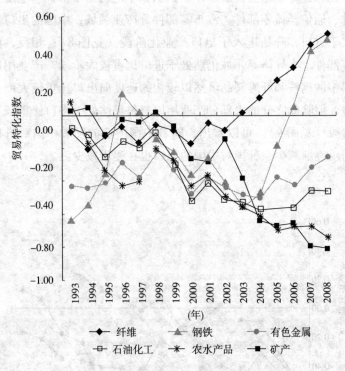

图9 中国产业用原资材贸易特化指数

国的原材料及设备出口这一因素正起着一定作用。韩国的对中国
投资自 2004 年起开始减少，随之韩国的投资用设备出口也正处
于减少趋势。2008 年，韩国对中国的直接投资额（以中国商务
部统计为基准）为 31.4 亿美元，与 2007 年相比减少了 14.8%，
随之对中国的投资用设备出口也减少了 7.5%（见表 8）。

表8 韩国对中投资和投资用设备出口

年份	对中投资		投资用设备出口	
	金额	增长率（%）	金额	增长率（%）
2002	2721	26.4	1161	15.3

续表 8

年份	对中投资		投资用设备出口	
	金额	增长率（%）	金额	增长率（%）
2003	4489	65	1740	50
2004	6248	39.2	2791	60.4
2005	5168	−17.3	2539	−9
2006	3895	−24.6	2117	−16.6
2007	3678	−5.6	2287	8.1
2008	3135	−14.8	2117	−7.5

资料来源：中国商务部，海关统计，韩国贸易协会。

此外，由于中国国内外资企业生产和出口的萎缩，对中国原材料出口也在急剧钝化（见图 10）。如同前一章①所论述的，韩国的对中国出口正维持着中国国内外资企业出口比重高，尤其是对在中韩国企业零件和材料的出口比重高的水准②。

2.1.4 全球经济危机下中国出口的减少。最近，由于全球经济停滞，中国对世界的出口减少了，随之韩国中国的对出口也减少了。这是因为，韩国对中国出口的 77.8%③是原材料，对中国出口的 52.7%是为了加工贸易这一出口结构的形成。

若将中国对世界出口和韩国对中国出口的增长率按月相比较来看的话，我们可以了解到：这一趋势自 2008 年 10 月起就开始一致了。这一出口减少趋势将会一直持续到 2009 年 5 月。而且，随着中国出口减少的加速，韩国对中国进口的减少幅度也在持续扩大（见表 9）。

---

① 2008 年第四季度，中国外资企业的出口和进口与去年同期相比分别减少了 2.2%、12.5%。

② 韩国对中国出口的约 49%。

③ 在以 2008 年为基准计算的对中出口中，原材料所占的比重是 77.8%。

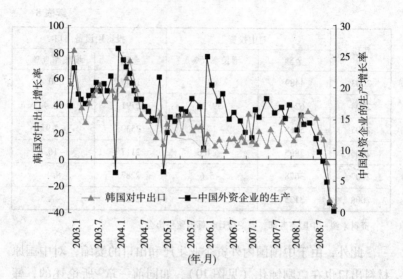

图10　中国外资企业的生产和韩国对中出口

资料来源：CEIC，中国海关统计。

表9　韩国对中国出口、进口增长率和中国出口、

进口增长率趋势　　　　　　　　单位:%

指标	2008 年				2009 年				
	9 月	10 月	11 月	12 月	1 月	2 月	3 月	4 月	5 月
对中出口	15.0	-3.5	-33.3	-35.4	-38.6	-13.6	-22.3	-19.2	-25.5
对中进口	47.2	8.4	-14.2	-22.6	-35.0	-30.9	-29.8	-39.2	-42.1
中国出口	21.4	19.1	-2.2	-2.8	-17.6	-25.8	-17.3	-22.7	-26.4
中国进口	20.4	15.4	-17.9	-21.3	-43.3	-24.1	-25.2	-23.0	-25.0
中国对韩进口	8.2	4.9	-30.2	-30.0	-46.6	-14.2	-19.5	-21.3	-21.2

资料来源：韩国贸易协会统计，中国海关统计。

2.2 对中国进口的增加

2.2.1 中国产品的韩国进口市场占有率呈上升趋势。1992
年中韩建交时，中国产品的韩国进口市场占有率仅为 4.6%，在
2002 年达到了 11.4%，10 年间增长了两倍以上。而且，这一占
有率在 2007 年上升到了 17.7%，中国成为除日本（15.8%）外
韩国最大的进口对象国。2009 年 5 月，中国产品的韩国进口市
场占有率为 17.3%，其比重有所减少。但是，这是全球经济停
滞影响下总交易量减少的结果，韩国从中国进口依存度高的结构
仍然丝毫未变（见图 11、图 12）。

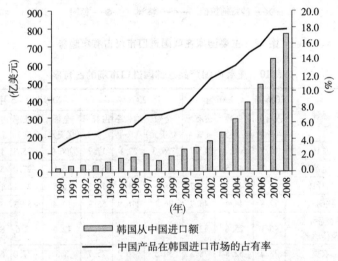

图 11 中国产品在韩国进口市场占有率趋势

资料来源：kita. net 韩国贸易协会的韩国贸易统计资料。

在对中国的十大进口产品中，电脑、平板显示器及传感
器、铁钢板、衣类、无线通信机器、轨条及铁构筑物等所占的
比重很大，尤其平板显示器及传感器的比重已急剧上升（见表
10）。

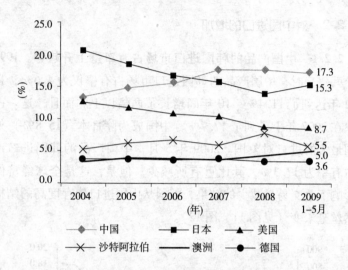

图 12　主要国家在韩国进口市场占有率趋势

表 10　主要中国产品在韩国进口市场的占有率

品种	2006 年	2007 年		2008 年			2009 年 1~5 月		
	占有率 (%)	金额 (亿美元)	占有率 (%)	金额 (亿美元)	增长率 (%)	占有率 (%)	金额 (亿美元)	增长率 (%)	占有率 (%)
总计	15.7	630.3	17.7	769.3	22.1	17.7	206.0	−35.8	17.3
电脑	46.5	48.5	49.0	48.6	0.2	50.0	16.5	−27.0	53.7
半导体	11.0	42.1	13.7	58.6	39.3	18.3	16.5	−27.1	16.9
铁钢板	32.8	44.4	43.7	96.2	116.9	55.9	14.4	−57.3	34.5
平板显示器 及传感器	46.1	25.6	73.0	33.9	32.7	77.6	12.9	−8.6	82.3
衣类	78.7	32.8	78.5	30.8	−6.3	75.7	8.3	−37.0	69.9
无线通信机器	38.2	18.2	44.8	21.9	20.3	43.4	6.1	−26.1	39.1
轨条及铁构造物	64.6	4.8	75.2	9.5	98.8	82.5	5.5	55.5	91.5
精密化学原料	26.0	15.0	27.8	20.6	37.2	29.9	5.1	−40.2	27.6
船舶海洋 构筑物及零件	8.5	3.4	10.8	7.7	128.2	14.5	4.8	19.5	23.1
煤炭	23.7	16.2	25.1	28.2	74.3	22.0	4.8	−52.4	11.1

注：产品品种是以 MTI3 单位为基准来划分的。

资料来源：kita. net 韩国贸易协会的韩国贸易统计资料。

零件材料从中国进口比重从 2000 年的 7.7% 急增到了 2008 年的 28.0%。而从日本的进口比重在 2003 年达到了顶点，随后开始缓慢减少（见图 13）。

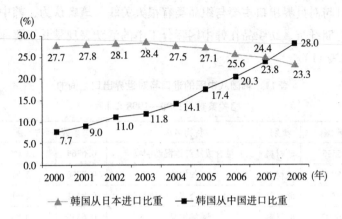

图 13　韩国从中、日零部件原材料的进口比重

资料来源：参考韩国机械产业振兴协会资料制作。

经数据分析，除去电子零件、电子机械零件、精密机器零件、运输机械部件等部分核心零部件材料以外，韩国零部件进口源正由日本迅速向中国转换。①

2.2.2　韩国对世界的出口与从中国进口的关系。韩国对世界的出口与从中国的进口一直有很强的相关性。下面将韩、中、日三国间贸易的产业分工关系分成两个方向，通过对每半年各产品（HS 4 单位）相互关系的分析（以韩国的外汇危机为中心分为 2 个时期），得出以下结论：

1990—1998 年，从日进口与对世界出口之间的相关系数在 0.6 以上，两贸易中占比重在 0.5% 以上的产品数不过 5 个，1999 年以后增加到了 10 个。

---

① 李承信，金勇民，"韩国对中、日贸易收支变动要点分析"，第 26 页，2007 年。

在中国，中韩仅限于纤维纺织品的分工关系，自 20 世纪 90 年代后期，转为以计算机为主的电气电子产品及组件以及各种原材料，逐渐走向多样化。20 世纪 90 年代中期以来，韩国的从中进口与对世界出口主要与织品类有很大关联。笔者认为，韩中交易初期纤维、纺织品在韩中国际分工中的活跃表现是其主要原因（见表 11）。

表 11　韩国从中国的进口与对世界出口之间的

相关系数（1990—1998 年）

HS 编码	类别	货物名称	相关系数	所占比重（%）
5513	原材料	棉合成短纤维混纺织物	0.6369	3.07
5007	原材料	丝织物	0.8750	2.87
5516	原材料	再生、半合成短纤维织物	0.8231	2.31
6002	原材料	编织品	0.6550	0.85
4401	原材料	木材类	0.6123	0.50

注：1. 比重为该期间相关货物从中进口与对世界出口占对中进口与对世界出口总量比重之和

　　2. 2006 年为 1—11 月的统计数据。

资料来源：参考韩国贸易协会的韩国贸易统计资料。

自 20 世纪 90 年代末以来，韩国从中国进口和对世界出口之间的相互关系在许多产品中皆有所体现，可以看到韩中的分工关系正日益深入和广泛。90 年代中期之前，对中进口、对世界出口的相互关系仅在纤维、纺织品贸易领域才能体现，但 90 年代后期以来，韩中之间的分工开始转向以计算机为主的电气电子产品及零部件以及各种原材料，逐渐走向多元化。

1999—2006 年期间，韩国从中国的进口与对世界的出口中，电脑（包含电脑外设及组件）最为活跃，其比重占了 8% 以上，电脑、音响及组件等关联性强的主要产业的从中进口增长率非常高。韩国从中进口与对世界出口相关性高的电脑（包含电脑外设及组件）、音响（包括组件）等产品在1999—2006年8年间，年平均增长率各达到了61.7%与47.3%，大大超过了同期对中平均进口增长率的28.6%（见表12）。

韩国从中国的进口与对世界出口的关联性逐渐增强，从韩国的出口增长可以预见其对中进口也会大大提高。特别是固定资产、消费品、原材料等强关联性产品的大量产生，我们可以推测韩国未来从中进口有非常高的增长潜力（见表12）。

表12　韩国从中国的进口与对世界

出口之间的相关系数（1999—2006年）

HS编码	类别	货物名称	相关系数	所占比重
8471	固定资产	电脑、电脑外设、电脑零件	0.7752	8.31
6110	消费品	紧身内衣、套衫、羊毛衫、背心、上衣等	0.7125	1.55
8518	消费品	音响及零件、麦克风、耳机	0.7798	1.38
8501	固定资产	电动机和发电机	0.8685	1.34
7202	原材料	铁合金（Ferro – alloys）	0.8044	0.94
8532	固定资产	电容器和组件	0.7351	0.84
8516	消费品	暖气、电热机器和组件	0.7105	0.83
5208	原材料	棉布	0.8330	0.70
5903	原材料	浸透、涂抹、包裹塑料的纤维纺织品	0.7628	0.57
7901	原材料	亚铅板	0.7183	0.55

注：1. 比重为该时期内相关货品的对日进口量与世界出口量占对日进口与对世界出口总量的比重之和。

2. 2006年为1—11月的统计数据。

资料来源：参考韩国贸易协会的韩国贸易统计资料。

从上述数据可以看出，韩国对世界出口的增减与韩国从中国零部件、原材料进口增长率成正相关。且在2009年上半年全球经济危机的影响之下，对世界出口的不振造成了从中国零件、原材料进口量的递减（见图 14）。

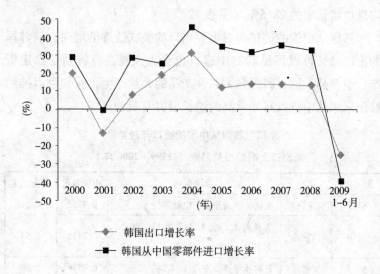

图 14　韩国的出口增长率与从中国零部件进口增长率对比

资料来源：参考韩国贸易协会的韩国贸易统计数据及韩国机械产业振兴协会资料。

3. 韩中投资合作现状及特征

3.1 韩国在中国投资现状及特征

2002 年中国成为韩国最大的海外投资对象国。2009 年 3 月末至今，韩国在中国的投资项目累计共有 38238 件，总金额达 269.2 亿美元，各占韩国全部海外投资的 42.7% 和 22.5%（见表 13）。与中国建立的中国指向性等经济关系得到了持续性的发展。

表13　韩国在中国投资现状

单位：件，亿美元

指标		2000年	2001年	2002年	2003年	2004年	2005年	2006年	2007年	2008年	2009年3月
韩方统计数据	投资项数（件）	775	1038	1375	1683	2153	2254	2301	2121	1288	423
	投资金额（亿美元）	6.9	6.0	10.0	15.6	22.2	27.9	33.8	53.0	37.6	4.5
中方统计数据	合同数量（件）	2565	2909	4008	4920	5625	6115	4262	3452	2226	302
	投资金额（亿美元）	14.9	21.5	27.2	44.9	62.5	51.7	38.9	36.8	31.4	6.6

注：2009年统计数据为1—3月的累计数据。

资料来源：韩国进出口银行，中国商务部。

　　按照中方的统计，在中国吸收外国人投资方面，韩国也是主要投资国。截止到2009年3月末，韩国对中国的累计投资总额为421.6亿美元，占中国FDI招商总额的4.5%。另外，按照年统计标准，2008年韩国对中投资额为31.4亿美元，占中国吸收外资总额的3.4%。继香港、英属维尔京群岛、日本、开曼群岛，韩国是中国的第五大外资引进国。按照韩方的统计标准，2008年韩国对中国投资的投资量和金额增长率分别大幅下降了39.3%和29.1%，这反映出处在全球金融危机特殊时期下的特殊情况（见图15）。

　　金融危机之前，韩国对中国投资中投资量出现小幅减少，但投资金额却呈持续增加趋势。有解释认为，之所以呈现出投资量减少而投资金额增加的趋势，是因为韩国对中国投资已从委托加工等小规模劳动集约型制造业为中心转向电子、汽车、运输装备、金融、房地产等大规模投资。

　　如果从金额方面来看韩国对中国投资中各地区的比重，地理

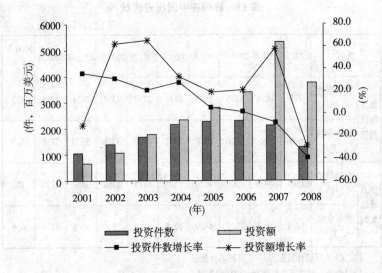

图 15 韩国对中国投资趋势图

资料来源：韩国进出口银行

位置优越的山东省最多，占总投资的 23.8%，依次是电子产业投资较多的江苏省（21.3%）、汽车业（13.4%）投资较多的北京。从投资量来看，山东省（34.9%）、辽宁省（13.4%）所占投资量最多，这是因为在这两个地方中小企业投资相对较多（见表 14）。

表 14 韩国对中国各地区的投资分布

位次	地区	新法人数（件）	比重（%）	投资金额（百万美元）	比重（%）
		19500	100.0	26918.1	100.0
1	山东省	6814	34.9	6401.8	23.8
2	江苏省	1660	8.5	5746.7	21.3
3	北京市	1544	7.9	3599.6	13.4
4	辽宁省	2656	13.6	2378.6	8.8

位次	地区	新法人数（件）	比重（%）	投资金额（百万美元）	比重（%）
		19500	100.0	26918.1	100.0
5	天津市	1674	8.6	2202.4	8.2
6	上海市	1368	7.0	1777.2	6.6
7	广东省	635	3.3	1152.7	4.3
8	浙江省	672	3.4	1005.2	3.7
9	吉林省	1011	5.2	369.5	1.4
10	河北省	398	2.0	415.9	1.5

注：截止到 2009 年 3 月的总合计数。

资料来源：韩国进出口银行海外投资统计。

2005 年韩国对中投资仍以制造业为主，但进入 2007 年这个比重就开始减少。曾一度占整体对中投资 83.8% 的制造业投资比重大幅减少至 66.6%，后渐渐减少到 2008 年上半年的 53.4%。

而对服务业的投资却在不断增加，特别是对批发零售业和金融保险业的投资增加显著。以 2008 年上半年为例，分别占整体对中投资的 13.9% 和 10.2%（见表 15）。

表 15　韩国各行业对中投资趋势表

单位：亿美元,%

行业	金额	总计	2000 年	2003 年	2005 年	2006 年	2007 年	2008 年
		25514	746	1811	2798	3346	5449	2310
农林渔业	金额	96.8	1.16	4.88	10.1	12.3	19.8	5.06
	比重	0.4	0.2	0.3	0.4	0.4	0.4	0.2
矿产业	金额	202	0.74	8.19	14	19.9	32.3	111
	比重	0.8	0.1	0.5	0.5	0.6	0.6	4.8

续表 15

行业	金额	总计	2000 年	2003 年	2005 年	2006 年	2007 年	2008 年
		25514	746	1811	2798	3346	5449	2310
制造业	金额	19379	547	1517	2231	2723	3628	1234
	比重	76.0	73.4	83.8	79.8	81.4	66.6	53.4
电气、液化气、蒸汽和水道业	金额	21.4	0	0	0.28	10.2	6.05	0.08
	比重	0.1	0	0	0	0.3	0.1	0
废水、废弃物处理、原料再生、环境恢复	金额	3.25	0	0	0	0.33	1.98	0.46
	比重	0.01	0	0	0	0.01	0.04	0.02
建筑业	金额	677	16.3	12.5	67.3	89	168	93.5
	比重	2.7	2.2	0.7	2.4	2.7	3.1	4.0
批发、零售业	金额	1312	55	71.2	177	222	213	321
	比重	5.14	7.38	3.93	6.31	6.64	3.91	13.9
运输业	金额	198	22.1	4.04	24.8	10.8	49.7	33.2
	比重	0.8	3.0	0.2	0.9	0.3	0.9	1.4
住宿、饮食业	金额	408	57.5	6.32	25.4	24.3	29	48
	比重	1.6	7.7	0.3	0.9	0.7	0.5	2.1
出版、影像、广播通信和信息服务业	金额	186	5.2	11.1	6.05	15.4	35.3	15.3
	比重	0.7	0.7	0.6	0.2	0.5	0.6	0.7
金融、保险业	金额	1740	24.2	113	119	15	886	236
	比重	6.8	3.2	6.2	4.3	0.4	16.3	10.2
房地产业和仓储业	金额	608	13.3	35	49.1	89.6	143	63.9
	比重	2.4	1.8	1.9	1.8	2.7	2.6	2.8
专业、科学和技术服务业	金额	331	1.04	2.43	13.6	50.8	161	80.6
	比重	1.3	0.1	0.1	0.5	1.5	3.0	3.5
事业设施管理和事业支援服务业	金额	43.8	0.33	1.17	17.6	2.92	7.21	3.65
	比重	0.2	0	0.1	0.6	0.1	0.1	0.2
公共行政、国防和社会保障行政	金额	0.01	0	0	0	0.01	0	0
	比重	0	0	0	0	0	0	0

续表 15

行业	金额	总计	2000 年	2003 年	2005 年	2006 年	2007 年	2008 年
		25514	746	1811	2798	3346	5449	2310
教育服务业	金额	18.6	0.06	1.26	2.38	2.82	3.44	4.04
	比重	0.1	0	0.1	0.1	0.1	0.1	0.2
保健业和社会福祉服务业	金额	13.8	0	1.83	4.21	1.53	0.39	0.9
	比重	0.05	0	0.10	0.15	0.05	0.01	0.04
艺术、体育休闲相关服务业	金额	200	0.13	15.9	15	49.5	51.7	46.7
	比重	0.8	0	0.9	0.5	1.5	0.9	2.0
协会和团体、检修和其他个人服务业	金额	60.9	1.56	4.5	5.75	6.05	12.8	13.3
	比重	0.2	0.2	0.2	0.2	0.2	0.2	0.6
国际和外国机关	金额	14.8	0	0	14.8	0	0	0
	比重	0.1	0	0	0.5	0	0	0

注：1. 总计是从 1998 年到 2008 年 6 月末的合计总数，其中 2008 年是 1—6 月份末的合计总数。

2. 比重是对应年度各行业在中国投资中所占的比重。

资料来源：韩国进出口银行海外投资统计

虽然韩国对中国制造业投资不断减少但仍是主要投资行业。其中对电子零部件、电脑、音箱、通信装备制造业和汽车制造业的投资最多，分别为 26.9% 和 11.4%（见表 16）。

表 16 对中制造业投资中各行业分布表

顺序	所有制造业	新法人数（件）	投资金额（亿美元）	比重（%）
		14711	209.1	100.0
1	电子零部件、电脑、影像、音箱和通信装备制造业	2076	56.2	26.9
2	汽车和拖车制造业	718	23.9	11.4
3	化学物质和化学制品制造业；药品除外	995	13.3	6.4

顺序	所有制造业	新法人数 （件）	投资金额 （亿美元）	比重 （%）
		14711	209.1	100.0
4	金属初加工制造业	347	12.8	6.1
5	金属加工制品制造业； 机器和家具除外	839	12.7	6.1
6	其他机器和装备制造业	1194	11.7	5.6
7	纤维制品制造业；衣服除外	905	10.7	5.1
8	非金属矿物制品制造业	467	10.6	5.0
9	衣服、衣服饰品和皮毛 制品制造业	2140	9.9	4.7
10	其他运输装备制造业	133	9.4	4.5

注：统计以截止到 2009 年 3 月末的合计总数为标准。

资料来源：韩国进出口银行海外投资统计。

3.2　中国对韩投资的现状和特征

以 1989 年到 2009 年第二季度的累积额为基准，中国对韩投资额为 25.5 亿美元，占全部外国人对韩投资（1536.6 亿美元）的 1.7%（见图 16）。

以累计为基准，中国对韩投资中，对制造业的投资比重占全部投资的 58.8%，服务业的投资比重为 40.7%。对服务业的投资相对较多。服务业中商务服务业的投资为 3.4 亿美元，批发、零售流通业的投资约为 3 亿美元，分别占中国全部投资的 15.4%、13.5%。此外还在饮食住宿业、运输仓储业、文化娱乐业等产业投资（见表 17）。[①]

---

① 2008 年第三季度前的累积统计基准金额。

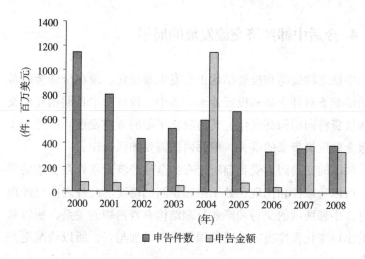

图 16　中国对韩投资趋势

资料来源：韩国知识经济部海外投资统计

表 17　中国对韩各种服务业的投资

服务业类别	件数	金额（亿美元）	比重（%）
批发零售（流通）	4491	297.4	13.5
餐饮住宿	353	25.8	1.2
运输仓储（物流）	94	17.5	0.8
通信	1	0.04	0.0
金融保险	12	1.4	0.1
房地产租赁	26	6.7	0.3
商务服务	109	340.2	15.4
文化娱乐	33	16.0	0.7
其他公共服务	78	5.5	0.2

注：1. 以投资申告为基准统计。1989—2008 年第三季度的累积数值。

　　2. 比重是各产业投资在全部产业投资所占比重。

资料来源：韩国知识经济部外国人投资统计。

4. 今后中韩经济交流发展的展望

中韩之间贸易和投资结构正在发生着变化。现在全球金融危机的影响下对外交易和投资处于萧条中，预计在中长期相互的交易和投资将向结构高度化、贸易收支平衡的方向发展。但是为了克服金融危机带来的难关，中韩两国需要加强合作。

两国间交易因为受到前所未有的全球经济萧条外在变数的影响，所以与以往相比现在处于很难预测的情况。此外之前已经提到过，中韩两国的交易和产业分割结构有着密切的关系，所以两国的出口变化程度决定着对象国的进口增加与否，所以情况更是复杂。

从 2008 年 11 月开始中国的出口减少，韩国对中国出口增加率连续 8 个月减少。同时由于发达国家经济萧条，2009 年年内中国恢复出口的可能性还不透明，预计这种趋势还将持续一段时间。但是，韩国对中国进口增加率减少远远大于出口增加率减少，所以预计 2009 年韩中贸易收支为 145 亿—150 亿美元，与 2008 年相似。

但是从中长期来看，预计韩国对中贸易将以对中进口增加率大于对中出口增加率的结构发展。特别是随着韩国对世界出口增加，从中国进口原配料和资本材料增加。这种结构下，如果韩国摆脱全球经济萧条、改善对外贸易环境，从中国的进口将会加速。

最近韩国对中国投资结构亦快速变化着。大企业投资，特别是资本、技术密集领域中的投资和批发零售、金融保险等服务产业的投资呈现出快速增加的趋势。特别是随着中国持续成长和市场规模扩大，预计韩国企业的对中内需指向性投资将会扩大。

笔者认为中国企业对韩投资扩大的可能性很大。中国企业对外投资的意向持续增加，中国政府实施"走出去"政策逐渐解除企业对外投资的限制，此外还鼓励企业进行海外市场开发、海外资源开发和技术合作，所以今后中国企业海外投资被认为很有潜力。此外，中韩两国地理上的邻接、文化传统上的相似有利于今后韩国成为中国企业国际投资活动中重要的投资对象国，同时以对韩国投资为基础，中韩共同携手开发第三国的市场和海外资源的方案也将取得成效。

（李承信，韩国对外经济政策研究院中国组副研究员）

参考文献：

1. 金周荣（音）. 我国在中法人的经营实态分析和启示. 韩国进出口银行海外经济. 2007. 3，p. 187.

2. 梁平燮（音），李昌圭（音），朴宪正（音），吕之那（音），裴成斌（音），赵贤俊（音）. 韩中交易特性和韩中 FTA 的启示. 韩国对外经济政策研究院，2007.

3. 李文炯（音）. 中国对韩·对日·对台湾地区的进口结构比较分析. 韩国产业研究院，2009.

4. 李承信（音），金龙民（音）韩国对中·对日贸易收支变动原因分析. 韩国贸易协会国际贸易研究院，2007.

5. 李承信（音），梁平燮（音）. 韩国对中国交易动向和启示. 今日世界经济，Vol. 9. No. 11，韩国对外经济政策研究院，2009.

6. 中国商务部网站（www. mofcom. gov. cn）.

7. 韩国贸易协会网站（www. kit. net）.

8. 韩国进出口银行网站（www. koreaexim. go. kr）.

9. 韩国知识经济部海外投资统计.

金融危机对亚洲经济格局的影响分析及中国的中期发展路径选择

叶辅靖　李大伟

内容提要：本文首先对国际金融危机后全球政治经济格局变动进行分析，认为金融危机虽然冲击了现行的国际政治经济秩序，但没有根本改变"一超多强"的国际格局。在此基础上，本文着重讨论了金融危机对亚洲经济格局的走势，认为亚洲各国虽然受到了金融危机的严重冲击，但仍有着良好的发展前景；东亚各国的比较优势也决定了东亚生产网络的大格局不会发生显著变化，但新兴市场国家在最终销售地的比重将有所上升。本文最后客观论述了中国经济在亚洲的地位以及未来进一步发展的有利条件，并在新的国际经济格局下给出了一种较为有效的发展战略。

2008 年 9 月份以来爆发的国际金融危机，直接冲击了现行国际政治经济格局，亚洲主要经济体也面临严重挑战。在全球经济格局变动中，亚洲各国的经济发展战略和区域内经济合作必然会出现一些新的变化。本文首先简要分析危机后国际政治经济格局的变动趋势，然后重点讨论金融危机对亚洲经济格局的影响和走势，最后谈谈中国在亚洲经济中的地位以及未来的发展战略。

1. 国际金融危机中国际政治经济格局的变动趋势

危机对国际格局的影响表现在如下几个方面：

第一，危机直接冲击了现行的国际经济秩序。此次金融危机暴露出的问题，促使各国要求改变规则，加强金融监管，增加发展中国家在制定国际经济规则中的发言权等；但这个秩序并没有大的改变，西方国家主导的局面没有改变，发达国家强发展中国家弱的总体局面有所减弱但没有根本改变。

第二，危机对西方霸权影响下的国际政治格局有所冲击，但未能根本改变这一态势。危机也表明了西方政治制度的缺陷，也削弱了西方的强势影响，西方的法律制度不如宣传的那样健全，西方政治受金融资本影响的实质有所表露，西方社会内部的矛盾有所激化。但这一危机也没有对其造成重大影响，经济危机在西方社会没有发展成政治危机，矛盾与冲突的发展均在控制范围；在国际政治领域，西方的强势和主导地位没有受到重大挑战。

第三，国际格局有局部变化但没有总体改变。危机不是单极变多极，也不是多极加强。危机削弱了美国的实力，使美国的单边主义倾向有所收敛，但总体上看，美日欧俄等大国的实力是平行下降。从国内的基本因素来看，使一个国家发展、强大的那些基本因素，比如政局稳定、政治法律制度相对的健全和巩固、教育水平、科技创新能力、开放水平、国家凝集力、国民素质、军事实力等，美国总体上都仍具有优势，所以，美国仍具有走出危机和恢复的能力，在短期内继续保持第一强国的地位。大国的影响力都是相对的，因此，如果欧俄日不能从危机中很好地恢复过来，那么危机后的美国的影响力可能不仅不下降，反而会比过去更增加；发展中国家受到危机的影响也不小，并没有因此而增强在国际格局中的地位和作用。

第四，经济全球化的发展趋势面临重大的变化，趋势不会逆转，但速度可能放缓。由于美国这一目前经济全球化的主要动力受到金融危机的影响，经济全球化的速度有可能放缓。它也表明美国现在的推动全球化发展的主要方式出现了问题，难以持续。但中国具有巨大的人才和劳动力资源，快速发展的经济，巨大的生产能量以及中国人特有的天下主义观念和吃苦耐劳的品质，使得中国具有推动全球化继续发展的潜力。

第五，在对外贸易领域，发达国家的贸易额短期难以恢复到过去水平，但广大发展中国家之间市场相对地位将上升。对发展中国家而言，由于发达国家的援助下降，发达国家的市场萎缩，它们所依赖的资源产品的出口价格下跌幅度较大，金融危机对它们脆弱的经济造成的打击的程度超过发达国家，它们也急需寻找新的经济发展的动力和机会。另一方面，发达国家为应付国内金融危机，也没有更多的精力顾及与发展中国家的经济关系，对发展中国家的援助会进一步下降，它们过剩的金融产品在发展中国家也根本没有市场，又无法提供发展中国家所需要价廉物美的轻工、日用消费品，因此，发展中国家间的经济互补性进一步增强，相互间的市场有可能形成良性互动。

2. 国际金融危机对亚洲经济格局的影响

2.1 金融危机爆发前亚洲整体经济格局分析

中国、日本、韩国、东盟和印度是目前亚洲最主要的几个经济体。近年来，这五个主要经济体的经济发展呈现如下特征：

第一，发达国家制造业向亚太地区转移是金融危机爆发前亚洲新兴市场国家经济增长迅速的主要原因。表1给出了上述几个主要经济体和印度近年来的 GDP 增长率。

从表1中可以看出，中国、印度、东盟等亚洲各主要经济体在金融危机爆发前的经济增长均保持较高的增长率，这和欧美日的跨国公司在此轮经济增长中将大量劳动密集型行业环节转移到各亚洲发展中经济体有密切的关系。2003 年以来，亚洲各国流入的外商直接投资额均高速增长，如据中国商务部统计，2008

年中国流入的 FDI 高达 923.95 亿美元。这一转移客观上推动了亚洲各国的经济增长，但也导致了美国等发达国家巨大的财政赤字和贸易逆差，为金融危机的爆发埋下了隐患。

表1　2004—2008 年亚洲各主要经济体
实际 GDP 增长率　　　　　单位:%

国家	2004 年	2005 年	2006 年	2007 年	2008 年
日本	1.99	2.42	2.34	2.40	1.00
中国	10.10	10.40	11.60	13.00	9.00
韩国	4.70	4.20	5.10	5.00	2.50
印度	7.50	9.50	9.70	9.00	7.10
东盟	6.20	5.60	6.00	6.50	—
印尼	5.00	5.70	5.50	6.30	6.10
越南	6.30	7.00	6.90	7.20	4.80

资料来源：日本统计局、Asia Development Outlook 2009、东盟数据库。

第二，日韩在东亚生产网络中处于相对的高端位置。亚洲各发展中国家，特别是东亚和东南亚各国的经济增长与日韩主导的东亚生产网络有很大关系。这一生产网络的最终产品销售地一般为欧美发达国家，因此近年来亚洲各经济体对外贸易额也保持高速增长。表 2 给出了亚洲几大发展中经济体近年来出口额的增长速度。

表2　2004—2008 年亚洲各主要经济体
出口增长率　　　　　单位:%

国家	2004 年	2005 年	2006 年	2007 年	2008 年
日本	12.14	7.33	14.61	11.54	−3.47
中国	35.40	28.50	27.20	25.80	17.30
韩国	30.60	12.10	14.80	14.20	14.30
印度	28.50	23.40	22.60	28.90	11.90
印尼	10.40	22.90	19.00	14.00	18.00
越南	31.40	22.50	22.70	21.90	29.10

资料来源：Asian Development Outlook 2009。

从表 2 可以看出，2004 年以来，各大发展中经济体的出口额均有明显的高速增长。而日本和韩国出口额增速相对较低的原因在于，由于中国和东盟的劳动力成本明显低于日本和韩国，因此两国企业在这一轮经济增长中将其制造业的劳动密集型环节大量转移到中国和东南亚地区，形成了以日本为高端环节、韩国为次高端环节、中国等发展中国家为价值链低端环节，大部分最终产品面向欧美发达国家市场的东亚生产网络体系。

表 3 给出了日本、韩国 2000 年和 2007 年向中国、美国和欧盟出口额占总出口额的比例。近年来，日本和韩国在对美、欧出口量所占比重逐渐下降的同时，对中国的出口额则明显上升。

**表 3　日本、韩国出口主要目的地
所占比重变化**　　　　　单位:%

国家		欧盟	中国	美国
日本	2000 年	16. 32	6. 34	29. 73
	2007 年	14. 75	15. 32	20. 06
韩国	2000 年	13. 70	34. 10	20. 90
	2007 年	12. 60	48. 40	11. 20

资料来源：CEIC 数据库，Asia Development Outlook 2009。

这一东亚生产网络的形成是 20 世纪末东亚地区各国比较优势的必然结果。在东亚，日本在高精尖制造业（如高端 IT 产品，汽车）上具有比较优势，韩国则在相应行业的中端市场具有比较优势，而中国的比较优势则在于较低的劳动力和土地成本，但资本和技术则相对缺乏。由于日本和韩国的国内市场相对狭小，因此外需在其经济发展中占据主要位置。因此，日韩企业通过将其加工组装环节投放中国，能够实现东亚地区生产要素的有效配置，从而形成了东亚生产网络的目前格局。

因此，这一格局的形成是和日韩对中国投资额的高速增长分不开的。外商投资企业在中国出口中占据主要地位，2008年我国外商投资企业出口额占总出口额的55.34%。而"两头在外"的加工贸易又是外商投资企业出口的主要形式，2008年我国外资企业加工贸易出口额占外资企业出口额的72.37%。因此，日韩在中国等经济体的外资企业是东亚生产网络体系的末端环节。图1给出了日本和韩国对华的外商直接投资年度规模变化。从中可以看出，2002年以来，日本、韩国对中国的外商直接投资额年平均值在40亿美元以上。

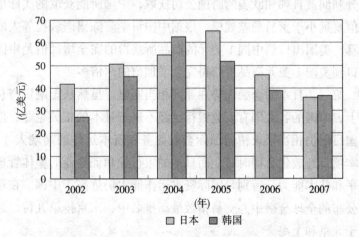

图1 2002—2007年日、韩对中国外商直接投资情况

资料来源：中国商务部。

这一由日韩主导的东亚生产网络优化了东亚地区的要素配置，客观上对东亚地区的经济增长发挥了积极作用。但要说明的是，由于中国在这一生产网络中处于价值链的末端环节，因此中国所获得的收益要远低于其贸易顺差规模。表4给出了中国贸易顺差的结构。

表4 2003—2008年中国贸易顺差结构

单位：亿美元

指标	2003年	2004年	2005年	2006年	2007年	2008年
一般贸易差额	-56.7	-45.9	353.7	831.4	1099.3	899
加工贸易差额	789.1	1063	1425	1889	2492.5	2967.8
其他贸易差额	-477.1	-697.1	-759.4	-945.6	-969.9	-897.3
贸易总差额	255.3	319.5	1019	1775	2621.9	2969.5

数据来源：中国商务部。

从中可以看出，中国贸易顺差主要来源于外商投资企业主导的加工贸易。由于加工贸易的增值链很短，附加值较低，其绝大部分利润被日韩和欧美的跨国公司获取，中国所能获取的实际增加值要远小于贸易顺差规模。根据中国科学院陈锡康教授等人的测算，美国出口到中国1美元的商品所获得的完全增加值是中国出口到美国1美元商品所获得完全增加值的两倍多。

第三，日本的金融优势在亚洲相当明显。虽然从金融资产总量上，中国的各大国有商业银行已经不逊于日本的相关企业，但中国目前仍相当缺乏精通国际金融业务和资本运作的高端人才，资本项目开放仍有待时日。而日本的银行业和证券业的整体管理水平和技术能力，特别是国际资本运作能力仍远高于中国。在伦敦公布的全球金融中心交易指数最新排名中，东京排第九位，远高于北京和上海。

表5给出了2007年底中国和日本国际投资头寸表的对比情况。从中可以看出，由于中国的国际资本运作能力远远落后于日本，加之中国的资本市场尚未开放，因此中国的对外资产主要以外汇储备的方式存在，对外直接投资和证券投资的规模均相对较低。而日本的对外资产则主要以证券投资的形式存在，其所持有的证券占其资产总额的47.1%。而日本的负债也主要以证券投资为主，外商直接投资所占比例很低；而外商直接投资在中国的

负债中所占比例达到了 60%。这些均说明日本在国际资本运作能力方面在亚洲目前仍具有明显的优势地位。

表 5　中国和日本国际投资头寸表对比

单位：亿美元

项　　目	中国	日本
净头寸	10220	21250
A. 资产	22881	51846
1. 在国外直接投资	1076	5253
2. 证券投资	2395	24432
2.1 股本证券	189	5552
2.2 债务证券	2206	18880
3. 其他投资	4061	12418
4. 储备资产	15349	9366
B. 负债	12661	30596
1. 外国来华直接投资	7424	1286
2. 证券投资	1426	18810
2.1 股本证券	1250	12062
2.2 债务证券	176	6748
3. 其他投资	3810	10078

资料来源：中国国家外汇管理局，日本财务省。

2.2　金融危机对亚洲各主要经济体的影响

2.2.1　日本。金融危机对日本经济的冲击主要在于金融体系和对外贸易方面。

在金融体系方面，日本最早受到的冲击的是证券市场。图 2 给出了次贷危机爆发以来日经指数的变化情况。从中可以看出，由于日本证券市场和美国证券市场基本处于联动状态，早在 2007 年次贷危机爆发时，日经指数就开始高速下跌。但从近期走势来看，日本证券市场已经进入低位震荡状态，继续大幅下跌可能性很小。

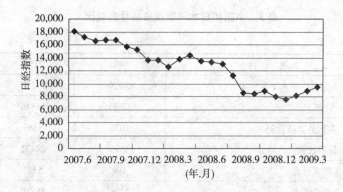

图2 次贷危机爆发以来日经指数的变化情况

资料来源：CEIC 数据库。

日本证券市场陷入低迷对日本银行业也造成了严重冲击，各大上市银行股票市值急速下降，大量金融资产成为坏账，这一冲击将会进一步影响其实体经济的增长。

金融危机对日本对外贸易的冲击也相当严重。具体表现为以下两个方面：

一是对外贸易顺差大幅度下滑，但目前已有企稳趋势。2008年第四季度以来，日本出口额和进口额同样呈现下降趋势，且出口额降幅远远高于进口额，使其贸易顺差一度转为逆差。据日本财务省统计，2009 年 1 月份日本贸易逆差达到 1998 年以来的最高值，为 0.96 万亿日元。但随后日本进出口均有回升趋势，贸易形势有所好转，但仍处于较低水平。2009 年 3 月日本出口额为 4.18 万亿日元，进口额为 4.17 万亿日元，均为 2008 年上半年平均值的一半左右。

二是汽车和电子类产品所受冲击最大。日本对外贸易的比较优势主要在于汽车和电子类产品，2008 年日本出口到美国的汽车占其对美总出口额的 1/3 以上。由于汽车和电子类产品属于高端产品，消费者在经济衰退时期会优先减少对这类商品的需求，因此金融危机对日本上述产品的出口额会有较强的负面影响。目前日本出口到美国的汽车和电子类产品均较 2008 年第三季度时下降了 50% 左右。

但相比 20 世纪 90 年代初，日本经济一个较好的方面是日本的房地产市场还是相对健康，在 2008 年第四季度，日本的居民住宅投资还增长了 24.9%（折合成年率同比），同时加上巨额的海外投资收益，日本经济再次出现类似于 2008 年四季度跳水式下滑的可能性不大。但在美国经济持续低迷的背景下，2009 年日本经济很难走出低谷。

2.2.2 中国。国际金融危机和外需缩减的冲击对中国经济的冲击具体表现在以下几个方面：

一是经济增长显著放缓。2009 年第一季度我国经济增长速度为 7 年来新低，为 6.1%，但已有企稳趋势。我国整体经济增长速度放缓主要有两个方面的原因：一方面，2007 年下半年经济过热和较高的通货膨胀率客观上引导了 2008 年经济增长率向均衡水平回归；另一方面，2008 年下半年全面爆发的金融危机对我国的经济发展造成了一定的冲击。

二是进出口连续大幅下滑。根据商务部统计的数据，2008 年我国对外贸易总额达 25616.3 亿美元，同比增长 17.8%，其中出口 14285.5 亿美元，同比增长 17.2%，进口 11330.9 亿美元，同比增长 18.5%。但 2008 年第四季度以来，我国进出口额一直呈现下滑趋势，如图 3 所示。国际金融危机导致的外部需求下降是我国近期出口额高速下降的主要原因。而国内需求急剧收缩、大宗商品价格的下跌则是我国近期进口额下降的主要原因。

三是部分行业所受冲击较为严重。在国内宏观调控政策和金融危机冲击的共同作用下，2008 年第四季度以来，我国的重化工业仍然处于低迷状态，2009 年 1—4 月份石化、化工、黑色金属冶炼等行业工业增加值均为同比负增长。我国房地产业由于自身存在一定的泡沫，在内外综合因素作用下也受到了一定的冲击，2009 年 1—4 月份我国房地产投资额同比增长率仅为 4.9%。

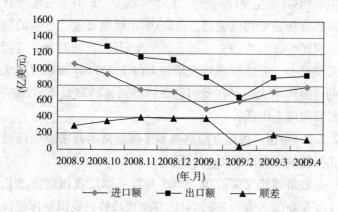

图 3 2008 年第四季度以来我国对外贸易顺差变化

资料来源：中国商务部。

四是中央政府已经及时调整了宏观经济政策。为应对国际金融危机的冲击，中央政府及时调整了宏观经济政策，实行积极的财政政策和适度宽松的货币政策，对抑制经济下滑势头和增强企业信心产生了积极作用。在一系列积极政策的作用下，中国经济目前已有企稳趋势，制造业经理人指数（PMI）连续 5 个月反弹，2009 年 4 月份已升至 53.5 点。2008 年 1—4 月份，全社会用电量为 10559 亿千瓦时，同比下降 4%，降幅显著收窄。

考虑到中国积极财政政策的作用和较强的国内市场潜力，中国经济有望在 2009 年保持稳定增长。但外需的持续萎缩和民间投资意愿减弱将会在很大程度上影响中国的经济增长。我们的计量经济模型预计 2008 年中国进口同比下降 8%，出口同比下降

5%，对外贸易顺差的下降将会和4万亿投资的拉动作用基本抵消，因此2009年实现8%的经济增长速度仍然存在一定的困难。

2.2.3　韩国。金融危机对韩国经济的冲击非常明显。2008年第二季度以来，韩国季度GDP连续回落，2008年第四季度韩国GDP仅为1914亿美元，同比下降33%。从GDP的支出法结构看，投资和净出口额的下降是韩国经济陷入衰退的主要原因。根据亚洲经济展望提供的数据，2008年韩国固定资产投资额降幅达到1.9%。而韩国出口额虽然在前三个季度仍然保持同比增长，但第四季度出现了明显下滑。一方面，欧美发达国家的经济衰退对韩国经济造成了严重冲击；另一方面，韩国对其主要贸易伙伴中国的出口主要用于加工贸易，来自欧美发达国家订单的减少将会迅速影响韩国对中国的加工贸易出口，其降幅甚至大于韩国直接对欧美发达国家的出口（如图4所示）。

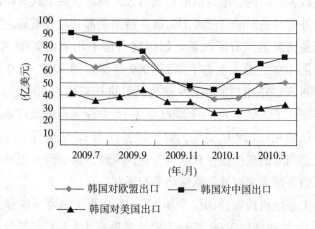

图4　韩国对欧盟、美国、中国出口情况变化

资料来源：CEIC数据库。

由于韩国本土市场相对中国和日本均较小，也使得其较难抵抗全球金融危机的冲击。2009年第二季度以来，韩国的工业生产各项指数虽较 1 月份明显回升，但仍明显低于 2008 年同期水平。

与中国不同，韩国金融机构的外债规模相当之大。目前韩国的外债规模超过 4000 亿美元，远高于目前韩国的外汇储备，其中一半左右均属于韩国商业银行的外债。由于韩国外债规模较大，因此其财政政策的实施空间较小，其经济增长难以在短期内恢复。

2.2.4 印度和东盟。金融危机对印度和东盟的影响与中日韩三国存在一定差异。虽然印度证券市场同样受到了金融危机的冲击，但目前已经回升到金融危机前水平；而印度、印尼等国国内银行体系受金融危机冲击要明显小于日本。

在对外贸易方面，虽然发达国家经济衰退对印度和东盟的出口也造成了严重的负面影响，但由于印度、印尼等国进口大宗商品数量较大，因此金融危机所导致的大宗商品价格下跌对印度和东盟对外贸易的影响目前尚不明显，特别是部分对外贸易逆差的国家贸易情况甚至有所改善。如印度月度平均值由 2008 年二、三季度的 100 亿美元左右下降到 2009 年年初的 50 亿—60 亿美元。2008 年越南出口额为 629 亿美元，进口额则为 804 亿美元；贸易逆差达 175 亿美元；而 2009 年 1—5 月份越南进出口额分别为 240 亿美元和 228 亿美元，贸易逆差仅为 12 亿美元。但随着近期大宗商品的低位反弹和欧美发达国家经济持续陷入低迷，印度和东盟各国未来对外贸易形势不容乐观。

各大金融机构预计印度全年实际 GDP 增长速度可能保持在 5% 左右，东盟各国 2009 年经济增长速度在 3% 左右，部分成员国可能出现负增长。

2.3 未来亚洲经济格局展望

综合来看，金融危机之后，亚洲经济格局将呈现如下几方面

的变化:

第一,金融危机并未改变东亚生产网络的整体格局。东亚生产网络的整体格局是由各国在国际分工中的比较优势所决定的。日韩的外向型发展模式的根本原因在于其较高的技术水平及相对狭小的国内市场,金融危机并不能创造出日韩两国的内需,外向型战略仍将会是日韩发展的主导战略。而日韩和中国相比,在 IT 和汽车制造业等行业目前仍然具有相对明显的技术优势,而中国的比较优势仍然主要在较低的劳动力成本方面,距到达刘易斯拐点仍需 10—15 年的时间。目前虽然中国对欧美发达国家的出口额已经超过了日本和韩国,但中国的贸易顺差主要由日本、韩国以及欧美发达国家的外资企业所主导的加工贸易创造,中国在东亚生产网络中仍然处于低端位置的态势并没有因为金融危机的爆发而改变。

但随着欧美发达国家经济发展的减缓,东亚生产网络将更多地将最终消费市场转移到新兴发展中国家,如中国、印度和拉美。这也意味着日韩在中国的投资将逐渐由效率导向型(efficiency - seeking)向市场导向型(market - seeking)过渡。

第二,金融危机在未来一段时间内仍将对亚洲各国经济产生较强的负面影响。金融危机爆发之前,亚洲,特别是东亚地区的经济增长和欧美发达国家在东亚地区的投资和制造业向东亚地区转移有很大的联系。金融危机爆发之后,一方面欧美发达国家的投资规模将会明显下降,全球信贷紧缩也会对亚洲各国不成熟的金融体系造成严重冲击;另一方面欧美发达国家的需求,特别是对 IT 产品和汽车等高端奢侈品的需求将会明显减弱。由于亚洲新兴市场国家制造业(工业)所占比重普遍高于发达国家,部分国家出口依存度很高,因此全球经济收缩对东盟、印度等亚洲新兴市场国家的冲击可能会进一步加剧。而日本的金融市场和经济与美国的联系非常紧密,因此在 2009 年很难走出低谷。世界银行预测 2009 年日本经济将收缩 5.8%，印度经济增长率将降至 6% 左右，中国经济增长率将降至 7% 左右，东盟各国经济增长率将降至 3% 左右。

第三，亚洲各新兴市场国家，特别是中国的后发优势仍然存在，未来经济发展前景仍然光明。亚洲各新兴市场国家在劳动力成本和承接制造业转移方面的比较优势并未因此次金融危机而改变。随着未来各国经济结构的调整和优化，各国的经济发展前景仍然光明。对于中国而言，由于具有较大的财政政策实施空间，相应的政策也有效地将短期的刺激经济增长和长期的结构调整相结合，加之具有潜在的巨大国内市场，因此从长远来看仍然可以保持较高的经济增长率。印度等新兴市场国家同样在部分高技术行业和服务业具有明显的比较优势，其国内市场同样广阔，经济仍然可以实现长期稳定增长。

第四，金融危机为亚洲各国加强合作提供了契机。在金融领域，金融危机的爆发证明了目前美元在国际货币体系中的地位已经不适合当前的国际形势，由于东亚地区各国的经济结构存在一定的相似性，在东亚地区加强金融领域的合作有利于东亚地区的金融稳定和各国经济健康发展；而在实体经济领域，随着美国过度消费的经济增长模式逐渐转变，以往东亚生产网络以欧美作为最终产品销售地的经济增长模式也将很难继续持续，东亚地区内的贸易往来将更为重要，客观上有利于进一步加强中日、中韩、中国和东盟之间的合作。

对于中韩合作而言，由于中韩同属于东亚生产网络，因此在很多领域有着共同的利益。在金融领域，中韩可能进一步合作推动有利于亚洲制造业发展的国际金融体系的建设；双边自贸区也有利于中韩两国企业开拓新的市场以应对金融危机的挑战。

3. 变动的东亚经济格局中的中国地位问题

3.1 金融危机并未完全改变中国综合竞争力落后于欧美发达国家和日韩的状况

在本次金融危机中，中国经济同样受到了严重的冲击，但表现要好于欧美发达国家和日韩，但这并不意味着中国的综合竞争力已经达到甚至超过了日本和韩国。

第一，中国的优势在很大程度上依靠劳动力、土地和资源，而非技术和管理。我国国土面积是日本的 25 倍，韩国的 96 倍；人口是日本的 10 倍，韩国的 25 倍。抛开幅员辽阔、资源丰富和劳动力成本较低的优势，中国的人均 GDP 仍只是日本的 1/10 和韩国的 1/6。克鲁格曼来华称中国工人的收入是美国工人的 4%，而日本工人收入约是美国工人的 3/4，为中国工人的 20 倍。

第二，中国工业的现代化程度远低于日本和韩国。1955 年，日本就进入到了重化工业的高度加工阶段，并向资金、技术密集型经济过渡。韩国也在 20 世纪 60—70 年代进入工业化，仅从工业结构上看，中国大约只相当于日本 40 年前的水平。目前日本企业利润率和品牌全球影响力要远远超越中国企业。即使目前日本对外贸易遭受重创，其制造业王国的地位依旧相当牢固，其在财富五百强中的企业多数依靠技术实力，而中国在财富五百强中的企业则基本以大型国有垄断企业为主。日本一单位能源所产生的国内生产总值却高达 10.5 美元，为全球之冠，约相当于中国的 15 倍。

第三，中国在金融领域的核心竞争力仍明显落后于日本。在金融体系方面，中国和日本仍有很大差距，中国的金融体系远未达到发达国家的水平，其商业银行的管理能力和核心竞争力均较为落后。在此次金融危机中，日本金融机构能够积极参与国际金融资本运作，而中国金融机构尚不具备此能力就是一个明显的例证。

第四，社会差距更值得我们关注。日本、韩国的国家福利制度都比中国完善。日本、韩国的养老保险、基本医疗保障覆盖面广且到位，网络层次分明、健全，各医疗机构基本都让患者感到深受关怀和尊重，日本国民素质指标已超过中国。而我们的医疗体制刚刚告别市场化的迷局，重新踏上回归公益的苦旅。

第五，中国教育、文化差距也依然严重。有专家几年前指出，中国的教育水平落后日本80—120年。这可能有些夸大，但总体水平落后是不争的事实。从文化角度即国家软实力角度看，深受中国文化影响的日本不仅发动了进军美国好莱坞的产业并购大戏，其动漫产业也始终位列全球领先阵营，在亚洲更是具有无与伦比的影响力。在不久前一次针对中国孩子的调查中，他们迷恋的20个卡通偶像，其中19个来自日本，唯一本土偶像是古老的孙悟空。

3.2 从中期看，中国经济仍然具备快速发展的基本条件

危机对中国的负面影响是改革开放30年以来最严重的，但到目前为止，中国是受危机影响相对较小的国家，中国应对危机的措施已经开始产生积极的影响；我们对危机还需保持清醒的认识，要继续坚持投资多元化和扩大内需的应对措施。从中期看，中国经济快速发展的内外因素没有根本改变，主要有以下七个方面：

第一，中国相对地位将进一步上升，应对外部干扰、争取有利外部环境的能力将有所增强，对全球经济增长和世界和平的贡献将进一步增大。第二，五大落差的存在也使中国发展有巨大的需求支撑。这五大落差是与发达国家的技术水平、人均收入的落差、东西部的落差、城乡落差、高低收入群体落差和经济社会发

展的落差。有落差，就有势能，就有动力，扩大内需就有文章可作，寻找新的经济增长点就相对容易。这是与发达国家的重大区别，是中国未来能够继续快速发展若干年的强大动力。第三，30年改革开放为中国新的大发展奠定了强大的物质、精神、体制基础，积累了丰富经验。第四，更加深入地参与经济全球化、积极融入国际体系，毫不动摇地坚持深化改革扩大开放，将为中国持续发展开辟更加广阔的国际合作空间。第五，中国的科技水平和技术创新能力将有新的提高。第六，政府对经济的调控引导能力进一步增强，调控手段更加多样。第七，美、欧、日在应付金融危机问题上，要忙于应付国内的危机，也希望得到中国的合作与支持，这为缓解减少国内发展的外部干扰提供了机会。

3.3 未来中国经济发展的战略选择

金融危机之后，发达国家的过度消费模式将受到严重挑战。加之欧美发达经济体的长期经济增长都将遭遇人口周期下行的抑制，中国过去外需推动的经济增长模式很可能不能持续，必须进行新的战略抉择。下文列举了可能采取的三种战略，并予以评述。

选择一：启动"两头在内"的经济循环。

要在加快转变经济发展方式的意义上启动内需。核心内容，应当是形成有助于提高多数人就业增加和收入水平提高的经济流程，着眼点应当是资源和市场"两头在内"，以国家投入为杠杆，以本土企业为主力，构建多数人就业增加、收入提高、消费扩大、生产扩张的经济流程，通过水资源调配（如南水北调）、国土整治（如植草畜牧的生态建设）和资源大开发（如煤化工和清洁燃烧技术），振兴重化工业，实现产业升级，大规模推进城市化进程，构筑厚重的产业纵深，开拓出有回旋余地的真正的可持续发展的广阔天地。

这种选择的问题在于：第一，改革开放前的事实证明这种发展道路效率低、代价大，不利于国际竞争力的提高，不利于从全球角度优化资源配置。第二，对全球经济增长的贡献小，不利于发展中国家特别是资源富集国家的比较优势的发挥，不利于发展中国家的共同发展。第三，忽视了我国仍在加速推进工业化和城市化进程，依然需要消耗大量的资源，客观上不可能完全依靠自己的资源。

选择二：开拓外需新增长点，推动生产国、资源国良性循环，即 PRC（PRODUCER AND SUPPLIER CYCLE）战略。

针对发达国家消费市场对中国产品需求增速将持续下降的中期趋势，中国应该与发达市场脱钩。需要寻找新的能够替代发达国家的外需市场。这些市场应该是能在生产国（中国）与资源国之间形成供求循环的市场。这样的国家应该同时满足以下两个标准：一是这些国家应该是人均资源储量丰富的国家，并且是资源的净出口国。该资源国的城市化进程尚没有完成，且人口负担比较低，并具备一定的人口规模。二是对中国生产的产品和服务有需求。拥有充裕的外汇储备，在现阶段就具备强大购买力，具备推进基础设施建设和城市化的资金实力。符合这两个条件的国家的 GDP 在全球的占比将由 2007 年的 17.54% 显著提高到 2040 年的 26.13%，这将为中国制造的产品和服务提供广阔的新增市场，带动一个庞大的产业链，包括机械制造、运输设备制造、电子设备制造等。

这种选择的问题在于：第一，这种战略在本质上仍是"两头在外"的战略，仍然无法克服过分依靠外需的种种弊端；第二，这些市场与发达国家市场相比，成熟度更低，开拓的难度更大，风险更多、更大，波动会更频繁。

这两种选择还有一个共同的缺陷，即对发达国家市场潜力估计过低。发达国家由于经济已经高度服务业化，如果在近中期它们无法重新提高制造业的比重，其对外部制造业产品的需求有相当程度的刚性。在这种情况下，如果中国不轻言放弃这部分市场，在相当长时间，仍将是中国经济增长不可忽视的拉动力。在中期，虽会有波动，但不会急剧萎缩。

选择三：重点突出的内外协同战略（稳外需扩内需深改革扩开放战略）。

协同就是"四个转变"，即，促进经济增长由主要依靠投资、出口拉动向依靠消费、投资、出口协调拉动转变，由主要依靠第二产业带动向依靠第一、第二、第三产业协同带动转变，由主要依靠增加物质消耗向主要依靠科技进步、劳动者素质提高、管理创新转变，由主要依靠政策向主要依靠深化改革、扩大开放、加强竞争转变。

重点突出就是突出扩大消费需求,突出高精尖制造业和高端服务业,突出自主创新，突出提高国际分工地位，突出依靠改革、竞争。

为此，必须毫不动摇地坚持改革开放，进一步完善社会主义市场经济体制，大力推进经济结构的战略性调整，更加注重提高自主创新能力、提高节能环保水平、提高经济整体素质和国际竞争力。

第三种选择吸取了前两种战略的合理内核，既符合全球化的时代潮流，顺应全面参与经济全球化的新要求，又切中以往发展模式弊端，是比较可行的战略。

（叶辅靖，中国国家发展和改革委员会对外经济研究所副所长、研究员；李大伟，中国国家发展和改革委员会对外经济研究所助理研究员）

参考资料：

1. Brian Aitken, Gordon H. Hanson and Ann E. Harrison, Spillovers, foreign investment, and export behavior, Journal of International Economics, Volume 43, Issues 1 - 2, August 1997, Pages 103 - 132

2. Holger Golg and Frances Ruane, European Integration and Peripherality: Lessons from the Irish Experience, World Economy, Volume 23, Issue 3, Pages 405 – 421.

3. Lawrence J. Lau, Xikang Chen, Leonard K. Cheng, K. C. Fung, Jiansuo Pei, Yun – Wing Sung, Zhipeng Tang, Yanyan Xiong, Cuihong Yang, Kunfu Zhu. The Estimation of Domestic Value – Added and Employment Generated by U. S. – China Trade, Working Paper No. 2, 2006, Institute of Economics, The Chinese University of Hong Kong.

4. Lawrence J. Lau, Xikang Chen, Leonard K. Cheng, K. C. Fung, Yun – Wing Sung, Cuihong Yang, Kunfu Zhu, Jiansuo Pei, Zhipeng Tang, A New Type of Input – Holding – Output Model of the Non – Competitive Imports Type Capturing China's Processing Exports, Chinese Social Science (Chinese), 2007, 5: 91 – 103.

5. LS Goldberg and M Klein, Foreign direct investment, trade and real exchange rate linkages in Southeast Asia and Latin America, NBER Working Paper No. 6344, NBER.

6. Robert E. Lipsey, The labour market effects of US FDI in developing countries, Employment Strategy Papers, 2004.

7. World Bank, Global Economic Prospects 2009, 2008.

8. World Bank, World Development Report 2009, 2008.

9. International Monetary Fund, World Economic Outlook 2009, 2008.

10. Asia Development Bank, Asian Development Outlook 2009, 2008.

11. 克鲁格曼. 战略性贸易政策与新国际经济学. 海闻等译 [M]. 北京: 北京大学出版社, 2000.

12. 海闻. 国际贸易: 理论. 政策. 实践 [M]. 上海: 上海人民出版社, 1993.

13. 包群, 许和连, 赖明勇. 贸易开放度与经济增长: 理论及中国的经验研究 [J]. 世界经济, 2003. 2.

14. 许和连, 赖明勇. 出口导向经济增长的经验研究: 综述与评论 [J]. 世界经济, 2002. 2.

全球金融危机中东盟国家的
对策和今后的展望

金翰成

内容提要：从美国不良房地产部门局部危机开始的次贷危机，历经 2008 年、2009 年，其影响力继续扩大。为防止金融危机的扩散，天文数字般的金额投入到了经济刺激政策中，世界各国相继出台了前所未有的经济刺激计划。

已经经历过一次金融危机的东盟（ASEAN）各国，在早期就已经认识到了金融危机的严重性，并采取了积极的应对措施。有预测说，这些国家将会比预期更早克服危机。尽管如此，对东盟各国而言 2009 年将会是一个经济上较为困难的一年。尤其是国内政治的稳定和内需回升、经济刺激政策的有效实施以及发达国家经济回升的速度和有效的国际合作等，将成为东盟国家经济回升的重要变数。

1. 序论

从 2007 年年初美国不良房地产部门局部危机开始的次贷事态影响力经过 2008 年直到 2009 年继续扩散，现在已经发展为百年不遇的全球金融危机。广范围的国际资产紧缩和交易以及投资的萎缩可以与 20 世纪 30 年代横扫全世界的大恐慌相提并论。各国发挥自己最大限度的政策和努力，应对着金融危机的扩散。全世界推出了数万亿美元的经济刺激政策，国家间形成政策互助。全球金融危机将导致最差情况发生的忧虑大幅减少，但是预计世

界最大经济强国——美国在发挥着相当于人体血管的作用的金融
部门出现问题将给世界经济留下相当严重的后遗症。

东盟地区亦无法摆脱这样的全球金融危机。相反，金融危机
等资金流的歪曲给实物经济上的资金供应造成问题，由于依存于
外资流入的新兴市场特性受到了比较大的冲击，已经在1997—
1998年经受过一次金融危机的东盟国家对美国金融危机反应敏
感，努力快速应对克服危机。

本文欲研究全球金融危机中东盟国家的应对措施和今后东南
亚市场经济的展望。特别是各国保护本国经济或者为恢复经济的
政策向贸易保护主义方向发展，预计结果会对世界经济恢复造成
消极的影响。在此将观察东盟新兴市场的贸易保护主义倾向政
策，展望今后东盟市场的经济发展前景。

2. 世界金融危机和东盟国家的应对

2.1 世界金融危机的蔓延

美国从1991年开始到2001年IT泡沫崩溃整整经历了120个
月的经济扩张期。21世纪记录了美国历史上最长的经济扩张。
这个时期同时伴随着安定的物价上升率，这是从来没有过的经济
昌盛期。这种长期的物价安定给美联储（FRB）提供了可以维持
低利息政策的基础，美国通过约达到GDP6%的经常收支逆差和
财政收支逆差使得国际金融市场的流动性大幅度增加。

伴随着低利率，大约从2003年开始，出现了投资者喜好高
风险－高收益的资产现象，住宅担保贷款中以最低信用家庭为对
象的次级贷款比重从2001年的2.7%增加到2006年的13.4%。
同时住宅担保证券（MBS）投资需要快速增加，负债担保证券
（CDO）发行、信用风险掉期（CDS）合同也活跃起来。同时银

行贷款结构脆弱起来，信用衍生产品市场扩大了。

在这种情况下，美联储从 2004 年中期开始提高政策利率，同时加重住宅利率中家庭负担利息部分，住宅价格下降，导致衍生产品价格暴跌，投资机关开始资不抵债，引发了剧烈的信用梗塞。此外金融危机对实物经济造成影响，美国 2008 年第四季度经济增长率与前一季度相比减少了 6.3%。这发生在美国，但是蔓延到欧洲和亚洲的实物经济，引发了源于美国的金融危机在全世界的扩散和对世界经济大萧条的担忧。

2.2 东盟国家的应对

随着始发于美国的金融危机波及实物经济，发达国家以及不发达国家纷纷制定可以缓和金融危机冲击、恢复本国经济的积极政策。主要国家的金融危机应对政策大致可以分为金融市场安定化政策和激活受到金融危机影响的实物经济政策。金融市场安定政策是以为缓和信用梗塞的流动性援助为重点的政府政策，主要在金融市场发达的发达国家出现。此外为激活实物经济的政府刺激政策在发达国家和不发达国家都在积极展开着，类型非常多样。

美国公布了相当于美国 GDP5.5% 的总金额为 7870 亿美元的历史最大规模经济刺激政策，在 2009 年 2 月推出了从 2008 年 10 月份准备、经过修改完善的不良资产救助项目。此外随着雷曼兄弟破产后信用梗塞加重、实物经济快速萎缩，引进了零利率政策。

日本在金融危机发生后出现出口和生产减少以及雇佣恶化等全面经济指标迅速下滑。日本政府公布了 76.5 万亿日元规模的经济刺激政策。长期维持低利率政策的日本，通过货币金融政策刺激经济有限，因此尝试着扩大长期国债购买限度、变更 CP 购买方式等货币金融扩大政策。

欧盟执行委员会亦决定试行大约相当于欧盟整体 GDP15% 的

2000 亿欧元规模的经济刺激政策。此外准备增值税下调以及企业投资激活方案，公布了恢复实物经济的政策。中国也表明意志，通过 4 万亿人民币的大规模财政政策来解除现在的危机状态。

各国如此努力对于克服全球金融危机一定会有积极的影响。但是现在危机情况中出现的另一个特征是各国欲保护本国产业的动向正表现为贸易保护性很强的政策。以"Buy American（购买美国货）"为代表的 21 世纪新贸易保护主义性质的政策可以给本国产业保护带来短期效果，但是可能成为阻碍"全球"金融危机解除的因素，因此警告的呼声正在加大。

本小节中我们将讨论在全球金融危机之际，东盟各国为解除危机制定的政策。

2.2.1　经济刺激政策。东盟国家的经济刺激政策将重点放在流动性供给和存款保证，而不是利率下调上。正在实施将重点放在流动性供给和存款保障的金融危机对策，而不是在通胀压力和出口物价上升的负担下进行利率下调。但是只有之前在强力物价抑制政策下一直持续高利率的马来西亚和越南下调了基准利率。印尼、马来西亚、泰国等虽然实施了基准利率下调，但是下调幅度相对不大，所以很难期待有什么明显的效果。

印尼将银行存款保证限度从之前的 1 亿卢布增加到 20 亿卢布，扩大了 20 倍。泰国在 2011 年 8 月前也将扩大国内外金融机关在国内存款的存款支付保障。新加坡发表了在 2010 年年底前暂时对国内外货币金融机关存款全额支付保障的措施，并通过与美国签署 300 亿美元规模的货币互换协定实现了流动性供给的扩大。

为激活本国经济，物价上升率比较低的马来西亚、新加坡、泰国等出台了经济刺激政策。新加坡推出约相当于本国 GDP8% 规模的 205 亿新元的经济刺激政策，马来西亚也推出了达到 70 亿林吉特（大约 20 亿美元）的经济刺激政策。泰国也正在实施为强化社会保障、扩大无偿教育、农家低利率融资以及股票市场安定化、扩充基础建设、援助观光－中小企业等的 3000 亿泰铢（约 86 亿美元）规模的总括性经济刺激政策。而菲律宾为了援助因经济萧条陷入困境中的贫民层，推出了相当于 GDP1.5% 的大约 21 亿美元规模的贫民层援助政策。

其他东盟国家金融危机主要应对政策如表 1 所示。

表 1　东南亚主要国家金融危机应对政策
（2008 年 10 月—2009 年 1 月）

国家	金融危机应对政策
印度尼西亚	<ul><li>暂时（10 月）禁止卖空</li><li>上市企业本公司买进限度纳入资本金扩大（10%→20%）</li><li>银行存款保证额度扩大（1 亿→20 亿卢布）</li><li>央行、产业银行贷款担保物品范围扩大</li><li>存款支付准备率下调 158bp</li><li>卢布标示债券发行规模减小 1/3</li><li>基础建设和公共投资扩大（11 月）：2009 年预算中 65.5 亿美元（GDP 的 1.4%）和 2008 年剩余预算 48 亿美元（GDP 的 1%）</li><li>央行，基准利率二次（0.25% p 与 0.5% p）下调（9.5%→8.75%）</li></ul>
马来西亚	<ul><li>2010 年年底前国内货币银行存款全额支付保障</li><li>央行，保险公司成为流动性供给对象</li><li>推出 70 亿林吉特（约 20 亿美元）规模经济刺激政策</li><li>央行，基准利率两次（0.25% 与 0.75%）下调（3.5%→2.5%）</li></ul>
菲律宾	<ul><li>央行，向金融圈注入 40 亿比索的流动性供给</li><li>央行，以回购条件债券购买扩大流动性</li><li>发表 GDP1.5% 规模（20.6 亿美元）贫困层援助政策</li></ul>
新加坡	<ul><li>2010 年年底前国内货币金融机关存款全额支付保障</li><li>和美联储签署互换协定（300 美元以及以 2009 年 4 月 30 日为期限）</li><li>2009 会计年度（2009 年 4 月—2010 年 3 月）预算提前从 2 月份开始执行</li><li>发表 205 亿新元（137 亿美元，GDP8%）经济对策</li><li>雇用促进、银行融资促进、企业补助、税务贷款援助，基础建设/教育/医疗援助</li><li>追加对策：决定减少 1% p 法人税以及返还 2009 年所得税的 20%</li></ul>

续表 1

国家	金融危机应对政策
泰国	• 2011 年 8 月前扩大对国内外金融机关国内存款的支付保障 • 2008 会计年度（2008 年 10 月—2009 年 9 月）追加预算 1000 亿泰铢编成 • 3000 亿泰铢（86 亿美元）规模的总括性经济刺激政策实施 • 社会保障强化，无偿教育扩大，农家低利率融资等 1150 亿泰铢 • 股市安定化，基础建设扩充，观光 – 中小企业援助等 • 央行，基准利率 2 次（1%p 和 0.75%p）下调（3.75%→2.0%）
越南	• 央行，基准利率 4 次（10 月 21 日，11 月 5 日，11 月 21 日，12 月 5 日）下调 1%p • 央行，基准利率追加 1.5%p 下调（10.0%→8.5%，12 月 19 日） • 银行和外汇存款支付准备率下调 • 决定在银行要求时央行债券（1 年期）的回购 • 经济刺激政策扩大实施（10 亿→60 亿美元）：为促进投资减税，缓和利息负担，低利率融资（国家担保），基础开发投资扩大等 • 为强化出口竞争力，越盾贬值 3%（12 月 24 日）

资料来源：韩国对外经济政策研究院《今日世界经济》。

2.2.2 贸易保护主义性质政策出台。在各国推出经济刺激政策的同时，为保护受经济危机折磨的本国产业，表现出采取贸易保护主义性质很强的措施。美国、中国、欧盟等很多国家随着世界经济萧条深化，为保护本国产业扶持国内经济，采取了多种贸易保护主义性质的措施。为保护培养本国产业的补助支付、关税上调、进口禁止等正成为最近贸易保护主义措施中的代表性手段。特别是以美国在经济刺激政策中规定使用本国产品的"Buy American"政策为首，一部分国家出现"经济上的民族主义（Economic Nationalism）"倾向。这引发了可能延长经济恢复周期的忧虑。

以汽车产业为中心的政府融资提供及补助金发放的强化，以及对造船、航空等不景气产业的补助金支援的强化等，作为产业补助金发放的代表性事例，正在美国、欧洲、中国等地实行。而且，随着金融危机的逐渐深化，前面所提及的美国"Buy American"政策和中国倡导使用国货的政策作为政府为促进本国产品购买而实施的支援政策，正以巨大经济圈为中心被广泛实施。

对包括 ASEAN 在内的发展中国家而言，与对特定产业的直接支援相比，利用非关税壁垒的贸易保护措施正在出台，其中具有代表性的是印度尼西亚。印度尼西亚发布了对从中国进口的部分产品的进口港口的限制措施，强化了国家标准认证及标示规定。另外，马来西亚公开发布了将 20 万名外国籍劳动者送回本国的计划，并在推进实施裁员时优先解雇外国籍劳动者的制度和特定产业禁止雇用外国人的制度。

迄今为止，与"贸易保护措施"同性质的政策大部分正处于限时运营的状况，作为为缓解本国的紧急状况而采取的暂定措施，还未达到 1930 年经历的"贸易保护主义的回归"的程度。但是，从短期来看，使用非关税壁垒的贸易保护措施将有可能扩散。在世界经济恢复比预期更慢的情况下，由于此类措施，国家间的矛盾会更加深化，报复性措施增加的可能性也依然存在。

3. 2009 年度 ASEAN 地区的经济展望

2008 年，伴随持续的高物价和高利息，ASEAN 地区出现了内需萎缩、全球经济停滞的现象，由此导致的出口不景气使得东南亚国家的经济增长率在进入 2008 年后大大减慢（详见表 2）。特别是对外贸易依存度高达 3.14 的新加坡在 2008 年的第三季度和第四季度，GDP 增长率呈现了 5 年以来的首次负增长。至 2008 年初期，得益于国际谷物价格的上升和汽车等主要出口产品稳固的出口增长势头，泰国被认为是 ASEAN 国家中唯一一个与 2007 年相比经济增长率有望上升的国家。但是，由于政情的持续不稳定，占据 GDP14% 的旅游产业受到了打击，由于脱离外资，经济增长率也仅为 4%。

2008 年度，ASEAN 国家的经济增长率创下了 2.7%—7.3% 的记录。与 2007 年相比，经济结构上对外依存度较高的新加坡的经济增长率呈现出了高达 5% 的下降势头，创下了最大下降幅度的记录。

表 2　东南亚国家的 GDP 增长率
趋势及推定　　　　　　　单位:%

国家	2006 年	2007 年	2008 年
印度尼西亚	5.5	6.3	6.0
马来西亚	5.8	6.3	5.7
菲律宾	5.4	7.2	4.4
新加坡	8.2	7.7	2.7
泰国	5.1	4.8	4.5
越南	8.2	8.5	6.3
柬埔寨	10.8	9.6	6.7
老挝	8.3	7.5	7.3
缅甸	9.4	5.3	4.1
文莱	5.1	3.3	3.0

资料来源: IMF, Global Insight.

至 2009 年第一季度，ASEAN 主要国家的经济增长率大大减慢，呈现出了负增长。2009 年第一季度，东南亚国家的经济增长率正全面呈现下降趋势。外汇危机后，新加坡、泰国、马来西亚等部分国家最早呈现了负增长。全球金融危机的余波依然给 ASEAN 市场带来负面影响。但是，因全球金融危机的余波及发达国家的经济停滞而急减的东南亚国家的出口以 2009 年 1 月为基点，大部分国家的减少势头（与上年同月相比）正大大放慢，这一点被认为是良好的现象（参见图1）。至3月份，进口仍持续呈现着大幅减少的趋势（参见图2）。

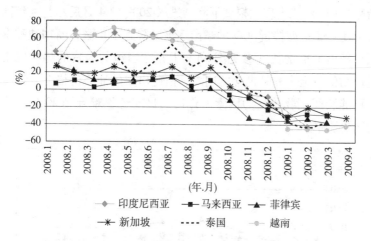

图1 东南亚主要国家月出口增长率趋势（与上年同月相比）

资料来源：各国政府发布的数值。

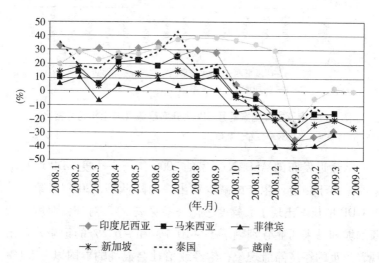

图2 东南亚主要国家月进口增长率趋势（与上年同月相比）

资料来源：各国政府发布的数值。

　　而且，由于油价等国际资源价格的下降趋势、国际谷物价格的稳定、各国的物价控制政策、进口物价的稳定等，消费者物价指数（CPI）正出现大幅度下降。进入 2009 年 4 月后，与上年同月相比 CPI 一度接近30%的越南逐渐下降为个位数，新加坡和泰国呈现出了负增长（参见图 3）。但是，当地的通货弱势导致了进口物价的上升和补助金的削减，由此出现的油类价格上升等将有可能会受到物价压力因素的作用，目前还很难推测 2009 年度的物价水平。

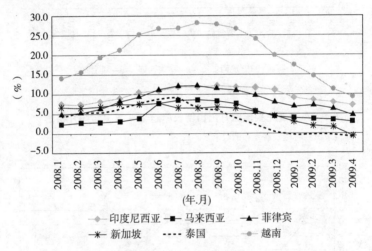

图 3　东南亚主要国家的月 CPI 上升率趋势（与上年同月相比）

资料来源：各国政府发布的数值。

　　从最近发布的 ASEAN 国家的 2009 年第一季度 GDP 增长率来看，由于制造业生产的减少和出口的降低等，2009 年第一季度 GDP 增长率出现了大幅度恶化（参见表 3）。对外依存度高的新加坡和马来西亚分别创下了－10.1%和－6.2%的记录，正出现着严重的经济停滞现象；饱经政治社会混乱的泰国以－7.1%创下了外汇危机以来的最差业绩。而相对具有稳固内需基础的印度尼西亚因农业收成好转、连续选举引起的消费扩大等，呈现出了4.4%的增长率；越南随着外国投资资本流入的再次增加，呈现出了3.1%的增长率。

表3　东南亚主要国家的分期 GDP 增长率趋势

（与上年同期相比）　　　　单位:%

时期	印度尼西亚	马来西亚	菲律宾	新加坡	泰国	越南
2008 年一季度	6.2	7.4	4.7	6.7	6	7.4
2008 年二季度	6.4	6.7	4.4	2.5	5.3	6.5
2008 年三季度	6.4	4.7	5.0	0	3.9	6.5
2008 年四季度	5.2	0.1	2.9	-4.2	-4.2	6.2
2009 年一季度	4.4	-6.2	0.4	-10.1	-7.1	3.1

资料来源：各国政府发布的数值。

然而，尽管大多数东南亚国家的经济增长在2009年第一季度都面临着不景气，但是最近部分国家的景气先行指数呈现出了好转趋势，并正对经济恢复的可能性进行着谨慎展望。2009年第一季度，新加坡的经济增长率从先前推测的 -11.5% 上升到了 -10.1%；2009年5月，得益于制造业领域的内需、出口预订的增加和物价的稳定，采购经理指数（PMI）连续3个月呈现增长，创下了49.2%的记录。尤其电子领域的PMI达到了51.6%，6个月以来首次恢复到了50%，这是景气好转的基准线。电子领域将有望主导制造业的景气恢复。

经菲律宾国策研究所 NEDA 调查，由于经济振兴政策、物价稳定、海外汇款稳定等，企业信心指数（BCI）从2009年第一季度的 -23.9% 大幅上升到了第二季度的 -2.6%，第三季度的BCI 将有望大幅上升到13.7%。泰国2009年第一季度的经济增长率也以 -7.1% 创下了东亚外汇危机以来的最大幅度的负增长，但是最近数月间景气先行指数（LEI）持续上升，已恢复到了2008 年美国发生金融危机之前的水平，即 118 个百分比的水平线，印度尼西亚也恢复到了金融危机之前的水平（参见图4）。

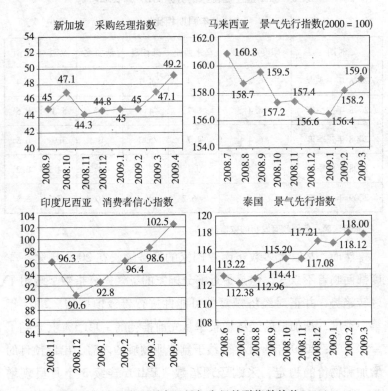

图 4 东南亚主要国家月景气先行关联指数趋势（%）

资料来源：各国政府发布的数值。

随着大规模经济振兴政策自 2009 年下半期开始发挥作用，ASEAN 国家的景气将会以 2009 年第一季度和第二季度为基点，呈现上升趋势。从 JP Morgan 等十余家机构的展望值来看，新加坡和印度尼西亚将会以第二季度为基点，其他国家将会以第一季度为基点，增长率均呈现上升趋势。因此，东南亚经济将有望以比当初预想更快的速度恢复，整个 2009 年的 IMF 也将会创下比展望值更好的业绩（参见表4）。

表4　东南亚主要国家实际 GDP 增长率展望

（与上年同期相比）　　　　　　单位:%

国家	2008 年业绩	2009 年		
		ADB（3.30）	IMF（4.22）	各国政府
新加坡	1.1	−5.0	−10.0	−6 ~ −9
马来西亚	4.6	−0.2	−3.5	−1 ~ 1
印度尼西亚	6.1	3.6	2.5	3 ~ 4
泰国	2.6	−2.0	−3.0	−1.5 ~ −3.5
菲律宾	3.8	2.5	0.0	5
越南	6.2	4.5	3.3	3.1 ~ 4.1
整个东南亚	4.3	0.7	0.0	

资料来源：各国政府，ADB，IMF，Bloomberg.

ASEAN 地区的经济拥有着对发达国家市场的出口依存度高的经济结构，其景气恢复的主要方法是适合本国的经济政策及发达国家景气恢复带来的出口扩大。尤其是发达国家对东南亚国家的主力出口产品 IT 及电气电子制品、资源及谷物的需求恢复，是东南亚国家景气恢复的关键，正成为决定渐渐呈现恢复趋势的 ASEAN 国家的今后发展方向的重要因素。

4. 结论

对于 ASEAN 国家而言，由美国发生金融危机引发的全球景气停滞正成为一次巨大的挑战。尤其是对发达国家市场的出口依存度高的东亚国家，美国、欧洲、日本等主要出口市场的景气停滞与1997 年的经济危机一样，2008—2009 年金融危机也给不处于危机震源地的其他各国带来了巨大的经济打击。

已经历过一次金融危机的 ASEAN 国家在初期就已认识到了

危机的严重性，并做出了积极应对。在包括发达国家在内的世界各国的努力和协助下，他们有望比预想更快地克服危机，但是在金融危机至今都未被完全摆脱的情况下，很难轻率地预想明朗的未来。

最近发布的对 ASEAN 国家 2009 年的经济展望包含着比预想更明朗的数值。但从整体上来看，对于 ASEAN 国家而言，2009 年将会是相当困难的一年，预计需花费一些时日才能恢复到金融危机之前的经济水平。国内政治的安定、内需的振作、经济振兴政策的有效执行以及发达国家的景气恢复速度将会是 ASEAN 国家景气恢复的重要变数。

（金翰成，韩国对外经济政策研究院 FTA 组组长）

东亚如何长期应对不断变化的
全球金融与经济体制

吴龙协

内容提要： 东亚对于 20 国集团倡议以及"清迈倡议（CMI）"多边化的承诺，很大程度上是为了化解地区性金融不稳定因素，防范下一场流动性冲击。如果这两项倡议分别可行，那么东亚将具备一个双轨体制，允许各成员国在 20 国集团和"清迈倡议"亚洲基金的资源中做出选择。"清迈倡议"最终演变成亚洲货币基金的趋势是符合逻辑的。这是因为在东亚地区，各国经济与体制差异很大，而在国际货币基金组织（IMF）中的参与程度却不够。未来，如果东亚达成一致，采取单一货币的话，我们不能排除亚洲货币基金将最终演变为亚洲中央银行的可能性。在这一方面，东亚与欧洲完全不同。与东亚相比，欧洲经济与货币联盟（EMU）区内部存在着很多共性。自布雷顿体系建立以来，欧洲经济与货币联盟一直都是国际货币基金组织（IMF）的大股东。因此当时建立欧洲货币基金显得不是那么必要。国际货币基金组织（IMF）是各国经济差异得到最大体现的国际机构，因此亚洲货币基金组织的存在是有理由的。

1. 引言

全球经济正处于二战以来最为严峻的时期。美国次级贷款的大量违约导致了全球金融市场的深重危机，影响范围波及全球。在当今全球化时代中，各国相互依存，在这场全球危机中谁也不能独善其身。美国和其他发达国家的金融市场受到了巨大压力，金融机构遭到巨大打击。更为严重的是，信贷紧缩减弱了消费和商业信心，使需求减少，信贷流动受阻。因此，出口与工业生产大幅下降，全球金融危机的负面影响有可能继续显现。

本文主要讨论亚洲（尤其是东亚）在不断变化的全球金融与经济体系中的作用。作者将讨论重点放在 20 国集团倡议和清迈倡议多边化上，是因为两者对于塑造全球与地区金融、经济体系来说至关重要。本文随后将解释为什么现在提前思考建立东亚单一货币是恰逢其时的。全球金融危机促使各国采取政策，将本国货币国际化，这个趋势颇有争议。美元作为国际钉住货币的地位开始下降，而中国蓬勃的经济发展则为东亚货币的建立创造了前所未有的便利条件。清迈倡议进程所期望带来的机制建设则会帮助实现这一进程。

2. 亚洲战胜危机的两种途径：20 国集团与清迈倡议基金

在 2009 年，有两场重要事件可能改变亚洲经济甚至全球经济。第一，4 月 2 日在伦敦召开的 20 国集团峰会；第二，5 月 4 日在印度尼西亚巴厘岛召开的东盟 10 + 3（中国、日本、韩国）财长会议。伦敦 20 国集团峰会提出的建议比 2008 年 11 月华盛顿 20 国集团峰会所提出的建议更为具体。清迈倡议框架是亚洲国家在 1999 年亚洲金融危机后建立的，目的是在极度金融压力之下，相互提供短期货币供应。而东盟 10 + 3 财长会议改变了这一框架。

伦敦峰会所提出的建议覆盖了重要而深远的问题，旨在解决当今全球实体经济和金融市场中的主要问题。巴厘岛会议内容非常具体，且均针对东亚经济体。20 国集团领袖通过提供额外的资本基础，使国际货币基金组织的作用得到了加强：通过股权贡献、新借款协定（NAB），以及分配特别提款权（SDR）的形式，国际货币基金组织将会得到 7500 亿美元的额外借款资源。

随着国际货币基金组织的作用受到 20 国集团的加强，亚洲财长同意将清迈倡议进行多边化，使任何一个成员国都可以从总额为 1200 亿美元的基金中提取款项。这是目前为止两国央行之间的双边协议。笔者将清迈倡议的这种新模式称为"清迈倡议基金（CMI fund）"（参见图 1、表 1）。

图 1　清迈倡议基金暂定份额

表 1　各国在清迈倡议基金中的资金贡献

国家	资金贡献（10 亿美元）	比例（%）
文莱	0.03	0.02
柬埔寨	0.12	0.10
中国	中国大陆（不包括香港）：34.2	28.5
	香港：4.2	3.5
印尼	4.77	3.97
日本	38.4	32.0
韩国	19.2	16.0
老挝	0.03	0.02
马来西亚	4.77	3.97

国家	资金贡献（10亿美元）	比例（%）
缅甸	0.06	0.05
菲律宾	3.68	3.07
新加坡	4.77	3.97
泰国	4.77	3.97
越南	1.00	0.83

数据来源：韩国企划财政部。

3. 清迈倡议基金作为亚洲货币基金的前身

清迈倡议基金与其他普通基金的不同之处就是它没有固定的体制形式，不需要提前筹集资金，成员国只是在出现需要的时候才会自愿提供资金。但是各个成员国现在需要作出准备，对监管体制作出变化，使这一安排在各个国家中能够得到实现。该制度结构至少需要包括一个负责行政工作（如投票管理）的秘书处，一个管理资金转账的结算制度，一个监测各国及其市场以评估金融支持需求的监控机制。

如果清迈倡议基金建立了这样的制度结构，它将会有效地演变为亚洲货币基金组织（AMF），作为亚洲版的国际货币基金组织（IMF）。

亚洲货币基金组织可能会与国际货币基金组织至少出现三种冲突状况。首先，清迈倡议基金将为东盟10＋3国家提供门路，使他们在需要的时候能够更快更便捷地从别的亚洲国家得到资金。这一基金很大程度上独立于20国集团之外，促进来自别国的流动性供应。因此，国际货币基金组织和清迈倡议基金处于相互竞争状态。清迈倡议基金成员国能够在两者之间进行选择，这对亚洲国家来说是一个不错的安排。理论上来说，这将会使亚洲国家以更低的成本更为迅速地得到贷款。

第二，清迈倡议基金还有另一个限制。在没有国际货币基金组织的许可下，清迈倡议成员国只能够随意提取不超过该基金总额 20% 的资金。清迈倡议基金并没有改变这条传统规则。当亚洲国家在 1997 至 1998 年亚洲金融危机申请获得国际货币基金组织贷款时，就受制于上述条件。但是，这个条件仍被保留的原因并不清楚。

第三，如果亚洲货币基金组织能够成功建立，规模大幅扩大，并且至少与国际货币基金组织的运作同样有效，那么值得怀疑的是，亚洲国家是否还会对国际货币基金组织抱有同样的兴趣，因为亚洲国家向它提供的资金将很难用于亚洲国家本身。不过，亚洲有可能会像西欧国家那样对国际货币基金组织的治理抱有兴趣。亚洲国家需要国际货币基金组织贷款的可能性会更小，但是会成为国际货币基金组织下全球借款机构的捐赠国。在现阶段 20 国集团进程中，亚洲国家要求提高其在国际货币基金组织治理中的代表权，以反映亚洲经济的重要性。加入亚洲货币基金组织后，各成员国可能会主动减少其在国际货币基金组织的份额，正如一些西欧国家所做的一样。

4. 亚洲需要亚洲货币基金么

尽管清迈倡议基金结构松散，规模比国际货币基金组织小，但是该基金将会使亚洲金融稳定的步伐迈出一大步。

第一，亚洲（尤其是东亚）地区实体经济活动紧密相连。如图 2 和图 3 所示，东亚国家商品与服务贸易所占比重较高，但是金融资产所占比重较低。这意味着东亚地区实体经济活动的融合度较高，而金融活动的融合度较低。此外，这些国家缺少贸易结算的自主货币。美元是贸易结算的主要货币。因此，实体经济

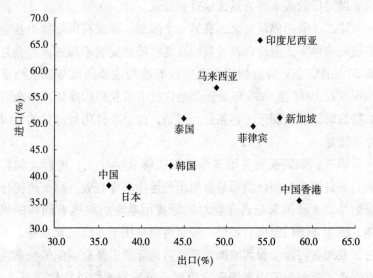

图 2　东亚国家（地区）进出口总额占比（2006 年, %）

数据来源：国际货币基金组织《贸易方向统计》。

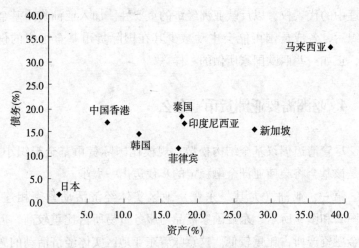

图 3　东亚国家（地区）债务与资产证券持有量各国占比（2006 年, %）

数据来源：国际货币基金组织《协调投资组合调查》。

融合的益处（包括低生产成本、高生产水平、赢得消费者的竞争优势，等等）可能由于美元汇率所引起的币值损失而受到抵消。大多数亚洲金融企业与发达市场接触不多，这对亚洲国家的帮助并不像对发达市场的帮助那么直接。但是随着国外投资商撤出其投资组合，首当其冲的就是外汇市场。但是对于经受冲击的市场来说，这种危机应被称为汇率危机而不是金融危机。

清迈倡议基金是在危机情况下向成员国提供美元的一项承诺。因此，它主要目的是帮助稳定外汇市场。

第二，清迈倡议基金吸收东亚地区存款，供各国相互使用。因此地区内亚洲各国存款可以得到有效流动。与其前身清迈倡议机制相比，清迈倡议基金允许各成员国动用的款项扩大了很多，因此是一个更为重要的步骤。东亚国家都是净储蓄国，其储蓄超过投资，这在其巨大的外汇储备上可以得到体现。东亚国家在国际货币基金组织中的代表权将会提高，这将会使他们在资金短缺的情况下更有保障。而在国际货币基金组织中的代表权之外再寻求一个地区性的货币组织，这是多余的吗？

外汇储备过多也很累赘。比如说中国，中国的外汇储备总量世界第一。如果美元下跌，一方面中国所持有的美元计价资产将会贬值，另一方面美国的衰退也会进一步损害中国的出口。像韩国这样的较小国家也面临同样的问题。至于国际货币基金组织的资源，不清楚的是针对国际货币基金组织贷款行为的主要批评是否会得以化解。比如，作为国际货币基金组织的一个条件，国际货币基金组织要求成员国在进行申请贷款时，必须根据华盛顿共识进行经济结构调整。这一条件可以修改，但是不能废除。由于外汇储备积累与国际货币基金组织贷款受到这样的限制，因此清迈货币基金组织的存在显得很有必要。

第三，或许也是最重要的一点，即清迈倡议基金为亚洲货币基金组织的建立铺平了道路。为了使新的清迈倡议基金行之有效，成员国应该进行机构建设，诸如结算与检测机制。清迈倡议基金首次使亚洲资本流动正式化。它意味着亚洲作为净资本输出地区开始管理自己的资金。

机构建设超越了经济意义。1993 年诺贝尔经济学奖得主道格拉斯·诺斯曾在其 1991 年的文章（《经济展望杂志》）中说：机构是规范政治、经济与社会行为的人性化设计的限制。一旦亚洲货币基金组织得以建立，其对区域性政治、经济与社会领域的影响将是巨大的。

5. 亚洲货币竞争与单一货币运动

- 危机通过汇率波动所带来的外部冲击影响各国实体经济与金融市场（参见图 4）。
- 像韩国这样的小型开放经济体货币受到巨幅贬值的冲击，容易受到汇率压力以及出口相对收益减少的影响。
- 像日本这样贸易与投资开放程度适中的大型开放经济体货币（日元）依然表现强劲，但是企业国际竞争力却受到了影响，这是由于国际出口与投资可能会下降。
- 像中国这样具有固定汇率体制的大型经济体，首当其冲的是出口与增长。将人民币价值维持在较高水平显得更加困难。
- 在实体经济方面，这些国家也受到了低增长和就业下降的影响。在货币方面，这些国家货币的币值也处于不利的情况。
- 一种货币的国际化会使外部经济震荡根据国际化的程度得到内化（如铸币权）。因此，货币国际化会帮助减少国内经济所受的外部冲击。这会是一个值得关注而且比较可行的政策选择。
- 但是负面效应也可能存在。货币国际化意味着市场会更加自由化。比如说，经济可能会更加受到投机冲击。
- 政策困境：在这场危机中，货币不稳定因素加剧，导致有些国家尝试通过外汇市场干预或保护性措施来加强金融市场保护和货币内部化。

● 由于美国债务的不可持续性，美元最终将会下跌。经济刺激计划将会加剧此趋势。

● 锚货币将会出现竞争（美元、欧元、日元、人民币等）。

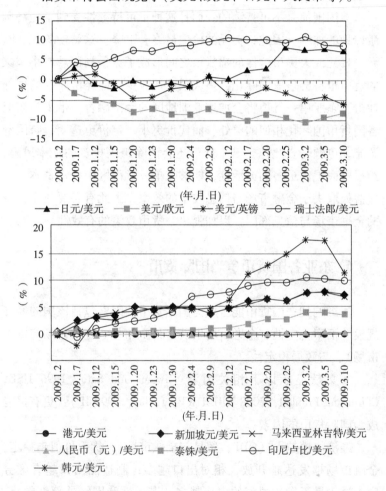

图 4　货币不稳定因素加剧

●较小国家的货币将会更加国际化，以最大限度地减少国内经济所受的外部冲击。

●东亚单一货币的趋势将会增强。

●东亚单一货币会带来与东亚各国货币国际化相似的益处，而成本可能更低。

美国国债是不可持续的，而且这种不可持续性受到了经济刺激计划的加剧。因此，美元的价值最终会下降。这就使美元、欧元、日元或人民币这样的锚货币之间形成了竞争局面。较小国家的货币也将会争取国际化，最大限度地减少国内经济所受的外部冲击。东亚单一货币将会加速亚洲地区的经济融合，带来与东亚各国货币国际化相似的益处，而代价更小，定价更透明，跨国资源流动更顺畅。此外，单一货币还会消除跨国投资的汇率风险，给投资商提供更多的灵活性，能够在单一货币区中移动资本。这些益处取决于金融市场与信息技术的效率。因此有必要建立自身的金融市场与信息部门，以加强单一货币政策的有效性。

6. 东亚各国货币争当国际货币

●影响到一国货币能否成为国际货币的因素包括该国的经济规模、汇率稳定性、金融市场发展（外汇市场、金融市场与资本市场）、与政局稳定性。

●文献显示以下相关因素（Iwami and Sato，1996 IJSE；Chinn and Frankel，2008 NBER WP；Tavlas，1997 IE）：更有可能成为国际货币的因素：

经济规模越大（GDP，贸易与金融市场），货币价值越稳定，金融市场越发达越开放，相对出口越多；制造品出口越有区分度，进入最不发达国家的出口越多，滞后性和网络外部性越小，政治风险越小等（参见表2、表3、表4）。

表2 国际货币储备

单位:%

年份	美元	英镑	法国法郎	德国马克	荷兰盾	瑞士法郎	日元	欧元
1976	79.7	2	0.9	7	0.5	1.4	0.8	
1980	55.9	2.5	1.1	11.9	0.8	2.6	3.3	
1985	55.3	2.7	0.8	13.9	0.9	2.1	7.3	
1990	50.6	3	2.4	16.8	1.1	1.2	8	
1991	51.3	3.3	3	15.4	1.1	1.2	8.5	
1992	55.3	3.1	2.7	13.3	0.7	1	7.6	
1993	56.6	3	2.3	13.7	0.7	1.1	7.7	
1994	53.1	2.8	2.5	15.3	0.7	0.6	7.8	
1995	59	2.1	2.4	15.8	0.3	0.3	6.8	
1996	62.1	2.7	1.8	14.7	0.2	0.3	6.7	
1997	65.2	2.6	1.4	14.5	0.4	1.3	5.8	
1998	69.4	2.7	1.6	13.8	1.3	0.3	6.2	
1999	71	2.9				0.2	6.4	17.9
2000	71	2.8				0.3	6.1	18.4
2001	71.4	2.7				0.3	5.1	19.3
2002	67	2.8				0.4	4.4	23.9
2003	65.9	2.8				0.2	3.9	25.3
2004	65.8	3.4				0.2	3.8	25
2005	66.5	3.7				0.1	3.6	24.4
2006	66.1	6.3				0.2	3.1	24.7
2007	64.5	7.2				0.2	2.8	25.9

表3　经济规模

年份	美国	英国	日本	法国	德国	荷兰	瑞士	欧元区
1980—1989	28.0	4.0	11.5	4.9	5.9	1.2	0.9	—
1990—1999	26.8	4.3	15.3	5.2	7.7	1.3	1.0	23.7
2000—2006	29.6	4.9	11.6	4.6	6.2	1.4	0.8	21.6
2001	32.1	4.6	13.0	4.2	6.0	1.3	0.8	20.0
2002	31.9	4.8	11.9	4.5	6.2	1.3	0.9	20.9
2003	29.7	4.9	11.5	4.9	6.6	1.5	0.9	23.0
2004	28.1	5.2	11.1	5.0	6.6	1.5	0.9	23.4
2005	27.7	5.0	10.2	4.8	6.2	1.4	0.8	22.4
2006	27.2	5.0	9.0	4.6	6.0	1.4	0.8	21.9
年份	韩国	中国	新加坡	香港特区	印度	马来西亚	菲律宾	泰国
1980—1989	0.8	2.3	0.1	0.3	0.7	0.2	0.2	0.3
1990—1999	1.5	2.5	0.2	0.5	0.6	0.2	0.2	0.5
2000—2006	1.7	4.6	0.3	0.5	0.6	0.3	0.2	0.4
2001	1.5	4.2	0.3	0.5	0.5	0.3	0.2	0.4
2002	1.7	4.4	0.3	0.5	0.6	0.3	0.2	0.4
2003	1.6	4.4	0.3	0.4	0.6	0.3	0.2	0.4
2004	1.6	4.6	0.3	0.4	0.6	0.3	0.2	0.4
2005	1.8	5.0	0.3	0.4	0.6	0.3	0.2	0.4
2006	1.8	5.5	0.3	0.4	0.8	0.3	0.2	0.4

表 4　金融市场开放程度/发达程度

指标	美国	英国	日本	法国	德国	荷兰	瑞士	韩国	中国	新加坡	香港特区	印度	马来西亚	菲律宾	泰国
资本市场证券	o	×	o	o	o	o	×	o	o	o	o	×	o	o	o
货币市场工具	o	×	o	o	o	o	o	o	o	o	×	o	o	o	o
集体投资证券	o	×	o	o	o	o	o	o	o	o	×	×	o	o	o
衍生品与其他工具	×	×	o	o	o	o	o	o	o	o	o	o	o	o	o
商业信贷	×	×	×	×	×	×	×	×	×	×	×	×	×	×	×
金融信贷	×	×	o	o	o	o	o	o	o	o	o	o	o	o	o
担保、证券与金融票据备份机制	×	×	×	×	×	×	×	o	o	o	o	o	o	o	o
直接投资	o	o	o	o	o	o	o	o	o	o	×	o	o	o	o
直接投资清算	×	×	×	×	×	×	×	×	×	×	×	×	×	×	×
房地产交易	×	×	o	o	o	o	o	o	o	o	o	×	o	o	o
个人资本移动	o	×	×	×	×	×	×	×	o	o	o	×	o	o	o
金融开放程度（私人资本流动总量/GDP,%）	14	123	16	33	31	94	84	7	11	96	78	7	24	18	13
汇率机制	浮动	浮动	浮动	浮动	浮动	浮动	浮动	浮动	爬行钉住	有管理的浮动	货币局制度	有管理的浮动	有管理的浮动	浮动	有管理的浮动

7. 东亚与西欧之对比

亚洲货币基金组织旨在弥合亚洲各国之间的差异。东亚是一个地区差异很大的经济区，内部增长、发展与富裕程度并不一致。本地区需要强有力的机构，克服这些差异，提高资源分配与增长的效率。

东亚与欧洲有很大不同。欧洲并没有建立这种机构。甚至欧洲经济与货币联盟也没有建立欧洲货币基金，而是建立了欧洲中央银行。在二战后欧洲融合伊始，世界陷入了冷战期间。西欧建立经济联盟的倡议得到了美国的支持，这在一定程度上是对前苏联的遏制。另一方面，西欧自布雷顿森林体系建立以来，就是国际货币基金组织的一个大股东。因此建立欧洲货币基金的必要性并不大。另外一个可能的解释认为西欧国家国情比较类似，或许不需要欧洲货币基金这样的组织来弥合差异。首先，德国领导建立了欧洲经济与货币联盟以及欧洲中央银行。国际货币基金组织是全球经济差异得到最大体现的组织。由于亚洲各国差异很大，在国际货币基金组织中的代表性不足，因此亚洲货币基金组织的建立是恰逢其时的。如果东亚同意采取单一货币，那么亚洲货币基金最终会演变为亚洲中央银行。如果这成为现实，那么就需要建立一个类似于区域性单一货币的机制。

8. 结语

当前的金融危机促使东亚各国寻求对其货币进行国际化，然而金融与外汇市场竞争力的缺失却阻碍了这一进程。有些东亚国家愿意接受其他东亚货币进行贸易清算，因为这比使用美元的代价要小，而且美元流动性不足也是一个利好因素，促使存在流动性问题的东亚国家更容易地选择东亚货币。因此，这将使东亚单一货币的道路成为可能。

　　进一步的研究将会解释清楚东亚各国差异与单一地区货币趋势两者的潜在冲突。

（吴龙协，韩国对外经济政策研究院国际宏观金融室室长）

国际金融危机对中日韩贸易的
影响分析与前景展望

赵晋平

内容提要： 国际金融危机爆发以来，中日韩的对外贸易受到强烈冲击，三国之间贸易活动急剧收缩，贸易失衡程度进一步加深。从结构性原因来看，贸易规模减小与加工贸易急剧萎缩、机械设备出口下降和部分商品竞争力弱化有着直接的关系，反映了三国最终产品市场主要集中在区域外的传统"三角贸易"模式的脆弱性。短期内，中日韩贸易的严峻形势将持续一段时间，三国对外贸易和区域内贸易回升将面临较大困难。长期来看，随着世界经济全面复苏，三国贸易仍然具有快速增长的条件和空间。但如果继续延续危机前中间产品贸易为主的结构，仍然存在遭受国际环境变化冲击的风险。因此。中日韩三国面临的任务，除了应加强贸易和投资便利化合作，加快货币互换和区域货币稳定机制建设之外，更为重要地在于推进区域经济一体化进程，以提高最终产品的区域内贸易比重，维护地区经济的长期稳定与繁荣。

2008 年 9 月以来，随着国际金融危机的不断深化和蔓延，全球实体经济受到强烈冲击，美国、欧元区和日本等主要国家（地区）经济陷入同步衰退，国际市场需求急剧萎缩，全球贸易出现大幅度下降。中国、日本和韩国作为世界主要贸易大国，不可避免地开始面对出口持续下滑的严峻形势。经济下行和结构调整压力明显加大。在这一背景下，深入分析国际金融危机带来的影响，准确把握今后中日韩贸易的变化趋势和特点，对于加强有关三国经济合作问题研究具有十分重要的意义。

1. 国际金融危机对中日韩贸易的影响

20 世纪 90 年代以来，在全球化趋势的带动下，中国、韩国和日本三国之间的相互贸易和投资活动日趋活跃，保持了较快发展势头，为推动三国经济乃至东亚地区经济发展发挥了重要作用。突如其来的国际金融危机，不仅对三国的对外贸易造成冲击，而且造成了经济增长明显放缓、甚至陷入严重衰退的困难局面。

1.1 中日韩三国对外贸易出现大幅度下降

中国在 2001 年至危机前的 2007 年保持了对外贸易的快速增长势头，年均增长速度高达 27.4%，其中出口年均增长 28.8%，进口为 25.7%。进入 2008 年后，由于美国次袋危机对美国经济的冲击日趋显现等因素的影响，贸易增长速度逐渐回落，2008 年 9 月国际金融危机爆发，下行趋势进一步加快，11 月起转为负增长。根据中国海关统计，2008 年四季度中国出口同比仅增长 4.4%，全年按照美元计价出口虽然实现了 17.3% 的增长，但按照人民币计价金额计算仅增长 7.1%，成为 2001 年以来的年度最低水平。进入 2009 年以来，中国外贸的下降仍然在持续，其中出口 1—4 月下降幅度达到 20.5%；按照人民币计价金额计算。下降 23.7%；预计全年将出现改革开放 30 年以来首次 10% 左右负增长；进口的下降幅度超过出口，短时期内也难以恢复增长。

2009 年 1—4 月期间，按照美元计价金额计算，韩国对外贸易的下降幅度超过中国。进出口总额下降 28.6%，其中出口下降 23.4%；进口下降 33.6%。韩国出口从 2008 年 9 月国际金融危机进入高潮时期开始迅速下降，其中四季度下降 9.9%；2009 年一季度同比下降 24.9%，下降幅度仍在持续扩大。但如果按照韩币计价金额计算，韩国对外贸易受到的影响要小的多。2008年四季度出口保持较大幅度增长，2009年1—4月仍然达到10.8%的增长。即使剔除通货膨胀因素（4%以下），韩国的出口数量仍然是增长的，对国内生产的冲击与中国相比很小。

按照日方统计，美国是日本的最大出口市场，因此，日本出口受次贷危机的影响更为直接和明显，对外贸易的下行压力超过中国和韩国。2008年日本进出口总额增长速度是14.9%，同比上升7.2个百分点。其中出口增长8.9%，进口增长21.7%。表面上看，2008年全年进出口增长水平好于2007年，但如果剔除日元升值（13.9%）因素的影响，实际增长率不到1%；尤其是出口实际下降4.4%。从四季度起，日本出口迅速下降，并延续到2009年。根据最新统计，2009年1—4月，日本出口下降38.5%，进口下降28.9%，降幅进一步加大。由于同期日元对美元持续升值，按照日元计价贸易金额计算的下降幅度更大。根据日本瑞穗综合研究所6月初的预测，日本全年出口、进口将分别减少20.4%和8.6%（参见表1）。

表1 中国、韩国和日本的对外贸易增长变化 单位:%

年份	中国外贸增长			韩国外贸增长			日本外贸增长		
	总额	出口	进口	总额	出口	进口	总额	出口	进口
2001—2007 年	27.4	28.8	25.7	16.5	16.3	16.7	8.7	10.1	7.2
2008 年	17.8	17.3	18.3	17.7	13.6	22.0	14.9	8.9	21.7
2008 年 *	7.6	7.1	8.0	39.6	34.7	44.7	0.9	-4.4	6.8
2009 年 1—4 月	-22.5	-20.5	-27.8	-28.6	-23.4	-33.6	-33.9	-38.5	-28.9
2009 年 1—4 月 *	-25.6	-23.7	-30.7	3.3	10.8	-3.9	-39.9	-44.1	-35.4

资料来源：来自各国海关统计，按照美元计价金额计算；带 * 者为本币计价计算结果。

出口依存度相对较高是中国、韩国和日本经济的共同特点。因此，出口的迅速下降导致三国的工业生产增速回落或急剧萎缩、经济下行压力显著加大。按照 2008 年水平计算，中国规模以上工业企业的出口交货值占工业企业营业收入的 18.4%，出口下降造成工业生产增速快速回落。2008 年 11 月—2009 年 4 月期间，中国工业增加值增长速度大致徘徊在 3%—9% 之间，是导致同期 GDP 增长速度大幅度回落的主要原因。中国的经济增长速度为此由 2007 年 13% 的高位迅速下滑至 2008 年的 9%；2009 年一季度进一步回落到 6.1% 的亚洲金融危机以来最低水平。韩国的工业产出迅速萎缩，2008 年 4 季度同比下降 11.8%，2009 年一季度降幅进一步扩大到 15.5%，但是由于韩国的出口数量并未出现下降，因此工业产出下降主要是企业库存调整和国内市场需求萎缩造成的。同期 GDP 分别环比下降了 18.8% 和增长 0.5%。日本在出口连续大幅度负增长的拖累下，工业产出从2008 年 10 月起连续大幅度下降，下降幅度最高时达到 38.4%；GDP 已连续 2 个季度出现两位数下降，经济衰退的严重程度创二战以来之最（参见表 2）。

表 2 中国、韩国和日本的经济增长　　　单位:%

指标	国家	2006 年	2007 年	2008 年	2008 年			2009			
					10 月	11 月	12 月	1 月	2 月	3 月	4 月
工业产出	中国	16.6	18.5	12.9	8.2	5.4	5.7	—	3.8	8.3	7.3
	韩国	8.4	6.9	3.1	- 1.9	- 13.8	- 18.7	- 25.5	- 10.0	- 10.6	- 8.2
	日本	4.5	2.8	- 3.4	- 6.6	- 16.5	- 20.7	- 30.9	- 38.4	- 34.2	- 30.7
GDP 增长	中国	11.6	13.0	9.0	6.8			6.1			—
	韩国	5.1	5.0	2.5	- 18.8			0.5			—
	日本	2.0	2.4	- 0.6	- 13.5			- 14.2			—

资料来源：韩国、日本的季度 GDP 增长率为按照年率计算的环比增长速度；中国为上年同期比。工业均为上年同期比，但中国是工业增加值增速；韩日是工业产出指数增长率。

1.2 中日韩相互贸易受到的冲击更为严重

作为全球贸易大国，中日韩三国之间的相互贸易关系十分紧密，区域内贸易占全部对外贸易的比重大约在20%左右。尤其是韩国对区域内贸易的依赖程度最高，对华和对日贸易分别占其全部贸易的19.6%和10.4%。三国贸易关系中的另一个显著特点是，2001—2008年期间，韩国、日本对华贸易依存度均有所提高；中国对韩贸易比重略有上升，对日贸易的比重明显下降。随着三国对外贸易受国际金融危机影响快速萎缩，相互之间的贸易同样面临急剧萎缩的严峻形势（参见表3）。

表3　中日韩三国相互贸易的重要性　　　　单位:%

国家	年份	对华贸易比重			对韩贸易比重			对日贸易比重		
		总额	出口	进口	总额	出口	进口	总额	出口	进口
中国	2001 年	—	—	—	7.1	4.7	9.6	17.3	16.9	17.7
	2008 年	—	—	—	7.3	5.2	9.9	10.4	8.1	13.3
韩国	2001 年	10.8	12.1	9.4	—	—	—	14.8	11.0	18.9
	2008 年	19.6	21.7	17.7	—	—	—	10.4	6.7	14.0
日本	2001 年	11.8	7.7	16.6	5.6	6.3	4.9	—	—	—
	2008 年	17.4	16.0	18.8	5.8	7.6	3.9	—	—	—

资料来源:各国对其他两国贸易占本国贸易总额比重分别依据本国贸易统计计算。

中国对韩贸易在2001—2007年期间曾经保持年均28.3%的快速增长势头；2008年一至三季度这种趋势仍在持续，尤其是出口增长远快于进口，三季度同比增加幅度高达52.8%。但是进入四季度后，出口迅速回落至5.9%；进口下降19%，导致对韩贸易减少10%左右；2009年1—4月下降幅度进一步扩大，进口、出口双双出现大幅度负增长。按照人民币计价金额计算，下降幅度更大。总体来看，中国对韩贸易的下降幅度超过中国外贸平均水平。一是由于双边贸易以中间产品为主，随着国际市场需求迅速萎缩，中国的加工贸易出口受到冲击，对韩国的中间产品需求随之减少；二是因为 2008 年四季度以后，韩币对美元大幅度贬值、人民币相对韩币大幅度升值，中国的出口产品价格竞争力明显下降，与韩国国内经济陷入困难，市场需求急剧萎缩等因素叠加作用，导致中国出口增长明显趋缓，直至下降。中国对日贸易与对韩贸易走势基本相同，但下降幅度小于后者，尤其是对日出口较为稳定，下滑幅度小于平均水平。一是由于 2008 年 9 月以来，人民币相对于日元贬值，有利于保持价格竞争力；二是因为中国对日出口的中低档消费品在经济衰退背景下市场需求较为稳定，甚至存在可能替代部分高档商品市场的有利条件。

表 4　中国对日、对韩贸易增长形势　　单位:%

年份	对日贸易（年均）同比增速			对韩贸易（年均）同比增速		
	进出口	出口	进口	进出口	出口	进口
2001—2007 年	17.9	14.6	20.9	28.3	28.4	28.3
2008 年	13.0	13.8	12.5	16.2	31.7	7.8
一季度	14.4	12.2	16.2	21.3	33.4	14.9
二季度	20.9	17.7	23.3	29.6	38.0	24.7
三季度	18.0	18.1	17.9	27.2	52.8	14.5
四季度	0.2	7.6	−5.7	−10.1	5.9	−19.0
四季度*	−7.8	−1.0	−13.3	−17.3	−2.6	−25.5
2009 年 1—4 月	−23.8	−18.3	−28.0	−28.1	−31.9	−25.7
2009 年 1—4 月*	−26.9	−21.6	−30.9	−31.0	−34.6	−28.7

资料来源：中国海关统计。

注：表中数据按照美元计价金额计算；带*者为本币计价计算结果。

　　韩方统计对华贸易按照美元计价金额计算的变化趋势和中国统计的结果相近，仅仅是在幅度上有所差别，很大程度是受经过香港等地转口贸易因素的影响。从韩国对日贸易来看，2008 年

四季度以来，出口和进口均出现大幅度下降，其中 2009 年 1—4
月下降幅度都超过了 30%；对日出口下降幅度远高于对外出口
的平均降幅，但由于同期韩币对美元、尤其是对日元大幅度贬
值，出口的实际数量下降幅度小于按照美元计价的出口下降幅
度。日方统计所反映的日韩双边贸易基本特点与韩方统计结果
相近。

表 5　韩国对华、对日贸易增长形势　　　单位：%

年份	对华贸易（年均）同比增速			对日贸易（年均）同比增速		
	进出口	出口	进口	进出口	出口	进口
2001—2007 年	29.0	28.5	29.6	11.4	8.1	13.3
2008 年	16.1	11.5	22.1	8.0	7.1	8.4
一季度	23.7	20.7	27.6	13.5	12.2	14.1
二季度	32.9	33.6	31.9	15.5	16.7	14.9
三季度	30.5	21.5	42.9	20.6	14.5	23.5
四季度	-17.5	-23.9	-9.2	-14.5	-11.9	-15.7
四季度*	22.3	12.8	34.6	26.7	30.6	25.0
2009 年 1—4 月	-28.1	-23.4	-33.9	-31.3	-33.3	-30.4
2009 年 1—4 月*	4.0	10.8	-4.4	-0.6	-3.5	0.7

资料来源：韩国贸易振兴公社。

注：表中数据按照美元计价金额计算；带 * 者为本币计价计算结果。

1.3　三国之间的贸易失衡状况并未得到改善

长期以来，中国对外贸易存在着较为突出的结构性失衡问
题：一方面对日韩等东亚地区国家的双边贸易逆差持续扩大，另
一方面，对美欧等区域外国家（地区）的巨额贸易顺差不断增
加。主要原因在于存在着日韩等东亚国家的中间产品进入中国，
经过加工组装后最终出口到美欧等国际市场的"三角贸易"模
式。因此，当中国面向欧美地区出口出现下降，必然导致对上游

零部件即对日韩等国家进口需求的减少。2001—2007 年期间，中国对美欧的贸易顺差明显增加，对日韩的贸易逆差规模随之逐步扩大，其中对韩国的逆差由 108 亿美元增加到 479 亿美元；对日本则由 23 亿美元的顺差转为近 320 亿美元的逆差。按照特化系数来看，对韩国的贸易失衡程度保持在 –30% 左右，对日本也扩大到 –12.5%。2008 年由于受美国次贷危机以及由其引发国际金融危机的影响，对美国出口增速收缩，贸易顺差规模虽然仍然略有增加，但按照特化系数来看，贸易失衡有所减少；对日和对韩的贸易逆差规模虽然扩大，但是相对逆差有所降低，尤其是对韩双边逆差规模开始缩小。2009 年 1—4 月中国对日韩和美国的贸易失衡规模虽然与 2008 年 1—4 月相比均出现减少，但从特化系数来看，对韩、对美的相对贸易失衡仍然在扩大；仅仅对日相对逆差有所降低（参见表 6）。

表 6　中国的贸易平衡状况

年份	对世界		对韩国		对日本		对美国	
	贸易差额（亿美元）	特化系数（%）	贸易差额（亿美元）	特化系数（%）	贸易差额（亿美元）	特化系数（%）	贸易差额（亿美元）	特化系数（%）
2001 年	240.6	4.7	– 108.1	– 30.1	22.8	2.6	281.4	35.0
2007 年	2616.9	12.0	– 479.2	– 29.9	– 317.7	– 13.5	1628.7	53.8
2008 年	2975.8	11.6	– 382.5	– 20.6	– 344.4	– 12.9	1708.1	51.2
2008 年 1—4 月	579.7	7.3	– 140.4	– 23.6	– 120.2	– 14.2	462.7	45.2
2009 年 1—4 月	754.3	12.6	– 118.2	– 27.6	– 51.0	– 7.9	394.7	46.0

资料来源：根据中国海关统计计算。

20 世纪 90 年代以来，韩国对华贸易保持顺差，对日贸易却始终是逆差。这与韩国对日机械设备进口需求较大，对日出口往往通过向中国出口零部件，经过加工组装后出口到日本等发达国家市场的贸易模式有着直接的关系。根据韩方统计，韩国对华贸易顺差和对日贸易逆差在 2001—2007 年期间明显扩大，尤其是对日贸易，通过特化系数表现的相对贸易失衡同期也明显上升。2008 年韩国对华贸易顺差规模和特化系数都明显降低，其中四季度的下降幅度最大。这表明由于国际金融危机的影响韩国借道中国、最终进入发达国家市场的商品出口受到冲击。2009 年 1—4 月，韩国对华贸易顺差增加，贸易失衡扩大，主要是韩币大幅度贬值和季节性因素的影响。2008 年以来，韩国对日贸易逆差及其失衡程度并没有出现明显变化（参见表 7）。根据日方统计，日本对华贸易长期出现逆差，2008 年以来也没有改变。2009 年 1—4 月，日本的对华贸易逆差明显扩大。实际上，日方统计的贸易逆差与中方统计之间存在着差异，主要是由于经过香港转口部分的计算方法不同所造成的。日本对香港地区的巨额出口绝大部分转口到中国内地，但是在日方统计中仅仅计算为对香港的出口，从而导致对香港巨额贸易顺差和对内地的贸易逆差同时存在的结果。如果剔除香港转口因素，中方统计更接近实际情况，即中国对日贸易存在逆差。另外，日本对韩贸易的相对失衡变化不大，这一点与按照韩方统计的分析结果一致；同期对美贸易失衡压力也出现了缓和迹象（参见表 8）。

表 7　韩国对华、对日贸易平衡状况

年份	对华贸易		对日贸易	
	贸易差额 （亿美元）	特化系数 （％）	贸易差额 （亿美元）	贸易系数 （％）
2001 年	48.9	15.5	−101.3	−23.5
2007 年	189.6	13.1	−298.8	−36.2
2008 年	144.6	8.6	−327.0	−36.7
一季度	40.6	10.1	−84.3	−37.6
二季度	53.5	11.3	−87.1	−36.4
三季度	36.0	7.6	−92.2	−39.3
四季度	14.4	4.3	−63.6	−32.8
2009 年 1—4 月	69.2	17.2	−84.4	−40.0

资料来源：根据韩国贸易统计计算。

表8　日本对外贸易平衡情况

年份	对华贸易		对韩贸易		对香港地区贸易		对美贸易	
	贸易差额（亿美元）	特化系数（%）	贸易差额（亿美元）	特化系数（%）	贸易差额（亿美元）	特化系数（%）	贸易差额（亿美元）	特化系数（%）
2001 年	−270.1	−30.3	81.0	19.0	218.9	88.2	581.9	31.4
2007 年	−185.8	−7.9	269.5	33.1	373.7	92.8	725.5	33.9
2008 年	−183.0	−6.9	297.4	33.7	384.4	92.6	591.8	27.8
2009 年 1—4 月	−97.5	−14.5	71.4	35.2	79.3	91.4	66.8	14.7

资料来源：根据日本贸易振兴机构贸易统计计算。

　　总体来看，在国际金融危机背景下，由于主要国际市场经济衰退加剧，导致中国等主要加工组装商品输出国的出口萎缩，并通过加工贸易链条传递到上游原材料和零部件输出国，造成这些国家出口下降和贸易顺差规模收缩，但从特化系数来看，贸易失衡状况并未得到改善。只要最终产品市场今后仍然集中在欧美等区域外市场，东亚区域内中间产品贸易为主的贸易结构就不会发生大的变化，区域内贸易和经济更容易受到欧美等区域外地区经济的影响和冲击。

2. 中日韩贸易形势趋于严峻的结构性原因

　　造成中日韩三国贸易下滑的原因很多，除了国际市场需求收缩、汇率波动等外部市场因素之外，传统贸易方式、投资相关商品为主的贸易结构和部分商品竞争力变化等结构性原因尤其值得关注。

2.1　加工贸易萎缩是导致三国贸易下降的结构性原因

　　加工贸易占全部贸易的比重较高是中国对外贸易的显著特点

之一。近年来，随着国内企业生产能力的逐步提高以及加工贸易转型政策的实施，中国的加工贸易在对外贸易中的比重出现平稳下降趋势。2007 年，加工贸易进出口额占对世界贸易额的比重已经由 2001 年的 47.5% 降低到 45.4%；其中出口中的比重下降了近 5 个百分点。2008 年，政策性限制和国际市场需求收缩、跨国公司企业效益恶化和库存调整等因素叠加作用，使加工贸易比重的下降趋势明显加快，出口和进口中的比重一年中分别下降了 3.4 和 5.2 个百分点。加工贸易比重下降趋势在中国对韩、对日和对美贸易中都有明显表现（参见表 9）。

值得注意的是，虽然加工贸易在对韩、日、美等双边贸易额中的比重均在 50% 以上，明显高于高于平均水平。但是这三个双边贸易中加工贸易承担的作用存在明显区别。从加工贸易比重来看，对韩进口明显高于出口，对美出口明显高于进口；日本介于其中（参见表 10）。这说明韩国是加工贸易原材料和零部件的主要来源；美国则是加工组装产品的主要市场。日本既有提供零部件的一面，同时也是加工组装产品的主要市场之一。这种"三角贸易"增长模式，在美国等最终产品市场萎缩的背景下，导致中国和韩国、日本同样面临出口急剧下滑的强大冲击。2008 年一至三季度，中国对外贸易保持了较高增长水平，但是四季度受国际金融危机和美国等发达国家同步衰退的影响，对主要伙伴的加工贸易均出现下降，并拉动双边贸易增长明显放缓或出现负增长。2008 年四季度，中日双边贸易额同比减少 7.4%，其中仅加工贸易下降 16% 这一因素的影响，拉动双边贸易下降 6.5 个百分点。同期对韩加工贸易下降 4.4%，拉动双边贸易增长率回落 2.2 个百分点（参见表 11）。由此可见，加工贸易萎缩是导致中国对日韩贸易出现下降的主要结构性因素之一。三国贸易恢复增长在很大程度上取决于作为最终市场的美欧日发达经济体的经济复苏。

表9 中国对外贸易中加工贸易比重　　　单位:%

年份	对世界贸易			对韩国贸易			对日本贸易			对美国贸易		
	对外贸易中加工贸易比重	出口	进口	对外贸易中加工贸易比重	出口	进口	对外贸易中加工贸易比重	出口	进口	对外贸易中加工贸易比重	出口	进口
2001	47.5	55.4	38.8	50.9	46.1	53.5	51.5	56.2	46.6	52.0	66.9	21.1
2007	45.4	50.7	38.6	50.6	43.8	54.3	49.6	56.6	44.2	54.2	62.5	26.7
2008	41.2	47.3	33.4	49.0	43.4	52.7	46.3	53.6	40.6	50.8	59.4	24.2

资料来源:中国海关统计。

表10 2008年中国加工贸易进出口额增长率　　　单位:%

指标	对世界贸易		对日本贸易		对韩国贸易		对美国贸易	
	一至三季度	四季度	一至三季度	四季度	一至三季度	四季度	一至三季度	四季度
总值	25.1	-1.5	27.5	-7.4	17.8	0.2	25.7	-2.1
一般贸易	35.7	5.8	44.6	-0.3	27.5	7.1	37.5	-0.6
加工贸易	13.7	-10.7	10.6	-16.0	9.3	-4.4	16.4	-2.0

资料来源:中国海关统计。

表11 2008年加工贸易下降拉动双边贸易额
下降百分点　　　单位:%

指标	对世界贸易		对日本贸易		对韩国贸易		对美国贸易	
	一至三季度	四季度	一至三季度	四季度	一至三季度	四季度	一至三季度	四季度
总值	25.1	-1.5	27.5	-7.4	17.8	0.2	25.7	-2.1
一般贸易	16.0	2.5	19.8	-0.1	10.7	2.8	15.8	-0.2
加工贸易	6.2	-5.0	4.3	-6.5	4.6	-2.2	7.2	-0.9

资料来源:根据中国海关统计计算。

2.2　机械设备贸易减少对贸易总额下降影响最为突出

在中日韩三国贸易中,机械设备是最大宗商品,电气机械、运输设备、精密机械等三项合计占全部贸易额的比重超过50%。

因此，机械设备商品贸易下降对双边贸易具有较大的影响，往往成为导致双边贸易增长趋缓或负增长的主要原因。国际金融危机爆发后，全球市场需求收缩，企业在库调整加快，投资活动明显减少，造成机械设备等资本品贸易急剧萎缩。中日韩三国也因此受到巨大冲击。根据中方统计，中韩双边贸易 2008 年增长速度比 2001—2007 年均增长水平降低 12.15 个百分点，其中仅因为电气机械贸易增长速度回落因素的影响，导致双边贸易增速下滑6.84 个百分点。另外，精密机械增长严重下滑使贸易总额增速回落 2.96 个百分点。在主要大宗商品中矿产品、贱金属增速加快，拉动贸易总额增速提高 2.34 个百分点，抵消了由于机械设备贸易增长下滑带来的部分负面影响。2008 年中日双边贸易同比增速与 2001—2007 年均增长水平相比回落 4.85 个百分点；其中由于电气机械贸易减速因素影响下降 4.65 个百分点，与中韩双边贸易相类似。由此可见，和投资活动直接相关的机械设备类商品需求下降是导致 2008 年中韩、中日双边贸易增速明显下滑直至出现负增长的主要原因（参见表12）。

表12　中国对日韩主要商品贸易增长及影响　单位:%

主要商品	对韩贸易			对日贸易		
	拉动总额增长百分点		拉动百分点增减	拉动总额增长百分点		拉动百分点增减
	2001—2007年平均	2008 年		2001—2007年平均	2008 年	
合计	28.31	16.16	-12.15	17.90	13.05	-4.85
活动物	0.08	-0.01	-0.09	-0.01	0.03	0.04
植物产品	0.21	-0.36	-0.56	0.04	-0.08	-0.12
动植物油	0.00	0.00	0.00	0.00	0.01	0.01
食品	0.20	0.13	-0.08	0.29	-0.24	-0.54
矿产品	1.40	3.00	1.60	0.34	2.19	1.86
化工产品	2.48	1.34	-1.14	1.60	0.92	-0.68

主要商品	对韩贸易			对日贸易		
	拉动总额增长百分点		拉动百分点增减	拉动总额增长百分点		拉动百分点增减
	2001—2007年平均	2008年		2001—2007年平均	2008年	
塑料橡胶	1.49	0.45	-1.03	0.95	0.46	-0.49
皮革毛皮	0.04	-0.11	-0.14	0.05	0.06	0.01
木材制品	0.05	-0.02	-0.07	0.07	-0.02	-0.09
造纸	0.01	0.02	0.01	0.17	0.12	-0.05
纺织品	0.60	-0.17	-0.78	0.72	0.66	-0.06
鞋帽伞	0.06	0.01	-0.06	0.11	0.17	0.05
矿物材料	0.27	0.21	-0.07	0.15	0.11	-0.04
珠宝	0.03	-0.02	-0.04	0.09	0.10	0.01
贱金属	3.97	4.71	0.74	1.96	1.70	-0.26
电气机械	12.69	5.85	-6.84	8.59	3.94	-4.65
运输设备	0.70	0.22	-0.48	1.11	1.11	0.00
精密机械	3.76	0.80	-2.96	1.19	1.26	0.07
杂项制品	0.24	0.12	-0.12	0.37	0.48	0.10

资料来源：根据中国海关统计计算。

　　根据日方统计，分商品来看，普通机械、电气机械和运输设备等机械设备类贸易占日本对韩出口额的比重达到36.4%；在日本从韩国进口中的比重高达38.6%。因此，日韩贸易在商品结构上与中日、中韩贸易结构相同，机械设备贸易额所占比重远远高于其他商品，其增长形势变化对贸易总额增长影响较大。根据日方统计，2009年1—4月，日本对韩国出口同比下降了33.3%；分商品看，初级原料、有色金属和运输设备、电气机械等下降幅度最大；其中机械设备下降拉动日韩贸易总额同比下降16个百分点，是所有商品中最高的；在进口中的下降拉动作用是18.7个百分点。总体来看，机械设备等资本品是中日韩三国相互贸易的主要商品。受金融危机影响，信贷紧缩、市场需求下滑、企业经营恶化和投资收益预期降低。这些因素导致国际市场对于机械设备等资本品的需求萎缩，并拉动整个贸易出现负增长（参见表13）。如果市场预期不发生变化，金融危机的影响长期存在，机械设备商品的国际贸易低迷态势有可能持续数年，三国之间相互贸易短时期内也难以恢复到危机前的快速增长水平。

表13　主要商品贸易下降对日韩双边贸易的

拉动作用　　　　　　　单位:%

主要商品	日本对韩出口			日本自韩进口		
	增长	比重	拉动贸易额下降百分点	增长	比重	拉动贸易额下降百分点
合计	−33.3	100	−33.3	−33.9	100	−33.9
食品	−11.5	1	−0.1	10.3	6.7	0.4
原料	−47.3	2.9	−1.7	−48.6	2	−1.2
矿物燃料	−20	1.4	−0.2	−30.6	12.3	−3.6
化工产品	−31.4	21.8	−6.7	−32.3	10.5	−3.3
钢铁	−15.5	17.7	−2.2	−32.8	8.3	−2.7
有色金属	−39.5	2.6	−1.1	−62.4	2.1	−2.3
金属制品	−21.6	1	−0.2	−7	4.2	−0.2
纺织品	−34.4	0.6	−0.2	−14.4	1.4	−0.2
非金属材料	−30.4	3.1	−0.9	−40.2	1.1	−0.5
通用机械	−34.5	17.8	−6.3	−25.3	12.8	−2.9
电气机械	−39.6	16.8	−7.3	−49.1	23.8	−15.2
运输设备	−67	1.8	−2.4	−40.5	1.6	−0.7
其他	−34.4	10.7	−3.8	−17.8	11.3	−1.6

资料来源：日本按照美元计算的贸易统计。

2.3 部分商品的竞争力下降削弱了出口增长能力

根据中国海关统计计算，2009 年 1—4 月，中国对韩贸易中，纺织品、杂项制品、食品等传统竞争优势商品的贸易特化系数均明显降低，表明在汇率、劳动力成本等因素的作用下，由于竞争力相对降低，这些商品出口下降幅度超过进口，成为拉动对韩出口整体下降的影响因素之一。对日出口竞争力下降最为明显的商品主要是动植物油、食品等。这些商品都是中国具有较强竞争力的大宗出口商品，由于 2007 年以来中日双边贸易中发生的多起有关食品安全事件的影响，中国农产品和食品对日出口严重受阻。这一因素与市场需求收缩因素叠加作用，对日出口增长能力进一步受到拖累（参见表 14）。根据日本贸易统计计算的特化系数表明，2009 年 1—4 月，日本对韩出口竞争力同比较大幅度下降的商品主要包括纺织品、运输设备，其中日韩纺织品贸易规模较小，对整体贸易增长的影响程度有限，但是作为主要出口商品之一的运输设备相对贸易竞争力下降，对日韩双边贸易的冲击较大。同期，日本的钢铁、有色金属和电气机械等商品的相对竞争力明显上升，在一定程度上缓解了出口下降压力（参见表 15）。

表 14　中国主要商品出口竞争力的变化　　单位:%

商品名称	对韩贸易特化系数			对日贸易特化系数		
	2007 年	2008 年	2009 年 1—4 月	2007 年	2008 年	2009 年 1—4 月
合计	−29.9	−20.6	−27.6	−13.5	−12.9	−7.9
活动物	71.6	67.1	73.9	71.4	76.2	80.6
植物产品	96.0	94.1	96.0	96.5	95.3	95.9
动植物油	55.2	74.0	77.8	69.9	79.4	49.9
食品	80.4	81.2	74.8	95.5	94.4	93.9
矿产品	−39.4	−42.0	−37.2	16.0	0.0	16.2

续表 14

商品名称	对韩贸易特化系数			对日贸易特化系数		
	2007 年	2008 年	2009 年 1—4 月	2007 年	2008 年	2009 年 1—4 月
化工产品	-51.5	-45.8	-51.0	-37.5	-31.0	-47.0
塑料橡胶	-79.0	-79.5	-85.0	-52.6	-51.7	-46.0
皮革毛皮	4.8	3.1	-0.2	89.0	89.1	92.4
木材制品	96.7	95.6	95.2	96.3	96.0	96.1
造纸	-17.8	-21.4	-34.1	-40.3	-38.2	-20.5
纺织品	34.4	36.7	28.2	68.6	70.3	75.7
鞋帽伞	62.7	66.7	67.9	94.7	95.8	96.5
矿物材料	61.5	63.4	69.5	7.4	14.2	24.7
珠宝	18.6	8.4	25.3	-73.3	-77.2	-63.5
贱金属	22.8	38.4	-1.8	-38.6	-37.8	-54.3
电气机械	-42.6	-28.3	-24.6	-29.8	-26.2	-22.3
运输设备	-14.9	-4.7	-10.3	-37.2	-45.3	-49.0
精密机械	-81.7	-79.2	-80.4	-51.4	-54.9	-52.7
杂项制品	71.5	72.6	52.7	75.1	77.6	79.4
艺术品	74.4	42.4	52.7	64.9	23.0	79.4

资料来源：中国海关统计。特化系数 =（出口 - 进口）/（出口 + 进口）× 100% 计算。

表 15　日本对韩贸易主要商品竞争力的变化　单位:%

主要商品	日对韩贸易特化系数		贸易特化 系数变化
	2009 年 1—4 月	2008 年 1—4 月	
合计	35.2	34.8	0.4
食品	-52.8	-44.4	-8.4
原料	50.1	49.1	0.9
矿物燃料	-61.2	-65.5	4.3
化工产品	62.4	62.0	0.4

主要商品	日对韩贸易特化系数		贸易特化 系数变化
	2009 年 1—4 月	2008 年 1—4 月	
钢铁	63.4	56.0	7.4
有色金属	43.2	22.1	21.1
金属制品	-34.4	-26.7	-7.7
纺织品	-6.7	6.6	-13.3
非金属材料	70.6	66.6	4.0
通用机械	48.7	53.5	-4.9
电气机械	19.0	10.6	8.4
运输设备	41.2	62.5	-21.3
其他	32.7	42.4	-9.7

资料来源：根据日本按照美元计算的贸易统计。

3. 中日韩三国贸易前景展望

按照环比年率计算，2009 年一季度美国和欧元区经济分别收缩 5.7% 和 9.8%。而在 2008 年四季度，美欧经济已分别下降 6.3%、6.2%。主要发达经济体在过去两个季度已经历了二战以来最严重的经济衰退。从 3 月以后的经济走势来看，这些经济体的经济下滑趋势开始放缓。第一，工业生产虽然尚未摆脱同比下降局面，但 4 月份与 3 月份相比，下降幅度有所缩小；日本的工业产出 4 月环比增长 5.2%，创 1953 年以来月度环比最大增幅。第二，美国的世界大型企业联合会领先指标综合指数 4 月份提高 1%，成为 7 个月来首次上升，升幅创近四年来新高。过去几次衰退，该指数往往在衰退结束前两个月出现类似回升。第三，4 月以来，美欧金融市场的长期利率均出现上扬，表明市场预期开始转好；5 月份，美国消费者信心指数环比大幅上升，创去年 10

月以来最高值；反映未来信心的指数也明显提高。第四，主要发达国家的经济刺激计划将对经济回升产生积极效果。美国政府7870亿美元刺激计划的经济效果预计从第二季度起逐步显现；由此判断，主要发达国家的经济下滑趋势在第二、三季度将明显减缓，2009年内触底反弹的可能性上升。但是，由于不良资产拖累，信贷紧缩较长时期内难以根本消除。因此，即使发达经济体走出衰退，经济增长速度将可能维持在较低水平。世界经济在今后3—4年将经历低速增长和曲折复苏过程。中日韩对外贸易的外部环境难以出现明显改善。

根据世界银行和联合国贸发会议预测，2009年全球贸易将下降11.5%，直接投资下降30%—40%。实际上，这一判断是在预计2009年全球出现二战以来最严重经济衰退基础上作出的。但是，即使下半年主要国家经济触底反弹，国际贸易和投资活动短期内仍然难以恢复增长。原因在于主要国家经济下滑趋势放缓或回升在很大程度上依赖于产业救助和经济刺激计划的作用，而这些政策立足于国内需求增长的需要，对外部市场的需求拉动作用十分有限。如美国的再投资计划，主要集中在新能源开发、节能改造、教育、医疗等进口需求弹性较小领域；基础设施改造的材料需求附加了只允许购买美国产品的条件。2009年一季度，美国进口下降29.7%，高于出口降幅7.4个百分点；包括服务在内的贸易逆差缩小，拉动国内生产总值增长率提高1.89个百分点，对减缓本国经济衰退产生了积极效果，但贸易伙伴的受益相应减少。另外，美国的居民消费模式的变化，也将给通过跨境产业分工连接在一起的中日韩三国贸易带来相当大的调整压力。

更为严重的是：国际金融危机爆发以来，各种贸易保护主义措施明显增加，全球国际贸易和投资环境可能进一步恶化。一季度，世贸组织成员通报的技术性贸易措施达到700项，比正常年度增多。美国、欧盟通过一系列加强检验检疫、调整原产地规则、提高环保标准等措施设置贸易壁垒，部分国家的法规、政策调整明显表现出限制本国企业海外投资的政策意图；俄罗斯、印度、越南等新兴市场国家则分别通过提高进口关税、限制部分商品进口，增加出口补贴，实施严格海外劳务雇佣政策等措施加强贸易和投资保护。1—4月，共有13个国家（地区）对中国产品发起"两反两保"调查38起；案件数同比上升26.7%；涉及中国出口额同比增长1.9倍。来自贸易伙伴的各种贸易保护行为将显著加大中国的出口困难，增加企业损失。韩国也是各种贸易保护措施冲击较多的国家之一，在这些方面也将面临巨大压力。

汇率波动是影响贸易活动又一个重要因素。2008年9月以来，虽然美国的金融机构损失惨重、经济急剧下滑，但在避险情绪推动下，国际资金涌向美元资产，美元不降反升，欧元、英镑、澳元对美元迅速贬值，截至2009年3月，贬值幅度分别累计达到9.7%、21.7%和19.5%。一些新兴国家则由于出口困难和国际收支恶化的影响，本币大幅贬值。如俄罗斯和韩国本币对美元贬值分别达27.1%和21.8%。受以上因素影响，按照月度平均值计算，截止到2009年3月份人民币对日元、欧元、英镑和澳元分别同比升值0.8%、23.4%、46.8%和44.3%；对卢布和韩币升值更是高达50%以上。我国企业的出口成本明显提高，竞争压力显著上升。3月份以后，美元出现贬值。人民币对其他货币升值趋势略有缓解，但短时期内无法回归危机前水平，同时还将承受对美元升值压力，出口的外部条件难以改善。日元相对于美元的汇率在今后一段时期可能保持高位徘徊，将严重影响日本的出口竞争力和贸易顺差增长。另一方面，短期来看，新型流感导致的商务人员往来减少，也是制约国际贸易回升的影响因素之一。

综合上述因素，中日韩贸易今后2—3年的发展形势可能具有以下一些特点。一是三国对外贸易和相互贸易在今后数年内将难以恢复到危机发生前的快速增长水平，可能进入持续的低速增长阶段。二是由于中日韩相互投资增长放慢甚至减少，跨国公司主导下的加工贸易在区域贸易中的重要性将有所降低。三是相互之间的贸易顺（逆）差规模扩大趋势可能将得到一定程度的缓解，但是相对贸易失衡仍然存在继续上升的可能性。

从中长期来看，中日韩三国经过长期的产业转移和跨境产业分工形成的商品供给能力仍然有可能在国际市场、尤其是美欧等发达经济体市场需求上升条件下获得贸易较快增长的机会；随着以中国内为主要投资目标市场的日韩对华投资逐渐增加，最终产品的区域外比重将可能缓慢下降。但是，根据目前的情况，三国之间的自由贸易协定不可能在近期内取得实际进展，三国与外部的制度性合作仍然在持续加强。因此，三国区域内贸易比重明显上升的可能性较小，最终产品市场集中在区域外、区域内部主要以中间产品贸易为主的结构性特点短期内难以改变。另一方面，三国相互贸易从商品结构来看，劳动密集型商品贸易比重逐渐下降，以资本品为主的中间产品或最终产品贸易比重进一步提高；适应节能环保和应对全球气候变暖目标需要的结构调整压力将明显上升。

4. 加强三国经贸合作的政策课题

为了促进东亚地区经济繁荣和稳定，中日韩三国在推动地区经济合作方面具有不可推卸的责任。尤其是汲取亚洲金融危机和本轮国际金融危机的教训，应将提高最终产品的区域内贸易比重作为区域经济合作的主要目标之一。为此，应在以下几个方面作出进一步努力。一是继续推进和深化三国和东亚地区的货币合作进程，扩大货币互换规模和适用范围，增加本币互换和贸易结算机会，创造良好的金融稳定和贸易投资融资便利化条件。二是加强三国间的贸易便利化合作，共同应对和消除各种形式贸易保护主义措施。三是推动三国自由贸易区进程，努力扩大区域内贸易比重，实现区域范围内的扩大内需目标。四是在推动东亚地区经济一体化方面发挥更加积极的作用。五是促进相互投资，加快产业分工和产业转移调整进程。

（赵晋平，中国国务院发展研究中心外经部副部长、研究员）

参考资料：

1. IMF. World Economic Outlook，2009.4.

2.（日本）瑞穗综合研究所.2009~2010 年经济展望.2009.6.10.

3.（日本）外务省经济局.主要经济指标.2009.6.5.

4.（日本）日本贸易振兴机构.贸易统计.www.jetro.go.jp.

5.（韩国）韩国知识经济部（Ministry of Knowledge Economy）.进出口报告.

6. 赵晋平.世界经济下滑趋势见缓，我国出口和利用外资短期内难以回升.国务院发展研究中心调研报告.2009.6.10.

全球金融危机及日本政府的应对

李炯根

内容提要：2008 年下半年，源自美国的金融危机蔓延至全世界以来，日本经济经历了出口急剧减少→生产减少→经常利益减少→信贷不畅以及就业恶化等一系列危机局面。对此，日本政府从 2008 年 10 月至 2009 年 4 月，历经三次发布了有史以来最大规模的经济危机对策，尤其针对解决就业不稳和信贷不畅问题。但是，经济危机对策的制定和实际实施之间存在着一定的时差。此外，因日本政府较重的财政负担，只能将日本经济增长中具重要意义的国费投入（财政支出）比重制定在较低水平上。尽管实施了有史以来最大规模的经济危机对策，但是没有取得所期待的成果。本文介绍了近来陷入经济停滞局面的日本经济情况，并对日本政府实施的经济危机对策进行了详细的研究和评价。

1. 导言

2008 年下半年，源自美国的金融危机蔓延至全世界的实物经济，主要国家的经济情况也急剧恶化。受全球金融危机影响，2008 年第四季度和 2009 年第一季度 G3（美国、日本、欧元区）国家迎来了最差的经济状况，经济合作发展组织（OECD）和国际货币基金组织（IMF）也预测美、日、欧元区的经济在 2009 年将陷入停滞局面。尤其是日本经济，2008 年第四季度增长了 – 3.6%（年率换算 – 13.5%），2009 年第一季度增长了

-3.8%,创下了第二次世界大战以后最差的负增长(参见表1)。

表1　主要国家实际GDP增长率的

趋势和展望　　　　单位:环比,%

国家	2008年			2009年	2009年		2010年	
	二季度	三季度	四季度	一季度	经济合作发展组织(OECD)	国际货币基金组织(IMF)	经济合作发展组织(OECD)	国际货币基金组织(IMF)
美国	0.7	-0.1	-1.6	-1.6	-4.0	-2.8	0.0	0.0
日本	-0.6	-0.7	-3.6	-3.8	-6.6	-6.2	-0.5	0.5
EU	-0.1	-0.3	-1.5	-2.5	-4.1	-4.2	-0.3	-0.4

注:各季度数值是以各国政府公布的环比值为准。

资料来源:各国政府主页,OECD(09.3),IMF(09.4)。

从2008年下半年源自美国的金融危机爆发后到现在,日本政府分别于2008年10月和12月以及2009年4月公布了大规模经济对策,且规模一次比一次大,特别是2009年4月10日出台了史上最大规模的经济危机对策(参见表2)。

表2　全球金融危机发生后日本政府的

经济对策　　　　单位:万亿日元

公布时间	经济对策名称	总项目金额	财政支出
2008年10月30日	生活对策	26.9	5.0
2008年12月19日	生活防御紧急对策	37	4
2009年4月10日	金融危机对策	56.8	15.4

资料来源:日本内阁府。

以下将对近来陷入严重经济停滞局面的日本经济的情况进行探讨,在详细研讨完日本政府推进的经济对策后,将对此作出评价。

2. 最近日本经济状况

随着 2008 年下半年源自美国的金融危机蔓延至全世界，受出口剧减影响，日本经济陷入停滞局面。因此日本面临着出口剧减→生产减少→经常利益减少→信贷不畅深化、雇佣恶化等一系列危机局面。以下将通过研讨主要经济指标，介绍一下日本经济的严重停滞局面（参见表3）。

2.1 主要经济指标的恶化

继 2008 年第四季度之后，日本经济 2009 年第一季度的出口、设备投资、民间消费出现显著恶化，创下了战后最差的业绩。以会计年度（fiscal year）为准，2008 年是 2001 年后首次出现负增长的年度。

表3 日本的主要宏观经济指标趋势

单位：环比实际增长率，%

指标	2007 年 *	2008 年					2009 年一季度
		一季度	二季度	三季度	四季度	年平均	
实际 GDP	1.8	0.4	− 0.6	− 0.7	− 3.6	− 3.3	− 3.8
消费	0.9	1.4	− 1.0	0.1	− 0.8	− 0.5	− 1.1
设备投资	2.1	1.3	− 2.9	− 4.2	− 6.4	− 9.8	− 8.9
公共投资	− 6.3	− 5.2	− 0.7	1.0	− 0.1	− 4.4	0.1
出口	9.3	2.4	− 0.8	1.0	− 14.7	− 10.2	− 26.0
进口	1.7	2.4	− 4.2	1.5	3.1	− 3.5	− 15.0

注：＊会计年度（4 月份—次年 3 月份）的实际增长率。

资料来源：日本内阁府。

2.2 出口剧减

出口由 2008 年第四季度的 -14.7% 锐减至 2009 年第一季度的 -26.0%。受此影响,以会计年度为准,继 2001 年(-7.9%)后,出口 7 年来首次出现负增长(-10.2%)。出口增长率(2008 年同月对比)从 2008 年 10 月份开始转为负增长,并在 2009 年 2 月份创下了史上最大跌幅(参见图 1)。

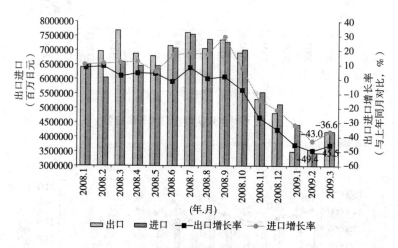

图 1 日本的进出口趋势图

资料来源:日本财务省(贸易统计)。

各地区:从 2008 年 8 月份开始对欧元区出口及从 10 月份开始对亚洲地区的出口都出现了负增长,导致总出口剧减(参见图 2)。

各类产品:从 2008 年 12 月开始,三大主要出口品种——汽车、钢铁、半导体等电子零部件的出口明显剧减。特别是汽车出口自美国金融危机后持续减少,2009 年 2 月份比上年同期减少了 -70.9%。因此汽车在总出口中所占的比重降至 20% 稍多点(参见图 3)。

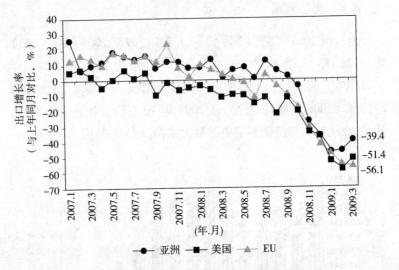

图 2　日本对各地区的出口增长率趋势

资料来源：日本财务省（贸易统计）。

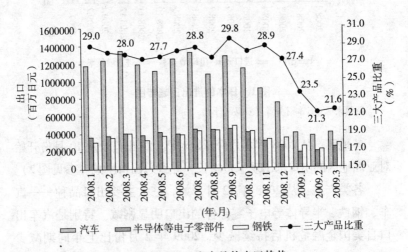

图 3　日本三大产品的出口趋势

资料来源：日本财务省（贸易统计）。

2.3 生产减少、库存积压、经常利益显著减少

因出口剧减，日本企业出现生产减少和库存积压，经常利益（营业利益＋营业外收益－营业外费用）也显著减少。2008年第一季度工矿业生产和库存量指数分别为109.5和100.6，而2009年第一季度却急剧恶化至72.3和153.0。经常利益也从2008年第一季度的13.2万亿日元锐减到2009年第一季度的4万亿日元（参见图4）。

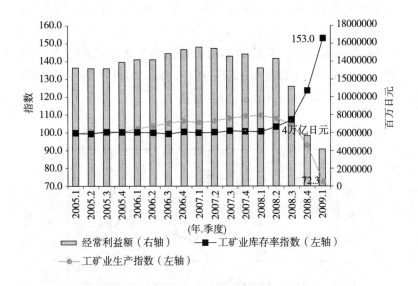

图4 工矿业生产、库存量指数和经常利益趋势图

注：工矿业生产和库存量指数以2005年＝100.0为标准。

资料来源：日本经济产业省（工矿业指数），财务省（法人企业统计调查）

2.4 信贷不畅深化及雇佣恶化

2008年日本金融机构对企业和个人的融资持续恶化，进入2009年出现小幅改善（参见图5）。

　　另外日本中小企业递减的融资条件从2007年第四季度开始
出现负增长以来，直到2009年第一季度仍在持续恶化。同时中
小企业从金融机构的借款条件，无论长短期资金从2008年下半
年开始都出现恶化（参见图6）。

　　就业者人数从2008年2月份开始与上年同月对比出现减少
趋势，求职者比雇人率得出的就业职位供求有效比率也从2008
年开始持续恶化。拿就业者来说，2009年4月份与2008年同月
相比减少了107万名，可以看出雇佣情况不容乐观。就业职位供
求有效比率2009年3月份为52%，有将近一半的求职者都无法
就业。另一方面，失业率2008年1—11月份出现了3.8%—
4.1%的波动，2008年12月以后开始急剧恶化，而2009年4月
份达到了5.0%（2008年12月份为4.3%，2009年2—4月份分
别为4.4%、4.8%、5.0%）（参见图7）。

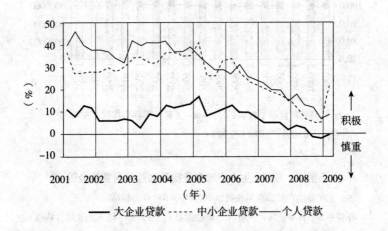

图5　日本金融机构的融资（DI 指数）

注：以50个金融机构为对象，各季度资料。

资料来源：日本银行（主要银行贷款动向问卷调查，2009年4月22日）。

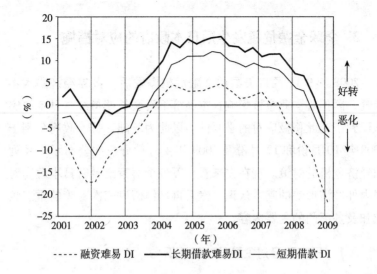

图 6　中小企业融资情况（DI 指数）。

注：以 5931 个中小企业为对象，各季度资料。

资料来源：日本政策金融公告（全国中小企业动向调查结果，2009 年 4 月 22 日）。

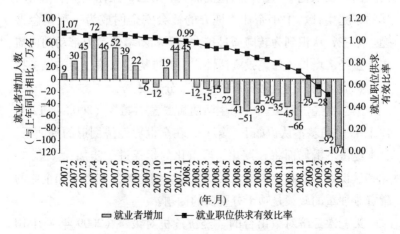

图 7　最近就业者增加和就业职位供求有效比率趋势图

资料来源：日本总务省（劳动力调查）。

3. 全球金融危机发生后日本政府的应对措施

2008 年 9 月 源自美国的金融危机爆发后，世界经济陷入不景气，因担心受此余波影响日本经济下滑会长期持续，日本政府认识到了对此积极应对的必要性。以此为基础，日本政府分别于 2008 年 10 月份和 12 月份及 2009 年 4 月份分三次公布了一系列的经济危机的对策。现在先来看一下各个对策出台时日本政府对国内外经济形势的基本认识。然后再具体研讨三次对策的重点领域和及各部门的主要内容。

3.1 日本政府对金融危机的认识

首先源自美国的金融危机爆发后，在最先出台的经济对策——"生活对策"（2008 年 10 月 30 日）中日本政府的认识如下：第一，随着海外需求萎缩，国内需求也出现停滞，对经济下滑局面将长期化、严重化的担忧加大。第二，强化经济上相对较弱的家庭生计、中小企业、地方的社会安全网成为一项紧急课题。第三，认识到为转向通过扩大内需和新增长动力带动的内需主导型经济增长，住宅投资活性化、促进构建低碳社会的设备投资、扩大活用国内金融资产的消费十分重要。

第二次经济对策——"生活防御紧急对策"（2008 年 12 月 19 日）中的基本认识如下：第一，在全世界经济倒退的局面下，日本经济下滑局面将长期化、严重化的担忧进一步加深。第二，尤其认识到，面临年末出台紧急应对雇佣趋势急剧恶化和企业的融资难加重的政策是项十分重要的课题。

第三次经济对策出台的"经济危机对策"（2009 年 4 月 10 日）中，日本政府的认识如下：第一，日本经济直面短期危机（停滞加速化危险）和构造危机（寻求新平衡的世界经济的大调整）这两大危机。第二，危机后，世界经济应对低碳和健康长寿等共同课题的任务会更加重要。第三，认识到今后日本经济将迎来三阶段经济局面：首先，在优先防止停滞加速化的第一局面（到 2009 年后期）内，面向雇佣、金融、社会弱者的对策最为紧要；其次，在落到低谷并进行反战的第二局面内（2009 年后期—2010 年后期），应优先实行为提高增长力的基础设施投资、民间需求诱致效应较高的对策、为促进转换出口依存经济和产业构造的对策；最后，步入新增长轨道的第三局面（2010 年后期）内，将实现依靠内需和出口双引擎拉动的均衡的经济增长。

综上所述，全球经济危机爆发后在日本经济停滞的情况下，日本政府认识到出台以雇佣、金融和社会弱者为重点的对策十分重要；同时作为提振内需的一环，针对新增长动力领域的对策也十分重要。

3.2　三次经济对策的重点领域

2008 年美国金融危机之后，经过三个阶段确立的经济对策的总事业费用和财政支出的规模分别达到了 120.7 万亿日元和 24.4 万亿日元。"生活对策"的总公共事业费用和财政支出额分别达 26.9 万亿日元和 5 万亿日元。"生活防御紧急对策"中，这两项分别是 37 万亿日元和 4 万亿日元。"经济危机对策"中则各自是 56.8 万亿日元和 15.4 万亿日元，经济危机对策中这两项的规模都是史上规模最大的一次（参见表 4）。

这些经济对策的焦点主要集中在就业、企业资金调拨，强化经济增长力以及地区活性化等领域。第一步的"生活对策"正形成稳定家庭生活（财政支出为 2.8 万亿日元），加强金融、经济安定（约 0.6 万亿日元），发挥地方潜力（约 1.6 万亿日元）的三大中心。随后的"生活防御紧急对策"中，包括财政投入的雇佣对策（1.1 万亿日元），国家下拨税增加额（1 万亿日元），应对经济紧急情况资金预算（1 万亿日元），减税政策（1 万亿日元）以及事业费投入领域的稳定金融市场、资金周转等中心措施。最后的"经济危机对策"则包括紧急对策（财政支出为 4.4 万亿日元），经济增长战略（约 6.2 万亿日元），实现稳定民心及搞活经济（约 4.3 万亿日元），税制改革（约 0.1 万亿日元）的四大中心措施。

表4　美国金融危机后日本经济
对策的概要　　　　单位：万亿日元

对策名称	主要内容	公共事业	
		费用	财政投入
生活对策 （2008 年 10 月 30 日）	安定国民生活	3.0	2.8
	● 紧急支援商铺	(2.0)	(2.0)
	● 强化雇佣安全网	(0.3)	(0.3)
	● 回复对生活的信心	(0.7)	(0.5)
	强化金融、经济安全	21.9	0.6
	● 安定金融、资本市场	(－)	(－)
	● 支援中小企业	(21.8)	(0.5)
	● 强化成长力	(0.1)	(0.1)
	发挥地方潜力	2.0	1.6
	● 地区活性化对策	(1.0)	(0.8)
	● 住房投资及强化防灾能力	(0.4)	(0.2)
	● 支持地方公共团体	(0.6)	(0.6)
	总额	26.9	5.0
生活防御 紧急对策 （2008 年 12 月 19 日）	就业对策	1.1	1.1
	为扩大就业增加国家下拨税	1.0	1.0
	新设应对经济紧急状况的预备金	1.0	1.0
	税制改革（减税措施）	1.1	1.1
	实现生活对策（与10 月 30 日措施重复）	(6.0)	(6.0)

续表 4

对策名称	主要内容	公共事业	
		费用	财政投入
生活防御紧急对策（2008 年 12 月 19 日）	金融市场及资金调拨对策	33	
	• 扩大政府资本的参与度	（10）	
	• 活用持股获取机构	（20）	
	• 扩大政策性金融	（3）	
	• 住宅、房地产市场对策	（0.2）	
	总额	37	4
经济危机对策（2009 年 4 月 10 日）	紧急对策	44.4	4.9
	• 雇佣对策	（2.5）	1.9
	• 金融对策	（41.8）	3.0
	成长战略	8.8	6.2
	• 低碳革命	（2.2）	1.6
	• 鼓励健康长寿、抚养措施	（2.8）	2.0
	• 发挥潜力，兴修 21 世纪新型社会基础设施	（3.8）	2.6
	实现稳定民心并搞活经济	5.0	4.3
	• 地区活性化等	（0.4）	0.2
	• 确保经济安全、稳定民心等	（2.2）	1.7
	• 支持地方公共团体	（2.4）	2.4
	税制改革（减税措施）	0.1	0.1
	总额	56.8	15.4
共合计		120.7	24.4

注：公共事业费用和财政投入费用的数值中有一部分是约略的数目，各项数目的合计与总额略有差异。

资料来源：日本内阁府。

3.3 各部门对策的主要内容

下面来看雇佣对策、金融对策、减税对策、强化增长力对策、地方活性化对策以及其他对策等各部门不同的经济政策。

3.3.1 就业对策。非正式员工、中小企业和地方企业受到经济倒退的巨大影响，以它们为中心强化就业安全网是就业对策的核心。第三次对策的总规模达到 3.9 万亿日元（参见表 5）。主要内容有：①支持中小企业维持其雇佣员工的数量，支持再就业，为离职人员及失业人员提供住房和生活补助，降低就业保险费等，将这些就业政策作为最优先的应对措施；②通过构筑针对非正式员工的新型社会安全网（提供就业培训及生活补助），维持雇佣规模，创造新的就业机会等措施，进一步扩充、强化就业政策。

表5　就业对策的主要内容　　单位：万亿日元

对策	主要内容	事业经费
生活对策 （2008 年 10 月）	• 强化非固定职位就业安全对策 • 强化维持中小企业等的雇佣援助对策 • 创造地区就业机会	0.3
紧急生活 防御对策 （2008 年 12 月）	• 住房、生活对策（支持持续失业者提供公司职工公寓的企业主，一次性补助失业人员的住房租赁费等） • 维持雇佣对策（500 亿），支持再就业对策（0.22 万亿），取消新职员内定对策（3 亿） • 降低就业保险费（0.6 万亿），完善就业保险供需资格条件（0.17 万亿），扩充调整就业结构经费 • 为扩大就业，增加对地方财政拨款（1.0 万亿）	2.1
经济危机对策 （2009 年 4 月）	• 支援再就业及能力开发对策（0.7 万亿） • 扩大就业对策（0.3 万亿） • 保护非固定职业，取消内定对策，保护外国劳动者（44 亿） • 住宅、生活补助（0.7 万亿）等措施	2.5
合　　计		3.9

3.3.2 金融对策。为了稳定金融市场和缓解企业的信用危机，日本政府投入了总规模达 96.6 万亿日元（占总事业费的 80%）的各项措施（参见表6）。主要内容如下：

表6　金融对策的主要内容　　单位：万亿日元

不同对策	主要内容	事业经费
生活对策 （2008年10月）	• 为中小企业调拨资金而扩大政策性金融机关的大部分规模（21万亿）等 • 促进完善本公司股票买入规制等金融资本市场的安定措施 • 扩大日本企业的海外子公司的贷款，促进建设业资金的流动性等	21.8
生活防御 紧急对策 （2008年12月）	• 通过修订后的《金融机能强化法》应对金融市场异常、紧急状况（10万亿） • 为银行等持有股票的机构的资金流通性搞活、强化相关机构（20万亿） • 为支持大中型企业的资金调拨，扩大政策性金融机关的危机应对业务（3万亿） • 通过日本国际协力银行支持日本企业的海外事业的相关资金调拨及住宅、房地产政策	33
经济危机 对策 （2009年4月）	• 为支持中小企业的资金调拨，扩大政策性金融机关的担保规模（16.9万亿） • 为支持中坚企业、大型企业的资金流通，扩大政策性金融机构的长期资金贷款，并设置贷款担保及损失担保（17万亿） • 扩大日本国际协力银行（JBIC）的融资、担保额度（3万亿） • 迟滞日本企业投资较多的亚洲发展中国家（通过JBIC迟滞贸易金融的流动性和环境投资通过JICA进行紧急财政支援等） • 支持住房、土地等金融流动性（0.7万亿）等	41.8
合　计		96.6

第一，通过扩大政策性金融机关的融资和强化其信用保证来缓解中小企业以及大中型企业的信用危机。[①] 第二，通过《金融机能强化法》的实施，对于银行的公共资金进行强制性投资，同时，确保地方银行的金融健全性。第三，通过银行等持股获取机构，扩大购买限度，为股市安定努力。同时日本政府除此经济对策以外，在危机发生时构筑股票购买体制。第四，通过日本国际协力银行（JBIC）支持日本企业发展海外事业的资金调拨。此外，决定援助日本企业投资较多的亚洲发展中国家。援助日本投资较多的亚洲发展中国家（通过日本国际协力银行［JBIC］支持贸易金融流动性和环境投资，通过日本国际协力机构［JICA］进行紧急财政支援等）。

扩大日本银行的流动性措施包括：

—— 配合政府的金融措施，日本银行在金融危机以后的第二次降低政策利息，通过公开市场操作来扩大流动性供给。

——日本银行于 2008 年 10 月以后，经历了两次降息，将政策利息由 0.5% 降至 0.1%，共降低了 0.4%。

——日本银行扩大了长期国税的买入规模（每月 1.2 万亿→1.4 万亿→1.8 万亿日元），试图通过回购 CP（公司票据），买入公司债券等措施扩大流动性的供给量。

3.3.3 减税政策以及强化增长力、实现低碳社会。这一领域的核心是为拉动内需而引入减税措施，通过促进低碳社会的发

---

① 政策性金融机关的作用在被扩大的同时，也引发了一场争论。日本政府最近推行的三种经济对策中，为稳定金融市场、缓解企业信用危机，将政策投资银行、国际协力银行等政府下属的金融机关的融资、担保规模按累积基准增加到 39 万亿日元。有人担心，政策性金融融资过度扩大的话，会导致一些本应被市场淘汰的企业得以存活下来，最终导致日本的竞争力低下。（读卖新闻，2009 年 4 月 17 日）同时，日本政府最近决定，将原本定于 2011—2013 年期间将完全由政府出资的金融机构——日本央行的完全民营化推迟 3 年。据推测，从这一点可以看出，日本政府对于政策性金融机构的民营化决心有所动摇。

展促进世界的绿化。各项对策的总规模达 1.3 万亿日元（参见表 7）。主要内容如下：第一，降低中小企业的低税率，通过减轻接待费的征收支持中小企业的经营和资金流动。通过住房贷款减税促进居民住房投资。第二，促进居民购入环保车、节能车和新能源投资等，通过税制支持促进可持续发展及实现低碳社会。第三，为拉动内需鼓励老龄人利用私人财产购买住房，促进民间的 R&D 投资，进行相关税制改革。

表 7　减税措施的主要内容　单位：万亿日元

对策	主要内容	事业费
生活对策 （2008 年 10 月）	刺激内需 • 中小企业：暂时下调减免税率，对中小企业进行亏损额返还 • 延长住房贷款税的减税期限 • 为促进海外分公司的收益回归国内而实施的税制措施（强化增长动力） • 导入促进节能·新型能源投资的税制（能够促使立即补偿返还的临时性措施）	0.1 左右
生活防御 紧急对策 （2008 年 12 月）	刺激内需 • 提高住宅贷款减税度，对购买长期优良住宅和改造节能型住宅者减税，对长期持有型土地购买者的转让税实行特别扣除制度，延长降低土地买卖登记许可税的期限 • 中小企业：暂时下调减免税率，返还亏损金，延缓缴纳股份继承税 • 对通过生前赠与的方式继承企业所要缴纳的赠与税可延期缴纳，对增长股票的分配和转让差价延长减免税率时间（强化增长动力） • 暂时减免节能车的购买和持有相关的财务负担 • 减轻与节能·新能源相关的设备投资的赋税	1.1

续表 7

对策	主要内容	事业费
经济危机对策 (2009 年 4 月)	刺激内需 • 为刺激房地产消费暂时减免赠与税 • 减少中小企业招待费税 • 增加研究开发税收制度	0.1
合　　计		1.3

3.3.4 地区活化对策。该领域的核心是随着低生产率和高龄化的持续，乡镇和城市之间的差距不断拉大，因此政府将对乡镇进行支援以促进乡镇发挥其潜力（参见表 8）。下面为其主要内容。第一，下调高速公路通行费，通过再建地方企业激活地方经济。第二，促进外国游客来日旅游，整顿交通网，打造风景优美有活力的地方环境。通过这些举措提高地域水准。第三，强化住房和其他建筑物的防震设施，确保离职者的住宅安全和稳定。第四，通过对地方公共团体拨款实现地区活化。

表 8　地区活化对策的主要内容

单位：万亿日元

对策	主要内容	事业费
生活对策 (2008 年 10 月)	• 大幅下调高速公路通行费（0.5 万亿） • 通过重建地方企业，盘活商业街，设置能够灵活利用民间资本的公共设施（PFI）激活地方经济 • 促进外国游客来日旅游 • 确保安全的交通空间，建立畅通的交通网络 • 促进建设风景优美具有活力的地区环境 • 盘活地方经济、生活对策临时拨款（0.6 万亿）等	1.6
生活防御 紧急对策 (2008 年 12 月)	• 持续促进生活对策的主要内容	
经济危机对策 (2009 年 4 月)	• 为激活地区经济而设置投资促进交付金（政府拨款）等（0.2 万亿） • 对地方公共团体进行财政支援（激活地区经济、公共投资临时拨款等 2.4 万亿）	2.6
合　　计		4.2

3.3.5 其他对策。下面是对其他主要的经济对策的说明：第一，政府将支付规模为 2 万亿日元的家庭紧急支援金，促进家庭的消费支出，保障贫困阶层的生活稳定（平均每人 12000日元，将支付给年龄在 65 岁以上及 18 岁以下的群体每人 2 万日元）。第二，为了积极应对经济状况的巨变，政府在 2009 年度预算案中新设置了规模为 1 万亿日元的"经济紧急应对预备费"，用于雇佣、中小企业金融，社会资本整备等方面。第三，为了经济的中长期增长促进"低碳革命"（财政支出规模为2.2 万亿日元）。第四，为了实现太阳能等新型能源及能源节约技术普及的持续化，促进"school new deal 构想"（推进学校预防地震设施建设，维护使用太阳能电板的电器等措施）的施行。第五，购买低燃油车和节能产品时提供补助金和环保点数（ecopoint）。如购买新的低燃油车时政府支付补助金，购买绿色家电（电视、空调、冰箱）时购买者可得到相当于产品价格5% 的环保点数。

4. 结论

目前日本经济陷入了前所未有的停滞局面，本文考察了出现这种现象的原因，并对今后日本经济的发展趋势进行了展望，另外还对日本政府推进的经济对策的特征进行了梳理和评价。

4.1 日本金融危机产生的原因及今后展望

2008 年 9 月之后的日本经济危机导致日本经济进入了前所未有的空前的经济停滞状态，这一点可以说是这次经济危机的重要特征。2008 年第四季度日本经济增长为 −3.6%，2009 年第一季度为 −3.8%，日本经济开始进入自第二次世界大战之后最糟糕的停滞局面。4 个季度连续（2008 年第一季度—2009 年第一季度）出现负增长，这在战后尚属首次。

最近日本经济之所以陷入史上最糟糕的局面是由几个原因综合作用导致的。第一，正如前面所说明的，世界经济的停滞不前和日元强势对日本的出口剧减产生了直接的影响。特别是2008年下半年日元汇率高点（2008年8月15日110.53日元/美元）对比低点（2008年12月17日87.24日元/美元）期间下跌了21.1%（日元强势），因此削弱了日本产品的出口竞争力。第二，在2002—2007年间被称为迎来了经济最强时期的日本经济以2007年10月为基点开始走下坡路。再加上全球经济危机的影响，加速了日本经济的恶化。第三，日本经济结构在2002—2007年间的最强时期（69个月）逐步转换成了出口依存型的增长结构，这是日本经济出现停滞局面的结构性原因。在此期间，民间消费方面年平均增长率仅为1.1%，但出口方面的增长率则高达9.3%，显现出了强劲的增长势头。这种结构使相同时期的民间消费占国民生产总值的比重从56.3%下降到54.2%，但出口比重则从10.9%增加到15.6%。因此这使得日本经济无法轻易依靠内需进行自行复苏，而是转变成了如同此次全球性经济危机一样的对外部冲击的抵抗力较弱的经济体制。

下面是对今后不同季度及不同年份日本经济的展望。首先是2009年分季度展望。根据日本经济计划协会6月初的调查结果可以得知，日本国内40名经济学家预测2009年第二季度日本经济会增长1.6%（前期对比）。经济学家判断这是由最近主要的经济指标的好转性变化，经济对策开始发挥效果，预算的早期执行，基础效果等因素引起的。其次是对2009年日本经济增长的展望。国际机构和日本机构间存在一些差异。与IMF或者OECD之类的国际机构粗略估算的 -6%的经济增长率不同，日本内阁府（Cabinet Office）或日本银行等机构的预测

为 -3%（参见表 9）。造成这种差异的原因是：第一，日本机构将日本的会计年度（4 月—翌年 3 月）作为展望对象和展望期。第二，国际机构在前景预测中并没有将日本政府的经济对策效果包括在内。

表 9　主要国家和地区的经济增长率展望

国家 （地区）	2009 年展望				
	IMF (4.22)	OECD (3.31)	日本内阁府 (4.27)	日本银行 (4.30)	日本 40 名经济学 家综合结果 (6.8)
日本	-6.2	-6.6	-3.3	-3.1	-3.9
美国	-2.8	-4.0	–	–	–
欧盟	-4.2	-4.1	–	–	–

注：国际机构的展望数值以 2009 年 1—12 月为基准，日本政府及民间机构的展望数值以 2009 年 4 月—2010 年 3 月为基准。

4.2　经济对策的特征及评价

为应对最近出现的经济停滞现象，日本政府出台了一系列经济危机对策。下面将对这些经济对策的主要特征进行梳理：

第一，经济危机对策的重点集中在失业问题和信贷不畅问题上。特别是在新一轮对策中，总事业费中的 80% 都集中在为解决信贷不畅而出台的金融市场对策上。另外在最近出台的经济危机对策中为了能够尽可能地创造新的就业岗位，政府决定在 2009 年上半年将预算集中在公共事业方面。

第二，在 2008 年的经济对策中，考虑到超过国内生产总值 170% 的超高的国家债务，政府将遏止追加发行国债的行为。但如果经济危机持续的话，这样的立场最终也会产生动摇。即，与经济对策的资金来源周转相关的生活对策以及生活防御紧急对策

中不发行赤字国债，而是采取灵活的财政投资和融资特别会计
（国家会计的一种）制度。[①] 但是随着经济形势的继续恶化，在
新出台的经济危机对策中政府决定通过发行建筑国债、赤字国债
等公债进行调节周转。另外在 2009 年 4 月出台的对策中政府通
过策划确定了 2.5 万亿日元的公共投资事业，小泉纯一郎执政
（2001—2006 年）以来持续出现的缩减公共投资的倾向（全年度
预算对比减少 3%）迎来了转折点。

第三，在企业对策中，通过国际合作银行和日本贸易保险来
完成对进军海外的企业的资金周转的支援。特别是对日本企业分
布较多的亚洲发展中国家，日本政府决定通过国际合作银行和国
际合作机构在贸易金融、环境投资和紧急财政领域进行支援。这
些经济对策体现出了日本政府一贯对亚洲非常重视的传统立场。

第四，通过对环境、能源等未来增长动力领域进行减税及确
保财政支援的方法，不仅能够应对目前的经济危机，日本政府也
力图通过这些措施在经济复苏以后强化日本的国际竞争力。在最
近出台的经济危机对策中政府从以往对策中的税制支援更进一
步，决定连带支付补助金。这可以说是日本政府正尽全力寻求各
种可能的政策方案的一种姿态的表现。

最后是对日本政府最近出台的经济对策的评价：

第一，日本以应对全球经济危机为契机，将政府财政政策的
基础从现有的财政健全化路线向经济振兴方向转变。日本的财政
状况处于发达国家中的最差水平上，在坚持财政健全化路线的过

---

① 生活对策和生活防御紧急对策中成为资金来源周转中心的财政融资投资特别
会计是作为将国家发行和调节债券的资金贷给政府的金融机构或者独立行政法人的一
种融资会计，随着利息的变化，为应对利息的支出大于利息收益而出现损失的情况储
备了"利息变动准备金"。并且立法规定如果这项准备金有剩余，将被用于每年的国
债偿还。但是应该指出的是如果将此用做经济对策的资金来源，那么从国债余款的角
度看与追加发行国债并无差异（朝日新闻，2008 年 10 月 22 日）。

程中一直要求进行提高消费税等根本的税制改革。但是为了克服目前的经济危机财政策开始向振兴经济的路线转换，所以可以预测，随着这种转变的出现，自小泉政府开始执政后已数次被延期的"税制的根本改革"又会被再次推迟到经济复苏以后再开展。

第二，经济对策在制定过程中和实际执行之间有相当大的差异存在，因此在目前这种严重的经济停滞局面中无法得到经济政策制定过程中的构想的预期成果。以强化被称为解决就业机会少以及信贷不畅问题的广义上的社会安全网和对环境、能源等未来经济增长动力领域的支援为中心的经济对策可以说是应时而生的政策。但是现在日本议会中执政党由下议院（众议院）掌握，在野党由上议院（参议院）掌握，因此经济政策在议会的通过通常会被拖延推迟。例如 2008 年 10 月制定的"生活对策"第二次追加预算案于 2009 年 1 月 27 日在议会通过，但相关法案直到 3 月 4 日才成立。刺激内需效果相对明显的家庭紧急支援金（2 万亿日元的规模）2008 年 10 月就已经立案，但实际上是从 2009 年 3 月才开始执行的。这种情况导致日本经济在 2008 年第四季度和 2009 年第一季度不得不面临历史上最严峻的停滞状况。

第三，即使出台了史上最大规模的经济对策，对国内生产总值（GDP）增长产生较大影响的国家经费投入（财政支出）的比重仍然处于较低的水平上。为克服 20 世纪 90 年代的长期经济萎靡而先后十次出台的经济对策中，国家经费投入的比重大约为 35%，而在最近出台的三次经济对策中国家经费投入的比重仅为 20%。从二者的差距中可以反映出，过多的国家债务负担已经成为日本政府在应对危机时的致命弱点。

第四，可以预想，2009 年 4 月出台的经济危机对策不会达到日本政府预期的效果。即这次出台的经济危机对策财政投入额达到国内生产总值（GDP）总额的 2.7%，是史上最高水准的经济振兴政策。日本政府希望通过此次出台的政策使日本国内生产总值（GDP）提高 1.9 个百分点。但是据日本经济研究中心和野村证券（Nomura）等机构分析，除了波及效应推算模型的差异之外，对国内生产总值的增加没有直接影响的金融对策无法计算在内，在家庭收入情况恶化的情况下，购入时需要巨额资金的低燃油车、家电、住房等领域也达不到预期效果，受以上种种因素综合影响，日本经济振兴政策的效果有可能仅能使经济增长 1 个百分点左右。

（李炯根，韩国对外经济政策研究院日本组专门研究员）

中国东北陆海联运国际通道
与东北亚区域物流发展

苏 斌

内容提要： 本文通过对中国东北地区陆海联运通道的比较，简要说明了陆海通道的基本作用，同时通过对中国东北、俄罗斯远东、韩国和日本国际合作趋势基本分析，探讨了进一步开发绥满陆海联运通道，扩展我国东北地区出海通道以及加强与俄、日、韩各国物流合作的可行性，同时对开发模式提出建议。本文的主要结论是，进一步开发绥满陆海联运通道有利于扩大东北东部地区对外合作领域，加强区域与东北亚各国的经济合作。同时通道的发展与日、韩相对应港口的发展方向相符合，因此通道的发展符合各方利益可使合作各方取得共赢。但目前还存在一定的技术障碍，需要各国政府通力合作给予优惠的政策支持。

1. 东北以及东北亚合作的基本态势

1.1 中国东北经济发展

中国东北地区包括辽宁、吉林和黑龙江三省，三省面积之和占中国总面积的 8%，东北亚地区的 15.5%，东北亚地区耕地面积的 76.6%，人口 1.07 亿，约占东北亚地区总人口的 1/3。[①]

---

① 权地勋《韩国对中国东北三省直接投资研究》，吉林大学。

2008 年，东北地区完成生产总值（GDP）28196 亿元，同比增长 13.4%，占全国 GDP 的 9.38 %。其中辽宁 GDP 为 13462 亿元，增长 13.1 %；吉林 GDP 为 6424 亿元，增长 16%；黑龙江 GDP 为 8316 亿元，增长 11.8 %。

1.1.1 制造基地和资源富集区域。我国东北地区是我国著名的老工业基地和粮食等农产品生产基地，物产丰富。东北地区重工业体系相对完整，配套能力强。石油开采、石油化工、钢铁和有色金属冶炼、重型机械制造、发电设备制造、造船、机车、汽车和飞机制造、机床制造等资本与技术密集型工业在全国都占有重要地位，在沈阳、长春、哈尔滨分别形成了机床、成套设备、汽车、电机的产业积聚优势。

东北三省拥有丰富的自然资源。该地区的原油产量占全国的 2/5，木材提供量占全国的 1/2，商品粮占全国的 1/3。

1.1.2 东北亚区域交通中心。东北地区与俄、朝接壤，与韩、日相邻，处于东北亚地区的中心，在中国境内有多条公路、铁路与朝鲜、俄罗斯、蒙古相接，东北铁路网有多个口岸与俄罗斯铁路相连，并且通过韩朝铁路与整个朝鲜半岛相连。通过公路、铁路和松花江可便捷地联结俄罗斯远东诸港口。区域内还有大连、营口等大型枢纽港口与 70 多个国家和地区通航。优良的交通网络使东北成为东北亚区域的交通中心。

1.2 东北亚

东北亚在世界上占有十分重要的地位，狭义的东北亚包括中国的东北地区、日本、朝鲜、韩国和俄罗斯远东地区，广义的东北亚还包括蒙古、中国的华北地区和山东省（本文以狭义范围作为主要研究领域）。

东北亚区域内各国、各地区经济发展水平具有一定的差距，具有明显的阶梯形的产业结构，具备较好的互补性。

日本的产业结构以资本和技术密集型为主，同时以知识密集为主要特征的高新技术产业也正在蓬勃发展。

韩国作为新兴工业国家，在相当大程度上接受了日本的资本密集型产业的转移，产业以资本密集型为主，技术密集型也具备一定的规模。

俄罗斯远东地区主要是以原材料和粗加工产品为主的重工业，精加工生产非常薄弱，轻工业发展明显滞后，农产品、轻纺、家电产品主要依赖进口。

1.3 中国与东北亚合作的基础

1.3.1 东北亚区域资源存在互补性。东北亚各国、各地区自然资源分布存在着互补性。我国东北地区是铁矿、煤炭储量、水能资源富聚区域。俄罗斯远东是东北亚地区自然资源的宝库，蕴含丰富的森林、原油、煤炭、黑色与有色金属资源、水资源等。朝鲜金属资源较丰富，农业自然条件不理想。日本和韩国的自然资源贫乏，两国所需要的原料、燃料和原材料等以及部分农产品大部分或绝大部分都依赖进口。显然资源分布为国家（地区）间开展广泛的经贸合作奠定了重要基础。

1.3.2 东北存在较为雄厚的产业基础和人力资源。经济全球化与区域经济一体化发展，促进了世界产业结构的调整，传统产业及部分资金、技术密集型产业开始加速向发展中国家转移。东北作为老工业基地，工业基础比较雄厚，制造业相对比较发达，同时拥有一大批高素质的产业工人，劳动力价格低，这些都为先进产业的转移提供了重要的产业基础，在产业结构上，东北与日、韩、俄等国存在国际分工和优化组合的优势。目前东北与日、韩合作项目主要集中在工业领域中的电子、钢铁和化工等产业上。

1.4 中国与东北亚合作发展趋势

1.4.1 东北与日本合作趋势。日本与我国东北三省有着密切的经济关系。在 20 世纪 80 年代和 90 年代上半期，辽宁与日本经济合作曾出现过两次快速发展阶段，从发展态势上看，辽宁与日本的经贸合作又会进入第三个快速发展阶段。日本是吉林省第一大出口对象国和第二大进口来源国，是吉林省利用外资的主要来源地。日本是黑龙江省第二大进出口贸易伙伴。

在贸易方面，中日之间长期以来垂直分工格局逐渐向水平分工格局转变，中国对日出口会不断从低级形态向高附加值、高技术含量产品转变。在投资方面，中国"振兴东北老工业基地"战略的实施，东北三省一系列优惠政策的出台，给日本提供了更大的发展空间。随着中国外资优惠政策的调整，沿海地区工资和各种费用的上涨，日本企业的投资环境面临挑战，面对东北三省的优惠政策以及巨大的市场潜力，日本会将目光更多投向东北地区从而掀起新的投资高潮。

1.4.2 东北与韩国的合作趋势。多年来，中韩合作的主要区域集中于与韩国地理位置相近的环渤海地区的山东、天津、辽宁等省和长江三角洲地区，与东北的吉林和黑龙江合作较少。合作集中领域在第二产业。例如在韩国对华投资中，第一产业所占比重为 0.44%，第二产业所占比重为 86.53%，第三产业所占比重为 13.03%，明显呈分布不均状态。出现上述现象的主要原因是，韩国与中国的投资合作以加工贸易为主，由于这种产业"双头在外"，即进口原料和配件，产品出口到国际市场，这样的产业需要便利和低成本的运输支持，因此，对于东北的吉林和黑龙江等缺少沿海港口的内陆省份，运输距离长、运输成本高，缺少对韩国加工贸易产业的吸引力。但随着中国东部沿海地区经济发展，人力成本、土地和各种生活费用的上升，使韩国投资企业在华的利润下降，因此，韩国与中国的投资合作逐渐向向东北其他省份转移。

1.4.3 东北与俄罗斯远东地区的合作。东北与俄罗斯远东的合作主要集中于双方资源性产品加工贸易上，东北进口和加工俄罗斯远东地区的木材等资源性产品和投资俄罗斯远东农业和木材加工开发。俄罗斯远东地区缺少轻工业品和生活用品，需要由东北，主要是黑龙江东部地区进口上述物品。目前双方的合作层次处于低层次的以边境贸易方式进行合作层面上。随着俄罗斯远东地区的发展，双方均有意想进行深层次合作，如共同建立自由贸易区，中国在俄设立和投资加工区，俄方向中国开放港口，使中国货物经俄方港口运输到中国南方港口，借俄方港口实现"中外中"运输。

2. 中国东北地区陆海联运国际通道概况

陆海联运指通过陆路与海上两种以上运输方式联合运输，使货物一站式到达目的地。我国东北地区的陆海联运通道有三条：

大连—满洲里联运通道。以大连为上（下）岸港，经哈（尔滨）大（连）铁路、滨（哈尔滨）洲（满洲里）铁路到满洲里出境，线路经大连、沈阳、哈尔滨三个东北主要城市，横跨松辽平原，区域内工农业发达。通道主要运输我国大陆、香港地区、日本、东南亚各国供俄罗斯和西北欧的货物。

绥芬河—满洲里联运通道。以俄罗斯的纳霍德卡港或海参崴港为上（下）岸港，经铁路至黑龙江省的绥芬河，经滨绥、滨满铁路到达满洲里。铁路在中国境内横贯东北最北部。

图们江—牡丹江联运通道。以朝鲜清津为（或通过朝鲜与韩国铁路联络由韩国港）上（下）岸港。经图牡线联络到滨绥、滨满铁路到满洲里。线路与绥芬河—满洲里线路基本重合。

2.1 陆海国际联运通道的作用

2.1.1 连接亚欧大陆桥，提供便捷运输服务。亚欧大陆桥是指从亚洲港口城市到欧洲港口城市，跨越亚欧大陆的铁路运输通道。与我国相邻的西伯利亚大陆桥，是世界上最著名的国际集装箱多式联运线之一，通过俄罗斯西伯利亚铁路，把远东、东南亚和澳大利亚地区与欧洲、中东地区联结起来。铁路横贯俄罗斯东西，起自莫斯科，经梁赞、萨马拉、车里雅宾斯克、鄂木斯克、新西伯利亚、伊尔库茨克、赤塔、哈巴罗夫斯克（伯力），到符拉迪沃斯托克（海参崴）。总长9332公里，是目前世界上最长的铁路。

东北地区三条通道经铁路到达内蒙古的满洲里口岸出境与第一欧亚大陆桥（西伯利亚大陆桥）相连接。经西伯利亚大铁路到达欧洲的鹿特丹港，使亚洲货物经陆路转运到欧洲。我国的大连港为东北亚区域较大的航运中心，由很多的航线与我国东南沿海港口和东南亚港口连接，港口吞吐设施能力较强，因此，通过大连港走西伯利亚大陆桥在货源上有比较充足的保证，而绥满联运通道为西伯利亚大陆桥在远东的最近的联络线，比从港口直上大陆桥可节省陆上距离近1000公里。因此，发展陆海联运通道可为亚欧间的货物交流提供更短距离和更方便的服务。

2.1.2 东北地区三条通道是中国东北地区及对外重要运输通道。上述三条国际通道也分别独立承担着在中国东北区域内货物运输任务。经三条通道可使韩、日、俄以及我国东南地区和香港、台湾的货物经上岸港到达我国东北地区或承担反方向的运输。目前，我国东北地区主要对外通道为大连联运通道，通道纵深可延伸到东北的哈尔滨东北方向，如我国著名的哈（尔滨）大（庆）齐（齐哈尔）工业基地。但存在路线长、线路紧张等矛盾。发挥三条通道的作用，特别是绥芬河和图们江通道作用，可使我国东北东部区域借助外方港口形成向外通道，减少运输距离、时间和成本，同时扩大东北对外贸易和产业交流范围和合作深度，为合作的发展提供交通运输的支撑。

2.2 各通道主要功能分析

2.2.1 大连通道。大连港是我国东北著名的国际和区域航运中心，港口设施齐备，航线多，辐射范围广阔。它目前主要的作用是，对国内，东北主要资源如大庆的原油和石油化工产品、东北的粮食、木材等以及东北工业的产成品经哈大线到达大连下海后到达我国东南沿海地区，东北工业所需原材料也通过大连港和哈大线进入东北地区，东北地区与香港、澳门的货物运输也需要通过此通道。这条通道是东北与国内其他省份交流的重要通道之一；对外运输，大连港近可连接东南亚各国，远可达非洲等国家经海上航线货物运输经哈大线进入我国东北，其中也有部分货物经西伯利亚铁路转运到欧洲。

2.2.2 绥（汾河）满（洲里）通道。绥芬河、满洲里口岸是我国东北、内蒙古与俄罗斯口岸对接的重要口岸之一，通道连接到俄罗斯远东地区，目前主要作用是运输俄罗斯远东资源性物资进入国内，轻工业品和农副产品经通道到达俄罗斯远东地区，它也是俄罗斯远东地区重要的生活物资保障线路。

绥满通道可连接到俄罗斯远方诸港口（海参崴港、东方港和纳霍德卡港），经俄罗斯诸港与日本海沿岸的新潟港和韩国的釜山港形成东北东部区域与俄、日、韩区域交流主通道。

同时经绥芬河通道通过满洲里到达俄罗斯赤塔连接到西伯利亚铁路，比通过俄罗斯远东各港直接连接西伯利亚铁路陆上距离可减少 1000 公里左右，因此，绥满通道可起到在亚欧大陆桥东部缩减运输距离的联络通道作用。

2.2.3 图们江通道。图们江通道的主要作用是通过朝韩陆路通道与朝鲜和韩国进行交流，也可以利用朝鲜的罗津港下海，由于朝鲜罗津港设施较差，为朝鲜中小港口，辐射范围较小，如果通过韩朝铁路到达韩方主要港口可增强通道的辐射范围。

2.3 通道技术能力比较分析

2.3.1 大连通道技术等级高，辐射能力强。 大连港是东北地区的门户港，也是我国北方大型枢纽港之一，港口设施先进吞吐能力大。大连港有 70 多条航线与我国香港、东南亚和非洲相连。

哈大公路为全国高速公路网的组成部分，哈大铁路为电气化复线，年输送能力为 4000 万吨。大连通道对于我国东北地区辽宁和吉林对外发展具有极好的运输支撑作用。

但大连通道通向东北的陆运距离比较长，同时铁路线路运能紧张。

2.3.2 绥满通道技术等级高，对东北区域经济带动性强。 绥满通道所组成的哈尔滨至满洲里为国家高速公路的重要组成路段，铁路由滨绥、滨洲铁路组成，均为复线内燃牵引国家铁路，线路经过我国黑龙江省东北部，通道经过我国重要工业城市哈尔滨和哈大齐工业基地，同时，通道连接黑龙江省的主要进出口绥汾河、满洲里口岸，是黑龙江省对外贸易运输的重要通道。

同时，黑龙江借道俄滨海边疆区打通出海口，与韩国、日本及欧美等国家和地区物资交流，与经大连港相比缩短运距 1/3，运期可节省 1/2，另外，从黑龙江到海参崴出海口比黑龙江到大连出海口陆路运距少近 1000 公里。

但绥芬河—满洲里通道涉及中俄韩日多个国家，各自国家经济利益和政策不同，有一定的协调难度。而且由于中俄铁路轨距标准不统一，货物需要换装操作，在实际操作中也存在一定的难度。

2.3.3 图们江通道为连接朝鲜半岛的最便捷陆路通道。图们江通道可利用韩朝铁路直通的便捷条件，通过陆路与韩国进行跨境运输，具有时间和成本的优势。同时也可促进我国东北与朝鲜的经济交流。

但图们江通道因朝鲜半岛统一问题和朝鲜市场开放问题，通道的发展存在相当大的困难。

比较三通道现状以及通道的技术状况，概括而言，大连通道为比较成熟的通道，继续加强通道建设可对东北经济的发展，特别是辽宁和吉林省具有相当的促进作用。绥满通道为新兴的、比较便捷的通向俄罗斯、日本和韩国的陆海通道，同时，通道的发展与各方经济合作发展取向是相同的，双方合作的基础是坚实的，因此，有必要探讨绥满陆海联运通道的开发利用问题。

3. 绥满陆海联运国际通道现状及发展

3.1 运输通道组成及输送能力

绥满陆海联运国际通道在中国东北境内由滨绥和滨洲铁路及与之并行的国家高速公路绥芬河—满洲里线和 G301 国道组成，是黑龙江省也是东北最重要的东西干线，绥芬河—满洲里高速公路是中国高速公路网中的第一横。滨绥铁路（哈尔滨—绥芬河）长 548 公里为铁路复线，输送能力为 5900 万吨/年，滨洲线（哈尔滨—满洲里）长 935 公里为铁路复线，输送能力为 3200 万吨/年。

与绥芬河衔接的俄方铁路经绥芬河至俄方乌苏里斯克，是西伯利亚与我国绥芬河对接的一条支线，为内燃牵引，年输送能力为 1500 万—2000 万吨，线路长 97 公里，乌苏里斯克至海参崴港为西伯利亚铁路的一段，为复线电气化铁路，年输送能力为

6000 万吨。

3.2　运输货物种类及流向

目前，绥满陆海联运通道绥芬河口岸基本以与俄罗斯远东贸易合作为基础，通道主要货物为远东资源性产品和俄罗斯远东需要的轻工产品和生活必需品。满洲里口岸除俄罗斯远东资源性产品外，由东北大连、营口等港口上岸的集装箱通过满洲里上到西伯利亚大陆桥运往欧洲。

在中国境内，绥满通道主要根据货物的去向，或经过绥芬河出海或经过满洲里上到西伯利亚大陆桥，货物主要是黑龙江本省生产的产品，通道两头主要承担各自进出口业务，通过通道跨境业务基本没有，其主要原因是通道两端与俄罗斯远东的西伯利亚大陆桥铁路轨道标准不同，如利用通道进行跨境运输需要两次换装，增加了运输时间和成本。

3.3　联运通道的发展

目前联运通道主要是满足中俄双边的贸易。根据中国海关总署 2007 年第 5 次公告，中俄双方正在试行通过俄方港口转运中国货物到达中国南方港口，即"中外中"联运模式。通过这种联运模式使我国东北地区增加了一条出海通道。

由于俄方港口通过日本海与韩国港口和日本东部港口距离较近，因此，通过外延通道可加强与日韩的联系，同时东北地区与日韩合作较多，因此从东北对外经济发展角度看，扩大和外延联运通道，形成陆路与海上通道的紧密衔接，对东北东部地区外向经济的发展是比较有利的。由此可形成由绥满联运通道和俄日韩海上通道共同构成的，连接中俄日韩的我国东北联运通道，通道覆盖我国东北东部区域、俄罗斯远东自由贸易区和日本北部地区和韩国。

4. 共同开发绥满陆海联运通道的可行性分析

全线利用绥满国际陆海联运通道接西伯利亚大陆桥的运输虽然在距离上可以节省，但实际操作会有困难。但利用俄罗斯远东港口，为中国东北东部地区加强与俄日韩经济合作，将是绥满陆海联运通道发挥其国际通道联系作用的重要性所在。本文所探讨的是利用绥满国际陆海联运通道经俄罗斯远东港口延至韩国和日本港口形成覆盖东北东部区域与俄日韩港口区域的运输通道，通过通道的延伸一方面可以将中国东北地区（黑、吉及内蒙古东部）的货物经俄远东港口运往中国南方地区，部分解决中国黑、吉、内蒙古三省区粮食、煤炭、石化产品等大宗物资南运的瓶颈问题，同时，扩大通道对外辐射范围，为中国东北东部地区与俄、韩、日的经济合作提供物流支撑，为我国东北东部地区的对外经济发展提供运输保障基础，也能够促进区域性国际物流网络的形成与发展。

2008 年，在中国绥芬河市政府组织的第一届中俄韩物流协作论坛上，中俄韩三方同意加强各方联系，成立中俄韩物流合作协会，建立合作机制，解决在实际运输过程中遇到的问题和困难，推进陆海联运通道的开发。中俄韩三方的铁路、港口等相关运输企业也从实际出发提出简化手续、减少收费，以降低陆海联运大通道的运输成本，提高陆海联运大通道的运输效率等操作手段。上述合作机制在政府和企业不同层面建立各方合作共同发展的平台，为陆海联运通道的开发提供了基础。

4.1 中国黑龙江

在黑龙江省对外经贸国家中，东北亚国家已成为黑龙江省主要进出口市场，其中俄罗斯、日本、韩国是该省对外经贸活动中

最重要国家。2008 年三国进出口贸易额占该省外贸总额的 55%
以上。来自三国的外商直接投资也占据了相当大的比重，是东北
亚地区外资来源最主要的国家。

黑龙江省是全国产粮大省、资源大省和重要的国家装备制造
业基地，但由于地处铁路末梢，铁路南运运力紧张，加之省内无
出海口，无法满足粮食、煤炭、石油化工产品等大宗资源性物资
和其他工业产成品的正常流通。对此，有关部门经认真的专题调
研，提出了建设中俄陆海联运大通道的构想，即利用俄罗斯港口
和中国货源的互补优势，将国内货物通过绥芬河口岸运至俄罗斯
远东地区的海参崴或纳霍德卡等港口，再通过海运运至我国东南
部沿海港口或国外，实现"中俄中"、"中俄外"的运输模式。

中国在开发绥芬河陆海联运通道方面具有很大的决心。黑龙
江省一直比较关注通道的建设和发展，多年来，一方面根据对俄
贸易合作的需要加强了绥芬河口岸建设，比如，开展绥芬河保税
物流园区规划研究，与俄方共同建立合作贸易区，使通道的物流
基础设施有了很大的加强；另一方面，配合国家高速公路网规划
和铁路中长期路网规划，加大对铁路、公路通道的改造和扩能，
使通道的运输能力不断提高。2007 年国家海关总署第 5 号公告
批准在绥芬河口岸进行"内贸货物跨境运输"试点。这些努力
均说明中国希望借助联运通道的开发，积极发展与东北亚各国的
经济合作。

4.2 俄罗斯

俄远东港符拉迪沃斯托克与我国绥芬河市相邻，有公路和铁
路相通，运输极为便利，同时也有多家轮船公司定期班轮到韩国
的釜山港，在通道中有相当大的地缘优势。同时，俄罗斯政府准
备把符拉迪沃斯托克港定为经济特区，使该地区发展成俄罗斯对
外经济合作的东大门。

俄罗斯国家杜马通过了对《俄罗斯联邦经济特区法的修订案》。该修订案为俄罗斯把国际海港和内河港口，以及国际空港建立成港口型经济特区提供了可能性。根据修订案，俄罗斯将在港口型经济特区建立自由海关区。这一措施将有助于进一步吸引对港口建设的投资。此外，该法律还规定降低港口型经济特区内土地使用费和生产设施的租赁费，最终将进一步活跃对外贸易活动和增加出口额。

4.3 韩国

韩国釜山港是韩国主要进出港口之一，也是东北亚地区最大的国际中转港，港口中转业务占其总额的45%以上，货物主要来自中国的环渤海地区、日本西部地区和俄罗斯远东地区，釜山港目前在纳霍得卡港出资建设码头，也说明了韩方极其重视其在远东地区的发展。

此外，韩国在华投资主要是加工贸易型，原料、产品两头在外，对运输的便利性和成本要求较高，所以目前韩国在华投资主要集中于山东和辽宁等沿海地区，向东北内陆地区（黑龙江、吉林）的投资虽有增加的趋势但发展并不快，虽然东北地区对外合资优惠政策很好，区域辽阔，动力、人力资源充沛，但主要制约因素还是运输问题。

4.4 共同开发路海联运通道符合各方在东北亚发展战略

通过对各方的情况分析，可以发现，共同建设绥满陆海联运通道符合各方在东北亚发展战略。

4.4.1 形成中国东北东部地区与俄韩日物流通道。 陆海联运通道经俄港口东延打通了中国东北东部内陆地区的出海通道，使运输更加便捷，从地理位置上可以看出，陆海联运通道东延后可直接到达日本和韩国等港口，形成中国东北东部地区与俄日韩物流通道，通道的建立可进一步发挥东北地区与日、韩的产业互补的优势。提高东北对日韩投资的吸引力。

4.4.2 加快东北东部地区的经济发展。由于缺少对外通道，东北东部地区对外合作中资源和市场没有形成和谐统一。通道的开发可使地区经济能够从对内发展向对内对外双项发展，对东北经济的发展具有很大的支撑作用。

由于共同开发陆海国际联运通道符合各方的经济利益和各方物流发展趋势及策略，因此，共同开发可以得到各方政府层面的大力支持，也由于通道所涉及的港口、物流园区等设施通过通道的开发可以提高这些设施的利用效率和经济效益，因此也能够得到企业层面的欢迎。

4.4.3 通道的物流合作与发展还存在诸多难点。目前在通道的开发使用中存在着基础设施标准、海关联检等运行问题和货物运输在方向和货物量上不平衡等经济环境支撑问题，以及多国合作下相互利益协调问题。

在东北亚区域中，中俄日韩在物流发展中既存在合作也存在竞争，在合作方式上也处于双边合作发展阶段，还没有形成多边共同合作的发展局面。联运通道的建设将双边合作扩展到多边合作，对于东北亚物流合作的发展将起到引领的作用，合作各方通过具体的通道项目合作将有助于探寻在物流领域中各方合作的共同基点和合作发展的模式，通过合作构建东北亚一体化物流网络和操作平台。

5. 绥芬河陆海联运国际通道开发模式及政策建议

5.1 联运通道开发模式

从 20 世纪 90 年代末期开始，中俄两国已经开始了民间过境运输合作，即利用俄港口，将我国货物出口到第三国，但一直规模较小。2006年中俄关于中国外贸货物通过俄罗斯滨海边疆区过境运输的合作互助协定后，双方合作的层面从民间走向政府合作层面。中俄双方开始研究和探讨扩大合作和实际操作的可行性研究。由于地理位置和中日韩俄经济交流需要，将联运通道扩展至日韩，形成区域物流通道既是东北东部地区外向经济发展需要，也符合未来东北亚物流合作发展趋势。当然目前在通道建设和运营方面还存在许多关键性和实质性问题，如各方合作松散问题和陆路设施标准不统一问题。

为解决上述问题，参考国际合作经验，在通道建设和运营中可以运用资本合作开发模式建立通道物流网络；通过建立通道标准体系，使通道按统一标准制定设施和运营操作模式。

合作开发模式使通道的松散合作变成通道一体化物流网络，即在通道的主要节点上相互合资建立"合作港"，实现各方投资的相互渗透。此前，通道各方基本呈现在哪个国家境内即由所在国负责建设及其后的运营。而合资建立一方面使建设资金得到保证，更重要的是，通过合资使参与方的权益捆绑在一起，更有利于联运通道发挥效率。在主要节点上相互建立"合作港"可使各方的合作不仅局限于双方的口岸地带，而通过区域纵深的推进使陆海联运通道覆盖日、韩港口后方区域以及中国东北东部地区以及俄罗斯远东地区。

通道物流一体化体系还可以提升为信息一体化，通过建立通道信息网络平台，合作各方共享信息，使在通道中运行的货物信息、运输工具信息能够方便迅速地为各方掌握。同时，也可协商各国政府建立通道保税物流带，在通道上流转的货物享受保税待遇。

建立统一通道物流标准进行设施建设和运营可以解决通道存在的另一个主要问题，即陆上铁路标准不统一问题。中国铁路为标准轨，而俄罗斯铁路为宽轨，货物需要经过换装操作才能继续进行运输，为提高运输效率，有关专家曾研究探讨，一是在绥芬河到海参崴港和纳霍德卡港间修建标准轨；二是将绥满间的铁路扩建为宽轨，这样可直接从港口经绥满通道连接到西伯利亚大陆桥上，由于这些结论涉及国家间的外交政策和国家安全问题，因此，研究还没有一个满意结论，但从技术角度看，将绥满铁路按标准轨距修建到海参崴港和纳霍德卡港，由于距离短、投资小是尽快发挥能力的最佳选择方案。由于方案还需要外交政策评估，还需要通道所涉及的中俄两国间通过更详细的论证。

此外，通道物流运营标准的建立，可使通道作业质量和水平得到统一，提升通道运行水平。减少因各国物流运营程序不统一给客户带来的不便利，方便各国在操作方面的相互衔接。

5.2　政策建议

5.2.1　在平等互利的基础上各自开放本国物流市场。 通道的发展涉及国家多，区域比较大，因此，各涉及国家和区域应在相互信任、平等互利的基础上，在政策上、经营上为参与企业提供公民待遇，享受本国企业享受的政策优惠，使通道带上的政策、经营氛围基本平衡。

5.2.2　鼓励建立合资企业，跨境沿通道带连锁经营。 通道的开发模式倡导的是通过合资合作进行通道开发和建设，与设施建设相对应的是合资合作的运营，通过联合投资—联合运营，以及在通道中以连锁方式经营企业可以培育规模大、专业性强的集团企业，使通道尽快发展起来。

5.2.3　各方政府应采取积极措施，简化通关检疫检查手续。 为提高通道的过货效率，各方政府应协同合作，简化通关检疫检查手续提高查验通关效率，降低货物等待时间。

5.2.4 加强国际间物流合作。通道的开发与建设不仅是政府外交层面的事情，也不仅是企业经营的事情，为充分发挥通道作用，需要政府、民间组织、企业界共同参与。政府的作用在于搭建合作的平台，行业协会等民间组织和团体应通过平台进行沟通和了解，寻找合作的机会和合作点，为企业提供合作的信息。而企业作为最终的实际操作者在平台、信息平坦、畅通的环境下，通过实际的运作获取利润使通道发挥效率。

5.2.5 设立区域物流体系标准，简化通行成本。通道中的铁路涉及中俄两国不同的铁路轨距标准，为减少换装操作需要两国管理部门协商，比如在港口和中转点间采取统一轨距等技术措施，使通道的整体物流成本降低。从区域长期物流合作考虑，可以在各方接受的技术标准框架内，结合国际通用物流标准体系，在区域内部建立物流体系标准，各方在新建设施和进行物流操作时以此标准进行建设和运营，使区域物流运作按统一标准运行，以提高物流运行效率和物流运作质量。

（苏斌，中国国家发展和改革委员会综合运输研究所科研处副处长）

参考资料：

1. 赵儒煜，冯建超. 东北亚交通物流合作框架研究. ［J］. 东北亚论坛. 2007. 11. vol. 16（6）.

2. 金汉信，乔均. 基于韩国物流发展战略的东北亚物流合作探析［J］. 中国流通经济，2006. vol. 20（11）.

3. 苏斌. 韩国交通与物流考察报告. 2009.

4. 国家发展和改革委员会、国务院振兴东北地区老工业基地领导小组办公室. 东北地区振兴规划. 国家发改委网站，http：//dbzxs. ndrc. gov. cn.

5. 辽宁省 2008 年国民经济和社会发展统计公报. 国家发改委网站，

http://dbzxs. ndrc. gov. cn.

6. 吉林省 2008 年国民经济和社会发展统计公报. 国家发改委网站,
http://dbzxs. ndrc. gov. cn.

7. 黑龙江省 2008 年国民经济和社会发展统计公报. 国家发改委网站,
http://dbzxs. ndrc. gov. cn.

8. 中俄韩第一届物流协作论坛. 绥芬河政府网, http://
www. suifenhe. gov. cn.